KB101249

6
돼지공작으로 전생했으니까,
PIGGY DUKE WANT TO SAY LOVE TO YOU
이번엔 너에게 좋아한다고 말하고 싶어
to piggy duke!

「나한테 반대할 수 있는 녀석이 이 제국에 있었나?」

「맹주님, 대륙 통일을 그만두신 이유를 가르쳐 주십시오.」
「……」
루니 블로우
어둠의 대정령을 따르는 부하. 도스톨 제국 삼총사에 가까운 실력을 가진 인물.
프란시스카
도스톨 제국 삼총사 중 한 명. 과거에 민중을 치유했으며 꿈팔이 마녀라고 불린다.

「스로우 님은, 수호기사(가디언)가 되어야 할 사람이에요!」
샬롯 릴리 휴잭
멸망한 대국의 프린세스.
현재는 스로우의
종자가 된 몸.

「흑룡 습격 때를 포함해, 카리나 공주님이 신세를 졌군.」
「아뇨, 저는 딱히――.」
유우기리 아사히
기사국가가 자랑하는 왕실기사단에서 유일한 여성 기사.
스로우 데닝
애니메이션 세계로 전생한 주인공. 데닝 공작 가문 3남. 크루슈 마법학원의 문제아였는데……?

「내 미래를,
어디서 갑자기 튀어나온
네 녀석이 방해하게 둘까 보냐고!!」

어둠의 대정령이 마녀의 도주로인
그림자를 빼앗았다면,
나는 그보다 더 상책을 쓰자.
절대 놓치지 않는다는,
굳은 신념을 이 마법에 담자.

CONTENTS

PIGGY DUKE WANT TO SAY LOVE TO YOU

This is because
I have transmigrated to piggy duke!

6

아이다 리즈무

illustration
nauribon

돼지 공작은 영리하고, 강하고, 상냥하며,

그리고 슬프게도 근성이 있었습니다.

이 『슈야 마리오넷』은

무대 뒤에서 보면

그의 비극적인 이야기입니다.

——『슈야 마리오넷』 감독

PIGGY DUKE WANT TO SAY LOVE TO YOU

This is because
I have transmigrated to piggy duke!

서장 반기를 드는 자

작물이 자라기 어려운 가혹한 풍토, 이인(異人)을 신앙하는 수상쩍은 사교도들.

대륙 북방은 언제나 싸움의 역사로 채색되어 있다. 그러나 그들 북방인들 사이에서는 살아남기 위한 투쟁을 아름답다고 생각하는 문화가 존재한다.

깎아지른 벼랑을 등지고 구축된 바위의 도시, 도스톨.

왕이 사는 암굴 신전 내부는 개미집처럼 예측이 불가능한 미로다. 도스톨 제국에 적대하는 자가 한번 길을 잃으면 두 번 다시 나오지 못한다고 하는 벼랑 안에, 그 방이 있었다.

빛이 들지 않는 습기 찬 방. 어둠으로 뒤덮인 방을 비추는 것은 촛대의 램프뿐이고, 벽 한쪽에 매달린 용도 불명의 도구가 수상쩍은 빛을 뿜고 있었다.

그 모습으로 예상되는 기묘한 방의 주인은 세상을 등진 사람이나 연구에 몰두하는 괴팍한 노인, 인 줄 알았는데…… 가죽 의자에 앉은 인간은 젊은 나이의 처녀였다.

"루니. 보고해 봐."

그러나── 그렇게 보일 뿐이다.

소녀는 다리를 꼬고 무릎을 꿇은 남자를 보았다.

남자는 무릎을 꿇고서, 고개를 숙이고 황홀한 미소를 지은 채 방의 주인에게 대답하기 시작했다.

그 모습은 근골이 듬직해 한눈에 일반인이 아니란 걸 쉽사리 상상할 수 있었다.

"무엇부터 이야기할까? 나의 주인이여. 아니지. 누구의 움직임부터 알고 싶지?"

"촌극은 관둬. 당연히 그 녀석들 움직임이지!"

"그러면, 남북의 국경 그란트 습지를 경계로 우리와 눈싸움을 하고 있던 남방 국가 연합의 움직임부터 시작하지."

방의 주인은 짜증을 냈지만, 그것마저도 그 남자 루니에게는 사랑스럽다.

애당초 그녀와 이야기하는 시간이 얼마나 귀중한 것인지 모른다.

그녀가 바로 대륙의 영토 절반을 점유하는 초대국, 도스톨의 두뇌.

사람이면서 사람이 아닌, 바로 어둠의 대정령이다.

"뭐, 그 녀석들이 공격해 오는 건 불가능하니까 그쪽은 됐어. 바르도는?"

그리고 그녀가 중얼거린 이름 또한 이 대륙에서 모르는 자가 없는 걸물이었다.

"노장군은 주인의 의향을 그대로 따라서, 그란트 습지에서 단계적으로 병사를 철수하는 중이다. 과연 주인의 제1신봉자를 자칭하는 남자다 싶더군. 지금까지와 정반대의 명령임에도 주인의 명령이라는 걸 알자마자 즉시 결단하고 실행. 그 노인은 망설임이라는 걸 모르니까 주인이 죽으라고 하면 죽겠지."

"괜한 정보는 필요 없어. 사실만 전달해."

"이거 실례했군. 바르도 대장군의 명령을 받은 병사들 사이에도 흐트러짐은 없다. 신속하기 짝이 없고 불만도 없어 보였지. 애당초 그 병사들은 북방 평정을 위한 거듭된 전쟁으로 지쳤어. 앞으로 언제 시작될지도, 끝날지도 모르는 전쟁에 겁을 먹고 있었으니까. 갑자기 대륙 통일을 철회했다지만 내심 기뻐하는 자도 많을 거다."

"병사들에게는 휴가를——."

"당연히 바르도 대장군은 주인의 자애를 누구보다도 이해하고 있지. 전장에서 오래 지낸 자들에게 휴가를 명하고, 가족 곁으로 귀환시키는 중이다."

"그래? 그럼 됐어."

미래는 변했다.

본래는 루니에게 신속하게 전쟁을 실행해야 한다는 말을 들을 예정이었다.

그러나 휴잭에서 귀환한 루니는 남방 통일에 이득이 적다며 어둠의 대정령에게 보고했고, 그녀는 결단했다.

도스톨 제국의 군사를 담당하는 정점.

삼총사 중 한 명, 바르도에게 남방의 국경을 따라 배치했던 전군을 귀환시키도록 명한 것이다.

"그러나, 주인이여. 설마 정말 내 말 한마디로 대륙 통일을 관둘 줄은 몰랐다. 농담인 줄──."

"루니. 나는 휴잭에 보낸 너에게 남방 침공의 판단을 일임했어. 이상이야."

"그 노장군이 들으면 꽤 분한 심정이겠는데?"

어둠의 대정령은 휴잭으로 보낸 이 남자를 대단히 높게 평가하고 있었다.

자신처럼 감정에 휩쓸리지 않고, 그저 목적만을 수행하게끔 자신을 단련한 남자.

그런 그가, 대륙 통일을 시도하면 제국이 상상도 못했던 반격을 받을지도 모른다고 말하며 중지해야 한다고 진언한 것이다.

루니가 대륙 통일을 중지해야 한다고, 그렇게 판단했다면 어떤 이견도 있을 수 없다.

그리고 그녀는 군부를 담당하는 바르도에게 이후 철수 방침을 일임했다.

더욱이, 그녀가 루니 말고도 또 한 명 보낸 앞잡이.

삼총사 중 한 명인 드라이백 슈타인펠트도 북방으로 귀환하도록 명했다.

"그래서…… 남쪽의 반응은?"

"예상대로 남쪽 나라들은 대혼란이지. 이쪽의 의도를 읽어내려고 제국에 잠복시킨 벌레들이 급속하게 활발해졌다. 요 며칠 동안 침입자를 몇 명이나 잡았는지 모르겠군."

"설마, 죽이진 않았겠지?"

"선물을 듬뿍 건네고서 해방했다. 그걸로 이쪽 의사는 남쪽 각국에 전해지겠지. 바보 취급을 받았다고 분개하는 나라도 있겠지만, 그건 남방 4대동맹의 맹주인 기사국가의 수완에 달렸다. 그리고 다리스에 보낸 심부름꾼은 제 역할을 다했던 듯하다. 놈들은 부전의 맹세를 받아들일 거라고 하더군. 당연하지. 도스톨 제국이 일방적으로 병사를 물리고 있으니까. 게다가, 아무 보답도 바라지 않고. 남쪽 나라들에 더 이상 좋은 조건은 없지."

"……잘했어. 너도 힘들었겠네. 그래서, 문제는?"

"반인반마의 망령(리빙 데드). 그 녀석이 부상당했다는 소식을 억누를 수가 없다. 소문을 들은 각지의 반란 세력이 활기를 띠고 있지. 지금은 그 마녀와 부하가 억누르고 있지만, 반란군이 결집하면 꽤 큰 세력이 될 거다. 또, 수많은 피가 흐르겠지."

"네가 생각하는 문제는 그것뿐이야?"

"……흠."

그러나 드라이백 슈타인펠트는 예상 밖의 행동을 일으켰다.

손대지 말라고 명령한 미궁도시(제네라우스)를 하마터면 괴멸시킬 참이었다.

그 남자가 명령을 듣지 않을 우려가 있다. 그렇게 보고받은 어둠의 대정령은 즉시 북방에서 남쪽 끝으로 갔다. 삼총사의 힘이 발현되면, 남방의 도시 따위 손쉽게 멸망해 버린다.

모험가들이 모인 제네라우스라고 해도 예외는 아니다.

그러나, 그래서는 안 좋다.

제네라우스에 삼총사를 보냈다는 사실이 알려지면, 남쪽과 전면 전쟁을 피할 수가 없다.

그런데, 리빙 데드로 이름 높은 남자는 명령위반을 저지른 끝에 패배했다.

패배해 버렸다. 이 또한 예상 밖의 사실. 대체 누가 그의 패배를 예상할 수 있단 말인가?

"뭐야? 확실하게 말해."

"아니, 설마 그 리빙 데드가 질 줄은 몰랐거든."

"절대라는 건 없어. 그건 루니, 휴잭에서 뼈아프게 패배한 네가 가장 잘 알고 있잖아."

제네라우스에는—— 신출귀몰한 불의 대정령(엘드레드)이 있었다.

그리고, 엘드레드에게서 힘을 끌어낼 수 있는 사용자마저 존재했고—— 삼총사 중 한 명이 패배했다.

그렇지만 최악의 사태는 면했다. 아니, 가장 좋다고 말할 수도 있었다. 엘드레드는 삼총사를 얽매고 있던 리치만 소멸시켰으니까.

"주인의 뜻에 이견을 내는 자가 나올 것 같은데."

"나한테 반대할 수 있는 녀석이 이 제국에 있었나?"

"없다, 고 단언하고 싶지만……."

지금에 와서 루니의 결단은 역시 옳았다는 걸 통감한다.

남쪽과 전쟁을 했다면 엘드레드도 튀어나왔으리라.

그 미친 정령을 상대하는 것은 피하고 싶었다.

그리고 남쪽에는 판명된 것만 해도 인간 편을 드는 대정령이 많은 것도 사실이다.

기사국가에는 빛의 대정령이, 물의 도시 서키스타에는 물의 대정령이 존재하며, 전쟁이 일어나면 그들이 참전한다. 아무리 대정령을 죽일 정도로 단련된 삼총사가 있더라도, 엘드레드마저 남쪽 편을 들면 전쟁이 진흙탕에 빠지는 걸 피할 수 없다.

"아무래도 주인의 행동에 반대하는 사람이 온 거 같다. 이것도 참, 상상한 것보다 상당히 빠르게 도착했구만……. 주인. 설마 이미 눈치채고 있었나?"

천천히 문이 열리고, 바깥의 빛이 실내를 비춘다.

그러나 루니의 말과 달리 발소리 하나 없으며 아무도 들어오지 않는다. 그래도 루니는 허리에 찬 나이프에 손을 대고, 얼굴은 바닥을 바라보며 긴장감을 무너뜨리지 않았다.

"최악이라고 해도 되겠군. 내가 등 뒤를 내주다니."

불쑥, 루니의 등 뒤에 사람의 그림자가 나타났다.

발소리는 없다. 아무도 실내로 들어오지 않았다.

그래도 그 녀석은 마치 거기에 있는 것이 당연한 것처럼, 그 자리에 서 있는 것이다.

"인생에서 가장 소름 돋는 순간을 맛봤어."

"——다리스의 국경에서 병사를 물리고 있다고 들었습니다. 맹주님."

갑자기, 루니의 등 뒤에 여성이 나타난 것이다.

어쩐지 쓸쓸함이 느껴지는 백색의 머리칼. 연령은 20대 전반 정도지만 연령에 어울리지 않는 요염한 분위기를 두른 여자였다.

눈을 감고, 미소를 입가에 띠고 있는 모습은 마치 성직자처럼 신성하게 보였다.

"루니 말대로 등장하는 방식이 최악이네. 그런데 무슨 용건이야?"

"맹주님의 통찰력이라면 처음부터 이 남자가 들어온 것과 동시에 제가 있었다는 걸 깨달으셨겠지요?"

"여전히 성격이 안 좋아. 그래서? 너한테는 골드백에 집결한 반란군을 진압하라는 큰일을 맡겼을 텐데, 그걸 내팽개치고 무슨 용건이니?"

"맹주님. 저는 기묘한 소문을 하나 들었습니다. 그란트 습지에 배치된 병사들이 고향으로 속속 귀환하고 있다는 이상한 이야기를요."

"병사를 생각해 주는 멋진 장군이 있구나."

"저는 아무것도 듣지 못했기 때문에 여기서 어떤 생각이신지 들려주십사 합니다."

"내 의견을 반대하는 녀석이 있다면, 프란시스카 너 정도밖에 없을 거라고 생각했어."

어둠의 대정령이 있는 방에 들어올 수 있는 자는 지극히 한정적이다.

그녀의 개인실에 들어오려면 그녀의 허가를 받거나, 강인한 결계를 파괴해야 하거나. 둘 중 하나밖에 선택지가 없다.

일반적인 마법사라면 그녀의 거주지를 지키는 결계가 무슨 마법으로 구성된 건지도 모를 것이다. 그렇기에 그 여자는 루니를 이용해서 들어온 것이다.

"맹주님 주변에는 생각을 포기한 자들밖에 없으니까요. 저 남자도 마찬가지, 그 노장군 또한 그렇고요."

"그래, 네 말이 옳아. 프란시스카. 내 주위에는 내 의견을 충실하게 실행하는 인간들뿐이고, 그렇기에 도스톨 제국은 이 정도로 번영한 거야."

지극히 일방적인 방식을 자신만만하게 말한다.

도스톨 제국이 이 정도 강국으로 성장한 것은 그녀의 힘이다.

그녀의 의견을 반대할 수 있는 자 따위 존재하지 않는다. 그것이 남방 사람들의 공통 인식이다. 그러나 백발의 여성은 달랐다.

무표정 안에 명확한 분노를 담고서, 이 자리까지 온 것이다.

불안이 실현되었지만, 맹주라고 불린 소녀는 동요하지 않았다.

"딱 잘라 말해 줄게. 대륙 통일은 있잖아, 중지야. 중지하기로 했어."

"……삼총사 중 한 명인 저에게 아무런 설명도 없는 것은, 다소 배려가 부족한 것 아닌가요? 제가 대륙 통일의 꿈을 위해서 얼마나 힘을 다했는데."

그러나 삼총사, 프란시스카.

도스톨 제국이 자랑하는 최강 중 하나가 어둠의 대정령이 하는 말을 불쾌하다는 기색으로 내쳤다.

"무슨 배려? 애초에 프란시스카, 너한테는 북방 열강의 생존자들이 꾸미고 있는 반란을 진압하라고 했을 텐데? 골드백의 진압은 어떻게 됐어?"

"신뢰할 수 있는 자들에게 맡겼습니다. 당신이 절대적으로 신뢰하는 저 남자와 비슷한 거죠."

"그래? 나는 너랑 달리 루니를 약으로 세뇌하거나 그러진 않았는데."

"괜한 문답을 하기 위해 제도(帝都)에 돌아온 게 아닙니다. 맹주님, 대륙 통일을 그만두신 이유를 가르쳐 주십시오."

——안 좋은데.

삼총사 프란시스카의 기분이 대단히 안 좋아졌다. 제3자로서 이 자리에 있는 남자, 휴잭의 악마라 불리는 루니는 그것을 깨달았다.

……이대로 가면 난감하다. 삼총사의 힘과, 그가 숭배하는 어둠의 대정령이 가진 힘은 팽팽하게 맞서고 있다.

애당초 삼총사란 단어는 대정령에게 뒤지지 않는 자를 부르는 명칭이었다.

최악의 사태를 상정하더라도, 두 사람이 이 자리에서 힘을 해방하는 미래만은 피해야 한다.

그러나, 그는 대화에 끼어들 생각은 일절 없었다.

꿈팔이(닥터 힐) 마녀라고 불리는 프란시스카의 힘은 잘 안다. 괜히 벌집을 건드릴 필요는 없는 법.

"저 남자의 판단인가요? 맹주님이 휴잭에 보내신 저 약한 자 말이에요. 저 남자가 결단했다고 들었습니다만."

"……."

"아무리 마음에 드셨다고 해도 대국의 앞날을 정하는 결단을 어디 굴러먹다 왔는지도 모르는 남자에게 맡기다니…… 맹주님은 무슨 생각을 하는 건가요?"

아무리 업신여겨도 루니의 낯빛은 변하지 않는다.

그는 자신의 직무를 다할 뿐이다.

"……맹주님. 당신이 대륙 통일의 꿈을 포기할 리가 없어요."

"본래 목적은 북방 통일. 이 대륙 북방에서 대체 얼마나 옛날부터 이어지는 건지도 모를 전쟁을 이제는 멈춘다. 내 싸움은 애당초 그것이 시작이었어. 너도 알고 있잖아."

"알고 있습니다. 그렇지만 제가 투쟁을 계속하는 맹주님의 군문에 들어선 이유는——."

도스톨 제국에서 커다란 세력을 구축한 프란시스카가 어둠의 대정령이 이끄는 군문에 들어선 이유.

그것은 어둠의 대정령이 세상에서 추악한 다툼을 없앤다고 했기 때문이다.

"당초의 목표는 이룩했어. 네가 골드백에 집결하는 반란군을 진압하면 북방의 완전 통일은 완료될 거야. 뭐가 불만이야? 당초의 목적은 달성했잖아."

"그것은…… 본심이신가요?"

"본심이야. 이대로 남쪽과 전쟁을 하면 예상 이상으로 피해가 나온다는 걸 알았어. 애초에 대륙 통일은 최소한의 희생으로 넘기는 게 전제였잖아. 하지만 도스톨 제국은 오래 이어진 전쟁으로 지쳤지. 이 이상은 백성의 불만도 높아질 거야. 실제로 보렴. 바르도가 이끄는 본대가 남쪽으로 눈을 돌렸더니 반란군이 활발해졌잖니."

"궤변입니다. 우리 삼총사가 모인 영광스러운 지금을 놓치고서 대륙 통일은 불가능해요. 아니면 설마 사실인가요? 그리빙 데드가 제네라우스에서 격퇴되었다는 소문 말이에요."

"……."

답하지 않는 주인을 대신해 루니가 처음으로 발언했다.
"진 게 아니다. 리치가 소멸됐을 뿐이다. 그 남자는 아직 건재해."
"어머나. 있었나요? 패배자. 당신이 제 앞에서 입을 열다니 예상 밖입니다만……. 설마, 그 죽여도 좀처럼 죽지 않는 리치가 소멸되다니."
그것은 삼총사 프란시스카에게도 뜻밖의 소식이었다.
삼총사 중 한 명, 드라이백 슈타인펠트.
동격인 프란시스카도 결코 상대하고 싶지 않은 남자.
"리치를 해치운 건, 엘드레드다."
"엘드레드는 분명히 난적입니다. 그것이 튀어나왔다면 반인반마가 진 것도 납득할 수 있어요. ……그러나, 저는 남방을 공격해야 한다고 진언하겠습니다."
"결정은 뒤집어지지 않아."
"그렇게 판단한 것은 맹주님이 아닙니다. 저 패배자가 그렇게 판단한 거죠. 맹주님께는 당신이 아끼는 부하가 패했을 뿐인 일. 바르도는 당신을 따르겠지만 저는 다릅니다. 저는 바르도나 드라이백 만큼 맹주님께 애착이 있는 것이 아니니까요. 저는 제 방식대로 뜻을 이룩하겠습니다."
"어디로 가게?"
"대륙 통일의 장애물 제거. 그것을 위해 남쪽으로 가서 이 눈으로 무슨 일이 있었는지 확인하겠습니다."

"루니."

단 한마디로, 남자는 삼총사 프란시스카의 몸에서 치솟는 살의에 반응했다.

휴잭에서 스로우 데닝과 열투를 펼친 암살자.

"프란시스카, 제멋대로 구는 건 삼가라."

"저와 말을 나누는 것을 두려워하고 있지 않았나요?"

"……."

"패배자는 제 길을 막을 수 없어요."

그 순간.

루니는 가위에 눌린 것처럼 멈췄다.

"일개 약팔이에게 마법을 가르쳐준 게 누군지를 잊은 모양이네."

"맹주님이야말로 제가 몇 명이나 되는 열강의 국왕을 세뇌하여 도스톨 제국에 협력하도록 했는지 잊으신 건가요? 이번 결정은 도저히, 납득할 수가 없어요."

●

"그렇게 바보 취급을 받고도 용케 입 다물고 있었네. 너도 성장했어."

묵직한 분위기가 흩어졌다.

루니는 어깨의 힘을 풀었다.

프란시스카를 눈앞에 두고서 용케 물러서지 않았다고 스스로를 칭찬해 주고 싶었다.

삼총사 중 한 명인 닥터 힐은 다른 둘과 비교해서 무슨 생각을 하는지 가장 알 수 없는 여자다.

"싸구려 도발에 응할 필요는 없지. 그나저나 저게 본래는 기적의 치유사이며 대륙 전토에 독자적인 망을 가졌던 약팔이의 창설자, 닥터 힐이라고 불렸다니 웃기는 일이군. 나의 주인, 어째서 저런 위험한 여자를 도스톨 제국에 끌어들인 거지?"

"저 녀석은 소질이 있었어. 아니, 지나치게 있었다고 할까? 그리고 프란시스카가 가진 약팔이의 정보망을 얕볼 수 없기도 하고."

다툼이 끊이지 않는 북방에서는 물의 마법사가 약팔이라 불리는 자선 집단을 결성하고 있었다.

그 여성은 과거에 약팔이 중에서 성모라고까지 불린 물의 마법사였다. 현재 대륙에 유통되는 물의 비약은 절반 이상이 그녀가 만든 것이라고까지 하는, 살아 있는 전설.

"그래서 루니, 어떻게 될 것 같아?"

"닥터 힐은 마법으로 사람을 조종하지. 북방에서는 그 힘으로 수많은 나라를 안쪽에서 붕괴시켰다. 저런 위험한 여자를 남방으로 보냈다간 모든 게 물거품이 돼. 추적자를 보내서—— 최악의 경우 죽이는 것도 검토해야지."

"승산이 있다고 생각해?"

"승산이라…… 누가 누구를 상대로 승산이 있다는 말인지 물어봐도 될까?"

"상상하고 있는 바로 그 녀석."

루니가 떠올린 것은 한 소년이었다.

휴잭에서는 몬스터로 둔갑했던 불가사의한 소년.

또한 제네라우스에서는 엘드레드의 힘을 한계까지 끌어내 리치를 해치웠다고 한다.

"만에 하나라도 그 녀석에게 승산은 없다. 마녀랑 그 녀석은 마법사로서 기량이 완전히 다르니까."

"어머나. 꽤 저평가하는구나? 졌으면서."

"도스톨 제국이 아무리 넓어도 실제로 대정령을 이긴 인간은 없지. 저 녀석은 단신으로 바람의 대정령을 물리친 여자다. 마녀를 웃도는 마법사 따위 상상도 못하겠군. 하지만 나의 주인이여. 반란군이 집결 중인 골드백은 어떻게 하지? 현지에서 닥터 힐이 사라지면 저 녀석의 신봉자들만으로는 반란군을 억누르기 어려울 것 같은데."

도스톨 제국은 광대하다.

드라이백이 남모르게 힘의 일부를 잃었다는 소문이 흐르자, 반란에 나서는 나라도 나오고 있다.

어둠의 대정령에게 남쪽은 사소한 일.

남쪽으로 진군했다가 발치인 북쪽이 흔들려서는 의미가 없는 것이다.

도스톨 제국이 자랑하는 대전력의 기반인 삼총사 중 하나가 남쪽으로 갔다가 패배했다는 소문으로 활기를 띠고 있는 반란군을 억누르기 위해 일부러 닥터 힐을 반란군 쪽으로 보낸 건데, 이래서는 엉망이 된다.

"……그렇네."

어둠의 대정령에게는 골치 아픈 문제였다.

골드백에 집결하는 반란군 쪽에 지금부터 다른 누군가를 보내도 의미가 없다.

닥터 힐이 가진 힘은 위험한 사상으로 대륙을 곤궁에 끌어들일 가능성이 높은 신부(神父)를 상대로 딱 알맞았다. 반란군의 신부를 이참에 어떻게든 죽여 두고 싶었는데.

그러나 신부에게 다가가고 있던 닥터 힐이 전장에서 벗어난 지금, 누가 나서야 반란군에게 괴멸적인 타격을 줄 수 있단 말인가?

"내가 진압하러 갈게. 그것밖에 없어."

"이건 예상도 못한 전개네. 주인이 직접 움직이다니."

"그리고 루니, 너한테 좀 맡길 일이 생겼어."

"거절하겠어. 그 마녀를 막는 건 나한테는 벅차. 말 한마디에 세뇌당하는 건 사양이거든."

"아니야. 부탁하고 싶은 건 다른 일이야——."

그리고.

어둠의 대정령이 내리는 지시 내용을 듣고서, 휴잭의 악마는 신음했다고 한다.

"내가 배달부냐. 그나저나 내 주인도 재미있는 생각을 다 하는군. 그 녀석에게 가장 흥미를 가진 건 주인 본인이라는 뜻인가?"

그러나 루니로서도—— 다시 한번 그를 만날 수 있는 건 기쁜 일이었다.

1장 공작 영지의 저택

돼지가 한 마리. 돼지가 두 마리.

내가 생각하는 녹음이 풍부한 목장을 그대로 구현한 세계에 돼지가 열 마리, 돼지가 열한 마리.

녹음이 우거진 평화로운 낙원이 울타리로 둘러싸여 있다. 그렇지만 아기 돼지가 차례차례 전력으로 대쉬해서 울타리를 뛰어넘다 보니 낙원이 꽉꽉 들어찼다. 아아 또 늘었네. 이제 목장은 돼지로 한가득. 어이, 더 이상 들어가면 낙원이 붕괴된다고.

그 눈은 뭔데? 나한테 꿀꿀 울어 봤자 어떻게 해 줄 수 없거든?

"…………."

후우. 알고 있어, 이게 꿈이라는 거.

나는 말이지. 어떤 때든 꿈과 현실을 구별할 수 있는 쿨한 인간이니까.

하지만 조금만 더, 이 감미롭고 달콤한 꿈에 빠져 있어도 되잖아? 현실은 언제나 비정하니까 꿈의 세계로 도망치고 싶을 때도 있다는 거지.

"꾸울꿀."

아기돼지의 귀여움이고 뭐고 없는 목소리.

근데 지금 그거 인간의 목소리냐? 나는 진짜 돼지 소리로 들리는데?

"꾸울~~~."

틀림없는 내 목소리다.

부드러운 새하얀 시트에 파고들어서, 한심한 소리를 지르는 내 목소리다.

"——도련님! 벌써 아침이 됐습니다!"

"꿀꿀꿀꾸울 조금만 더, 자게 해줘! 나한테는 아직 밤이야!"

"무슨 영문 모를 소리를! 매일매일 제멋대로 자고 있지 않습니까!"

"꾸울꿀꾸울!"

"제대로 된 소리로 말씀을 하시라고, 그래서야 영민에게 모범이 되지 않는다고 그렇게나 말씀을 드리지 않았습니까! 자, 침대 안에서 나오세요!"

"꾸울아야!"

머리에 따콩하는 충격! 때렸어!

이, 이 녀석, 나를 때렸겠다. 잘 들어. 나는 이래 보여도 이 나라의 대귀족, 공작가의 직계란 말이다. 아무리 시트 너머라지만 분명히 아프거든?

"도련님, 얼른 나오세요!"

"꾸우우우우우우우우울!"

아! 또 했겠다 이 할망구!

시트를 빼앗기는 바람에 내 마시멜로 보디가 세상에 드러났다. 읏, 계속 둘둘 말고 있어서 따끈했던 내 체온이…….

"말로! 시트 돌려줘! 내 시트!"

"이거 참, 꼴사나운 모습이 되셨습니다……. 이 말로는 슬퍼진답니다."

"네가 슬퍼지는 건 아무래도 좋아! 돌려줘! 내 시트!"

"이렇게 퍼져 있는 사람은 공작가라고 해도 도련님 정도밖에 없습니다. 세상이 평화를 향해 달려가고 있는데 정말이지 도련님은……."

아직 해도 안 뜬 이른 아침부터 나에게 잔혹한 행위를 하는 이 할망구의 이름은 말로라고 한다. 내가 태어나기 훨씬 전부터 공작가를 섬기는 메이드 할멈이다.

공작가 직계인 나에게 이런 짓을 할 수 있는 사람은, 공작 영지가 넓다고 해도 이 녀석 정도다.

"어이. 그러니까 시트."

"영민들이 리얼 오크라고까지 불렀던 도련님이 몰라보게 달라진 모습으로 공작 영지에 돌아오셨을 때, 이 말로는 참 기뻤습니다. 그런데 지금은 또 방에 틀어박힌 돼지. 무엇이 그렇게 싫으신 건가요? 도련님, 오늘도 밖으로 안 나오실 셈인가요?"

"……."

따끈한 햇살과 청결한 침대.

아무도 내 수면을 방해할 수 없는 안온한 나날.

모두 내가 바란 것이었지만—— 지금은 은둔형…… 아니 그게 아니라.

나는 한창 방에서 안 나간다는 파업을 하고 있었다.

"……흥. 네가 내 기분을 이해할 수 있겠냐."

제네라우스에서 일어난 격전.

그 뒤로 내 주위가 커다랗게 변해 버렸다.

대체 어디서부터 이야기를 해야 좋을까……. 그러니까, 제네라우스의 붕괴는 일단 피했다. 전쟁으로 이어지게 되는 그 빅 이벤트는 삼총사 중 한 명인 드라이백을 쓰러뜨려서 아슬아슬하게 막을 수 있었다.

"도련님. 이래서는 가족들 중 누구 한 명이라도…… 조부님이라도 공작 영지에 남아서 도련님을 상대하는 편이 좋지 않았을까요?"

"말로…… 너. 그 녀석들이 나를 대하는 태도 봤잖아? 나는 이 집에서는 이제 있어서는 안 되는 인간이야. 특히 할아버지는 지독하잖아. 그 사람에게는 한 번이라도 실패한 손자 따위, 공작가의 인간이 아닌 거야. 하아, 기껏 시끄러운 그 녀석들이 사라져서 속 시원하다고 생각했는데…… 말로가 이렇게 까지 시끄러워지다니.”

그리고 그 사건으로 커다란 변화가 둘 생겼다.

내 일상을 쳐부수는 너무나 커다란 변화다.

일단 첫째, 이걸 먼저 말해야 한다.

“그러나, 도련님이 가족과 함께 있으면…… 명예를 회복할 기회가 있지 않나요?”

“없어. 지금 내가 전장에 가서 뭘 할 수 있는데? 방해꾼 취급을 받고서 자기들 편한 대로 부려먹기만 할걸. 그리고 최전선에서 지금부터 하는 건 전쟁이 아니라 대화잖아? 나는 그야말로 있기만 해도 방해되는 놈이라고.”

세간에는 아직 소문 단계다.

확정되지는 않은 정보지만, 대륙 남방과 북방 도스톨 제국의 병사들이 눈싸움을 하던 최전선에서 도스톨 제국이 서서히 병사를 물리고 있다고 한다.

그 소문을 들었을 때, 아무리 나라도 기뻐서 날아갈 것 같았다.

도스톨 병사는 군부의 정점, 바르도 대장군의 명령에 따라 움직인다.

삼총사 중 한 명인 바르도는 어둠의 대정령을 따르는 봉사자를 자칭하며 대정령이 아닌 자의 명령으로는 절대 움직이지 않는다. 전선에서 갑자기 병사가 사라지기 시작했다는 말은 어둠의 대정령이 철수 명령을 내렸다는 뜻이며, 어둠의 대정령은 적어도 금방 전쟁을 일으킬 생각이 사라졌다는 것이다.

"어머나, 입이 참으로 잘 돌아가십니다. 있기만 해도 방해가 된다니, 가족 여러분께서는 그런 생각을 하지 않으셔요. 형제분들 모두 도련님께 흥미진진하지 않았던가요?"

"……그렇게 보이는 건 너뿐이야, 말로. 그리고 잘 들어라? 전쟁이 끝난단 말야. 내가 모르는 장소에서. 그러니까 내가 여기서 게으르게 잠만 자도 아무도 화내지 않아."

이대로 전쟁이 끝나면 최고의 결과다.

내가 해 온 일이 헛수고가 아니었다는 게 증명되는 것이다.

애니메이션처럼 수많은 사람이 다치는 일도 없고, 내 비참한 미래도 회피할 수 있다.

제네라우스에 가길 잘했다고 마음속 깊이 생각한다. 그렇잖아? 삼총사 중 한 명을 퇴치한 것뿐인데 세상에 평화를 선물했으니까. 그 몬스터보다도 무시무시한 도스톨 군인을 이끄는 바르도 대장군이나, 남 세뇌하기 좋아하는 닥터 힐을 상대하지 않아도 된단 말이다.

"그러니까 말로, 나는 잔다. 결정했어."

"도련님. 가족들이 이 나라의 미래를 위해 노력하고 있는데요?"

"……너는 모르겠지만, 사실 세계평화로 향하는 계기를 만든 건 나야. 아무도 믿어주지 않겠지만."

“하이고. 또 그 이야기를 하시나요? 돌아왔을 때는 그렇게 늠름해 보이시더니.”

“……착각 아냐? 나는 아무것도 안 변했어……. 그보다 말로. 너는 언제까지 공작가를 섬길 셈이야? 이제 은퇴해도 이상할 거 없는 나이잖아.”

“도련님. 여성에게 연령을 묻는 것은 무례입니다.”

“……그럴 나이야? 그리고 애당초 아버지가 실력을 인정한 마법사가 일개 메이드 같은 걸 하는 것도 웃기는 이야기잖아. 자, 얼른 나가. 나는 잘 거니까.”

“정말로, 개탄스러운 일입니다.”

전선에서 도스톨 제국이 병사를 조금씩 물리고 있다.

그러니까, 기사국가의 군부를 짊어진 공작가는 엄청 바쁘다. 최전선인 그란트 습지에 내 가족들이 모여서 적을 노려보고 있었다.

그렇다 보니 지금 공작가의 저택에 있는 직계는 나뿐이다.

“도련님. 책상 위에 식사를 두고 가겠습니다. 저는 어린아이들을 돌봐야 하니까요.”

“아침 일찍부터 참 고생이네.”

“천천히 드세요. 식사는 도망치지 않으니까요.”

“……그래그래.”

그리고 공작가의 인간이 아무도 없는 우리 저택을 지휘하고 있는 사람이 바로 이 메이드 할멈이다. 계속 우리 집을 섬기는 평민 말로.

그러나 내 아버지의 마법 가정교사이기도 한 이 녀석한테는 아무도 대들지 못한다.

나도 어렸을 때 스파르타 교육을 받은 적이 있다. 지금은 샬롯의 교육 담당이기도 하다.

"도련님. 이 말로는 도련님이 얼른 방에서 나와주시기를 기도하고 있습니다."

말로가 방에서 나간 걸 확인하고, 나는 다시 침대로 들어갔다.

"……그 녀석. 얘기를 길게 끌어서 완전히 잠기운이 날아갔잖아."

제네라우스 사건 이후의 커다란 변화.

그것은 전쟁이 멀어졌다는 것이다.

"하아~. 말로랑 얘기하면 어린 시절의 공포가 되살아나서 마음 편히 잘 수도 없다니까."

이건 내 생각이지만, 어둠의 대정령은 전쟁이 수렁에 빠지는 걸 싫어한 거다.

애니메이션에서도 엘드레드를 품은 슈야 때문에 전쟁이 수렁에 빠지자 그 녀석은 투덜거렸다. 엘드레드가 있는 줄 알았다면 전쟁을 시작하지 않았을 거라고 후회했다.

다시 말하자면 제네라우스에서 슈야가 날뛴 게 어둠의 대정령에게 들킨 것이 좋은 방향으로 작용한 거 아닐까?

빤히 보이는 호랑이의 꼬리를 밟는 얼간이는 없다. 제국을 사랑하는 그 대정령 씨라면 당연하지.

"전쟁은 막았어……. 내 목표는 달성…… 됐는데……."

다시 말해서 나는 목표를 달성했다.

세상은 평화를 향해 일직선! 고맙다, 슈야! 역시 너는 애니판 주인공이야! 이제는 나도 내 행복을 낚아채면 된다!

그래서, 그런 식으로 생각했는데.

그런데. 어째서냐고!

"왜 내가…… 공작 영지의…… 친가에 있는 거지……."

제네라우스의 싸움 뒤.

내 주위에서 일어난 또 하나의 커다란 변화.

기사국가의 여왕님이 제네라우스에서 돌아온 우리를 기다리고 있었다. 그 사람에게 크루슈 마법학원을 지킨 공적을 칭찬받고, 나랑 샬롯은 그대로 학원으로 돌아갈 거라고 생각했다.

마침 크루슈 마법학원도 재건이 끝났고, 방학이 끝날 참이었으니까.

그러나 나는 크루슈 마법학원으로 돌아가지 못했다.

여왕 폐하가 내게—— 수호기사(가디언)가 되어 달라고 권유했으니까.

"이노옴! 어딜 게으름을 피우나! 그래서는 사관학교에 들어가서 한 달 만에 탈주한다!"

"훈련 중에 졸린 표정을 짓고 있는 놈이 누구냐!"

"공작가 분들께서 없는 동안 영지를 지키는 것이 우리의 역할이다! 책임의 무게를 이해하고 있는 거냐!"

기사국가의 대귀족, 데닝 공작가.

그리고 나는 그런 귀찮은 집의 삼남이고, 어렸을 때는 신동 따위로 불린 적이 있었지만 말이지.

요즘엔 몬스터에게서 크루슈 마법학원을 구한 영웅이라고 불리는 일도 늘어났지. 하지만, 그래도 말이지? 아무리 그래도 수호기사(가디언) 권유는 예상 못했다.

그거야, 가디언이잖아? 나는 기사에서 가장 거리가 먼 존재잖아.

"공자님! 나와 주세요~!"

"어이! 거기! 뭘 외치고 있어!"

"그게, 말로 메이드장이 밖에서 공자님을 부르라고 해서요!"

"공자님~!"

공작가로 다시 끌려온 나를 기다리는 가족의 반응은 다양했다.

공작가 가주의 길에 끼어들 거라고 생각했는지 짜증을 감추지 않는 형과 내 행동에 순수하게 찬사를 보내는 여동생이 있었다. 하지만 개중에서 가장 놀란 것은, 내 가족 중 태반이 내가 가디언이 되길 바라는 점이었다. 아버지는 공작가의 인간이 왕실기사단(로열 나이츠)에 들어가는 것에 난색을 표했지만, 밀리는 것도 시간 문제다.

"벌써 훈련이 시작됐구나. 그나저나 시끄럽네……. 저 녀석들도 아무리 부른들 내가 나가지 않는다는 걸 알고 있을 텐데."

해가 떠오르고, 바깥에서는 속속 단련하는 소리가 들리기 시작했다.

기사국가 다리스의 대귀족. 저택의 정원에서 수습 기사들이 훈련을 받고 있다. 그들은 우리 집이 품고 있는 수많은 유능한 평민들이다.

"공자님~! 스로우 공자님~!"

데닝 공작 영지에 돌아온 나를, 처음에는 가족이 아닌 자들이 추켜세워 주고 어리광을 받아 주었다.

그야말로 뭐, 바람의 신동 귀환이로다 우와아 하면서.

정말로 굉장했다니까. 왕도에서 취급도 상당했지만, 공작 영지는 그 정도가 아니었다.

하지만 내 두 형들은 나에게 반드시 가디언이 되라고 필사적으로 말했다.

내가 가디언이 되면 자기네가 가주가 될 가능성이 높아져서 그렇다. 가디언이라는 건 왕실기사(로열 나이트)와 달리 특별해서, 가디언을 고르는 순간부터 나는 공작가의 인간이 아니게 된다.

"이래서는 잠도 못 자……. 말로가 준비한 아침이라도 먹자……. 으엑, 콩밖에 없잖아. 우우…… 크루슈의 아침밥이 그립다……. 그런데 요즘 내 식사가 점점 검소해지는 것 같기도…….”

여왕 폐하에게는 생각할 시간을 받았다.

아무리 그래도 즉시 거절하기는 그러니까, 조금 시간을 달라고 했다.

그런데 가족들은 내가 수호기사가 될 거라고 생각하고 있다니까!

공작가는 로열 나이츠와 거리를 두고 있었는데, 가디언이 되는 건 이야기가 다르다는 거냐. 정말이지, 이렇게 속물이라니.

“……꾸울.”

하지만 나를 정치의 도구로 쓰게 둘까 보냐.

그래서 나는 공작가에 돌아온 다음, 가족들에게는 가디언이 될 생각이 없다고 선언했다.

그때부터 우당탕탕 대소동이다. 바깥에 나가 보라면서 영지를 끌려다니고, 거기서 눈빛을 반짝반짝 빛내는 영민들이 가디언 굉장해~ 하면서 말을 걸었다.

그~리고, 어째서 내가 가디언에 추천받았단 소문을 영지의 평민들까지 알고 있는 건데.

너무 열받아서, 나는 방에 틀어박혀 과식중이다.

“꿀꿀꿀꿀꿀.”

이제 가디언 따위 이야기도 안 나올 정도로 살쪄 주겠어. 마침 가족들은 다들 전선에 나가서 집을 비웠으니까, 지금이 딱 좋은 시기다.

놈들도 내가 뒤룩뒤룩 살찐 모습을 보면 생각을 고칠 거야.

나한테 가디언 같은 건 무리라고.

"스로우 님! 일어나셨죠?! 아까 말로 님한테 들었어요!"

누군가 문을 두드린다.

열리지 않는 방이라고 불리는 내 방의 문을——.

"……."

"스로우 님. 이제 농성은 그만두세요! 나오시라고요!"

말로는 평민이면서도 우수한 마법사다.

그 녀석은 내가 마법으로 잠가 둔 문 정도는 간단히 돌파해서 방으로 들어온다. 그렇지만, 지금 가족이 없는 공작가에서 내 허가 없이 이 방에 들어올 수 있는 자는 없다.

목소리의 주인이 누구인지는 생각할 것도 없다.

내 종자, 샬롯.

그렇지만 지금은 거절하는 중이다. 왜냐하면 샬롯은 아까 그 할멈, 말로의 앞잡이니까.

"스로우 님! …… 스로우 님, 나오세요!"

나는 나의 행복한 생활을 위해서 노력했단 말야.

샬롯의 풍요로운 미래를 위해서 노력했단 말야.

하지만 전쟁이 일어나면 꿈자리가 뒤숭숭하니까, 애니메이션 지식을 가지고 있는 내가 전쟁만은 막아야 한단 생각에 필사적이었다고.

그 결과가 이거냐고! 가디언 같은 건 노 땡큐야!

"스로우 님! 이제 최후통첩이에요! 각오하세요!"

"……샬롯. 이제 그만 포기해. 네 마법으로는 무리라니까."

미안하지만 샬롯 정도의 마법사는 내 방에 들어올 수 없다. 지금까지 몇 번이나 노력했지만, 그 문을 돌파하는 건 샬롯에게는 무리일 거다.

그러나, 내 마음을 알아준다고 생각했던 샬롯마저도 내가 가디언이 되는 거에 대찬성이라는 건 너무하단 말이야.

지고의 기사라는 가디언이 마음을 바치는 것은 여왕 폐하뿐이다.

다시 말해서 내가 가디언이 되는 순간, 샬롯과 생이별 확정이란 거지.

"에~이――!"

그 직후에, 나는 봉인돼 열리지 않는 방에서 나왔다. 아니, 날아가 버렸다.

오랜만에 방을 나온 나를 기다리고 있는 것은 모두의 시선이었다.

융단이 깔린 복도를 쿵쾅쿵쾅 걸으면서 메이드나 괜히 체격 좋은 집사들 옆을 지났다. 흠칫한 표정으로 나를 보고 있는 녀석들뿐이지만, 어쩔 수 없다.

진짜로 계속 틀어박혀 있었으니까.

"말로! 어이, 말로! 어디 있어! 좀 할 얘기가 있으니까 나와라!"

"공자님이 열리지 않는 방에서 나왔다!"

"공자님! 어쩐 일이신가요! 그렇게 서두르시면서!"

"말로 어디 있어! 그 할망구! 샬롯한테 뭘 가르친 거야!"

"말로 님은 응접실에서 뭔가 굉장히 중요한 자료를 읽고 계신다고 하니까 멋대로 들어가는 건 도련님이라도 문제가——."

"알 게 뭐야! 이쪽은 급하다고!"

하지만 이 반응, 그리운걸.

칠흑 돼지 공작 시절에 학원을 걷고 있을 때 그 자체다.

다른 것은 어쩐지 흐뭇한 것을 보는 시선이 포함되어 있다는 것 정도일까? 나를 어렸을 때부터 아는 녀석들이 저택 안에 잔뜩 있으니까.

미지근한 시선에 어쩐지 불편함을 느끼며, 나는 응접실로 이어지는 문을 열었다. 그곳에는 오늘 아침에 나를 침대에서 두들겨 깨운 장본인이 있다. 문자가 빽빽한 종이를 보고서 어쩐지 눈을 글썽거리고 있었다.

"도련님. 무슨 일이신가요? 이렇게 어깨를 들썩이시니, 마치 돼지 같습니다."

일일이 열받는 말을 하는 녀석이야.

내가 뭐라고? 돼지? 그런 건 내가 제일 잘 알거든!

"말로! 너 샬롯한테 무슨 교육을 한 거야!"
"……글쎄요. 도련님. 대체 뭘 말씀하시는 건지."
"네가 지도하고 있는 샬롯이! 방문을 날려버렸단 말야아아아!"
나는 아까, 내 방에서 일어난 일련의 흐름을 설명했다.

샬롯이 내 방의 문을 마법을 써서 날려버린 것이다.
꿈인가 했는데, 마법이 성공했다고 기뻐하는 샬롯의 얼굴. 그게 꿈일 리 없다.
"게다가 샬롯이 나한테 사과할 줄 알았는데 폭발 성공을 기뻐했거든! 그런 건 내가 아는 마음씨 상냥한 샬롯이 아냐! 말로. 너 샬롯한테 무슨 교육을 한 거냐고!"
"그 애한테는 일반적인 마법을 가르쳤습니다만."
"어디가 일반적인 마법 교육이야. 샬롯은 빛의 마법사잖아. 빛의 마법이라면 신체기능 강화라거나, 반짝반짝 빛나는 눈속임이라든가, 적어도 폭발이다 폭주다 같은 마법을 가르치는 건 일반적이라고 할 수 없잖아! 샬롯은 엄청나게 굉장한 마법사가 아니니까 뭐라고 할까, 기초부터 차근차근 해야지."
"알고 있습니다. 그러나 그 애는 도련님과 재능이 다릅니다. 그 아이가 제 몫을 하는 마법사가 되기 위해서는 특별한 교육, 또한 의식 개혁이 필요하니까요."
공작가는 호국의 가계라고 불린다.

공작가의 저택은 『장군의 저택』이라고 불리며, 영민에게 존경의 시선을 받는다는 걸 알고 있었다.

공작가 인간은 그냥 뇌까지 근육인 거야. 다들 마법이나 싸우는 걸 좋아하는 거지. 누가 뭐래도 태어난 순간부터 전장에서 가장 눈에 띄는 남자가 돼라. 제일이 아니면 무가치하다는 교육을 끝도 없이 받으니까.

"……말로. 네가 말하는 '제 몫을 하는 마법사'는 다른 데도 아니고 이 공작가에서 제 몫을 하는 마법사를 말하는 거잖아? 샬롯에게 그 수준을 바라는 건 가혹해. 공작가 기준의 일반적인 마법사가 되지 않아도, 다른 집안에서는 충분히 칭찬받을 수준의 마법사가 될 수 있을 거야. 아냐?"

"그렇지만 도련님. 그 애는 아직도 도련님의 종자가 되고 싶다고 말하고 있습니다. 지금 도련님의 종자를 맡을 수준에는 도저히 이르렀다고 할 수 없는데도."

"그건 그렇지만……."

"물론, 카리나 공주님의 가디언이 될 도련님께는 이제 종자 같은 게 필요 없을지도 모릅니다만——."

"……누가 누구의 가디언이 된다고?"

"도련님. 다시 한번, 입으로 말하지 않으면 모르시나요?"

그날, 그 순간.

기사국가의 여왕에게 받은 권유가 내 미래를 바꿔버렸다.

차기 여왕, 카리나 공주님의 가디언. 누구나 동경하는 최고의 미래.

하지만 가디언이 된다니, 나는 완전 사양이야.

"말로. 내가 몇 번이고 말했을 텐데. 나는 가디언이 될 생각 없어."

"저도 여러분과 같은 마음입니다. 도련님. 당신은 옛날부터 보통 사람과는 달랐어요. 도련님은 선택된 인간입니다. 마법의 재능이 넘치고 남의 아픔을 이해할 수 있죠. 그 명성이 타국에까지 울려 퍼졌고, 그 대국 서키스타의 공주님과 혼약 이야기까지 나왔어요. 여왕 폐하께서 개심한 도련님을 가디언으로 지명한 이유를, 저는 충분히 알 것 같습니다."

"이런 모습이라도? 이렇게 뚱뚱해진 나라도?"

"이미 공작가 분들은 지금 도련님의 모습이 의태라는 걸 모두 알고 있습니다. 겉모습으로는 사람의 알맹이를 잴 수 없다고 합니다만, 도련님의 경우가 그 가장 좋은 예라고 할 수 있죠."

젠장.

나는 정말로 가디언 같은 거 되고 싶지 않다고.

"명예로운 일입니다. 공작가의 명성도 더욱 높아질 겁니다."

"말로, 나는 명예 같은 거 필요 없어. 나는……."

나는 아직, 하고 싶은 일이 잔뜩 있단 말이다.

"데닝 공작가에서 태어난 자의 숙명입니다. 대귀족으로 태어나 평민보다 훨씬 뛰어난 교육을 받으며 생활을 하는 자에게는 의무가 생깁니다. 이 나라의 귀족은 대개 타국보다도 귀족의 품격을 중요시하지요. 개중에서도 공작가는 그 정점에 선 가문, 그래서 저는 이 집안을 평생 섬기리라 정한 겁니다."

"하하하, 웃기지 말라 그래. 뭐가 책임이야. 남한테 자기들 꿈을 떠넘기지 말라고. 나는 이 집의, 그런 점이 제일 싫어."

"……지금 그 말은, 듣지 않은 것으로 하겠습니다."

빛의 다리스 왕실.

공작가. 그리고 샬롯까지도 내가 가디언이 되기를 바란다.

결국 이렇게 되는 거냐.

내가 자기 의지를 관철하는 건 어려울지도 모른다. 누가 뭐래도 폐하의 말이니까.

"아, 이야기가 어긋났어. 나는 샬롯의 마법에 대해 말하러 왔었지."

샬롯은 그런 마법을 몰랐을 텐데.

대체 내가 틀어박힌 사이에 무슨 일이 있었지?

"그 애가 하겠다고 말했으니까요."

"그렇다고 해도 한도라는 게 있잖아……. 샬롯이 내 방의 문을 날려버렸다고!"

"그 애도 드디어 그 정도는 할 수 있게 됐군요."

"샬롯은 빛의 마법사야. 폭발처럼 마력이 폭주하는 이상한 거 가르치지마!"

상식을 부수는 마법사가 되길 바라진 않는다.

나는 샬롯의 마법을 시험하기 위해서 문을 잠그고 있었다. 샬롯이 마법으로 해제하면, 문이 열리는 식으로. 그런데 문을 파괴하고 들어오다니 이게 뭐냐고!

"이것이 우리의 방식입니다. 그렇다면 방에서 나온 도련님이 그 애를 지도하면 어떤가요?"

"……."

그때, 처음으로.

나는 친가에 돌아왔다는 걸 실감했다.

쿵쿵쾅쾅 저택 안을 걸었다.

광대한 부지를 가진 공작가 저택에서 일하는 메이드의 수는 100명에 가깝다. 거의 절반이 평민 마법사이며, 그 정점에 군림하는 게 아까 그 할망구 말로다.

그런데, 배고프다. 아침도 샬롯의 마법 탓에 엉망이 돼서 결국 못 먹었다니까.

"거기 메이드. 아침밥 없어?"

"어, 어머나 공자님. 죄송합니다. 아침 식사 시간은 이미 끝났습니다……."

"어…… 하지만 간단한 거라면 있을 거 아냐. 저기, 샌드위치라든가."

"죄송합니다, 공자님. 말로 메이드장이 방에서 나온 공자님의 어리광을 받아 주지 말라고 입에 침이 마르도록 지시했습니다."

그럴 수가 있나. 얼마 전까지는 엄청 상냥하게 대해줬잖아.

아무래도 내가 열리지 않는 방에서 나올 때까지는 철저하게 어리광을 받아 주고, 나온 다음에는 엄하게 대하는 작전인가 보다. 그게 뭐야? 북풍이랑 태양이야?

꼬르르~~~~.

"지금 그거 들었어? 내 배에서 난 소리."

"죄송합니다."

"알았어……. 그러면, 샬롯이 지금 어디 있는지 알아?"

"그 애라면 아직 공자님 방에——."

내 방에 그녀가 있었다.

메이드들이 서둘러서 청소하는 가운데 망연자실하게 서 있었다.

어라, 어쩐지 상태가 이상한데.

"샬롯?"

"우욱…… 스로우 님…… 제 지팡이가 산산조각이……."

"아, 그런 거군. 말로한테 들었어. 그 녀석이 가르쳐 준 마법이랑 샬롯의 지팡이는 상성이 최악이니까 이런 일이 생기지."

그야 빛 마법사용 지팡이니까. 폭발이나 폭주 같이 자기한테 안 맞는, 더욱이 자기 실력 이상의 마법을 자주 쓰면 그렇게 된다.

하지만 분명히 샬롯의 지팡이는 고급품이었을 텐데. 소문을 듣자니 내 다이어트를 성공시킨 공적으로 샬롯에게 특별히 용돈, 어이쿠. 이렇게 말하면 샬롯이 삐치지. 급여가 나왔는데, 샬롯은 그걸 모조리 지팡이에 투자했다고 들었다…… 어지간히 격렬한 마법에 도전한 거겠지.

그렇지만 우리 집에는 지팡이를 10개 부숴야 제 몫을 한다는 풍조가 있다. 지팡이는 소모품이라고 하는 바보 자식도 많고. 역시 샬롯은 이런 환경에 있으면 안 돼.

나는 그날 계속, 지팡이를 잃고서 풀이 죽어 있는 샬롯을 위로했다.

"스로우 님. 아침이에요."

오늘은 그 시끄러운 할멈이 아니다.

샬롯의 목소리다. 하지만 어째서 샬롯이 내 방에 들어올 수 있지. 문에 마법으로…… 아~ 그때 깨달았다. 어제 샬롯이 내 방의 문을 엉망진창으로 날려 버렸지. 돌아보니 아직 문이 없는 상태라서 누구나 내 방에 마음껏 들어올 수 있다. 또 틀어박히면 안 되니까 말로가 지시해서 고쳐 놓지 않았단 말이지이.

"알았어…… 일어날게."

졸린 눈을 비볐다.

……오랜만에, 오늘은 조금 외출이라도 해볼까?

내가 틀어박힌 사이에 샬롯이 뭘 했는지, 어제 그 마법도 그렇고 신경 쓰이고인단 말이지.

"있잖아……. 샬롯의 하루는 어떤 느낌이야?"

그리고, 나는 샬롯의 일상을 듣고서 펄쩍 뛰어 일어났다.

이 집의 교육 방침은 점잖게 말해서 미쳤다.

어린아이한테 자기가 먹을 건 자기가 찾아오라면서 숲에 버려진 기억도 있고, 지팡이를 너무 휘둘러서 어디가 부러진다거나 하는 일도 흔하다.

"——요전에는, 나이프 한 자루를 들고 숲 안쪽에 남아서 사흘 정도 살아남고 오라고……."

"뭐라고~?"

"저도 처음에는 이제 끝이라고 생각했는데요……. 뜻밖에도 어떻게든 되는 거구나 싶더라고요. 왜냐면 스로우 님. 저, 생각했거든요. 휴잭에서도 위험한 꼴을 당했었으니까 서바이벌 기술 향상이 필요하겠구나, 하고."

"아니아니아니아니. 휴잭의 생활 같은 건 특수한 사례잖아. 몬스터에게 지배된 곳 한복판에 잠입하는 일 따위, 나는 두 번은 사양이야."

"그런가요? 저는…… 그때 조금 즐거웠어요……."

"어? 정말로?"

그때 생각났다. 샬롯은 겉보기와 다르게 듬직하단 말이지.

"마법학원에서 생활은 즐거웠지만, 공작가에서 배워야 할 게 많아요. 아, 요전에는 뱀을 요리했어요! 맛있었어요! 스로우 님한테도 다음에 만들어 드릴게요!"

"아니아니아니. 절대로 사양하겠어!"

"뭐든 시험해 봐야죠, 스로우 님!"

"……샬롯, 이상하다는 생각 안 들어? 그런 위험한 장소에 혼자 남겨지는 거 말이야. 크루슈 마법학원에서는 그런 수업 하나도 없었잖아?"

"전혀 위험하지 않은데요? 평소에는 더 위험한 장소에 갔으니까요."

"알았어, 샬롯. 이제 충분히 알았어."

"뭘 아신 건가요? 저, 드디어 이해했어요. 공작가에서 배우는 삶의 방식은 장래 도움이 된다! 라는 걸요."

그렇게 말하고 눈빛을 반짝거리는 샬롯. 이미 글렀나.

세뇌당했어. 지팡이가 없으면 물리공격을 하면 된다고 하는 그런 샬롯은 안 돼.

머리를 감싸쥐고 싶었다. 이럴 수가 있나.

"저, 다음에 지원해서 원정에 데려가 달라고 할까 생각하고 있어요. 지팡이는 없지만, 배울 수 있는 게 많을 테니까요."

안 돼 안 돼, 그러면 안~돼!

원정 같은 거 갔다간 샬롯이 더욱이 이상한 방향으로 나아가

버리잖아.

무조건 반대다.

"샬롯. 조금 부탁이 있는데…… 내 짐을 좀 꾸려 줄래?"

여기 있으면 샬롯의 상식이 이상해진다.

크루슈 마법학원으로 돌아가자. 그렇게 결의한 순간이었다.

풍요로운 자연과 함께 번영하는 공작 영지.

하늘은 예쁘게 개었고, 아름다울 정도로 맑았다. 이것저것 궁리해야 하니까 기분전환을 하려고 나왔는데, 이렇게 산책을 하기만 해도 충분히 마음이 씻겨나가는 기분이었다.

"정공법으로 갈지, 상대의 약점을 찌를지. 으~음. 하지만 상대가 그 말로니까 말이지이. 흔해 빠진 설득으로는 아버지의 방침을 거스를 수 없단 말이지. 그러면 어떻게 해야 할까?"

방에 틀어박혀 있던 내가 갑자기 학원에 돌아가고 싶다고 하는 것이다.

그러기에 충분한 이유를 생각해 내야 한다.

"가능성 중 하나로, 입 다물고 집을 나간다는 방식도 있지만…… 너무 억지인가?"

그리고 집을 나가도, 나랑 샬롯은 갈 곳이 없다.

뭐, 모험가나 마법 가정교사나 용병 같은 무한한 가능성이 있지만, 실제로 크루슈 마법학원에 돌아가는 게 가장 현실적이다. 공작가의 방식에 물들어 가는 샬롯을 본래대로 되돌리기 위해서도 크루슈 마법학원에 돌아가고 싶다. 하지만……
평소에는 내 편을 들어주는 샬롯도 입다물고 집을 나가는 건 용납해 주지 않을 거야.

그러면 어떻게 한다?

"하지만, 어떻게 말로를 설득하면 되는 거지……. 말로는 엄청 깐깐하니까……."

내가 이 집을 나가는 방법은 오로지 하나. 그 할망구 메이드를 설득하는 거다.

그렇지만, 이게 무엇보다도 어렵다.

내 아버지는 공작가에서 나를 교정하고 싶어하니까.

"공자님! 그 소문 들었어요!"

"여왕 폐하께서 직접 말씀하시다니, 꿈만 같은 일 아닌가요!"

바깥을 산책하면 모여드는 영민들.

대지의 은혜가 넘치는 공작 영지에는 영지 바깥에서도 풍요로운 생활을 바라며 수많은 사람들이 몰려온다. 언젠가 전쟁이 일어날지도 모른다고 하는 이런 시기이니, 강대한 재정 기반을 가진 영지보다도 우리처럼 강력한 군사력을 가진 영지가 이주처로 굉장히 인기가 있다고 누군가가 말했었다.

"아니아니 좀 기다려봐. 내 이야기도 들어줘."

"공자님이 마법 학원에 가셨다고 들었을 때는 어떻게 되는 걸까 생각했지만, 엄청 늠름해지셔서 돌아왔다고 들었어요! 지금은 그게, 조금 살이 찌신 것 같지만요."

"욘석아, 공자님께 그게 무슨 말버릇이냐. 가디언이 된다는 중압감은 우리는 상상도 할 수가 없잖냐."

뭐가 즐거운지 모르겠지만, 영민들이 나를 보고 눈빛을 반짝거린다.

내가 가장 싫어하는 기정사실이 멋대로 정해진다. 장난치냐고 말하고 싶었다. 하지만 이 녀석들의 반짝거리는 눈동자를 보니 아무 말도 못하겠다.

"공자님! 기사가 되시는 건가요?"

"공자님! 소문 들었습니다! 가디언이 된다고요!"

다들 내가 가디언이 된다는 걸 믿어 의심치 않는다.

나는 그럴 생각이 전혀 없는데도…….

그리고, 왜 이 녀석들까지 알고 있는 거지? 소문을 흘린 건 내가 방해된다고 생각하는 형제들인가?

하아. 이 퉁퉁한 모습을 보면 알잖아?

나는 공작가의 후계자 경쟁 같은 거 전혀 흥미 없단 말야.

지금도 형제들은 출세 레이스에서 이기기 위해 최전선을 달리고 있을 거다.

"스로우 님, 저도 영광스러운 이야기라고 생각해요! 그 가디언이잖아요? 스로우 님에게 안성맞춤——."

"하지만, 샬롯. 나는 검도 못 쓰잖아."

"연습하면 되는 거예요! 스로우 님이라면 괜찮아요!"

샬롯도 내가 가디언이 되는 것에 적극적이고……. 그래서 나는 스트레스로 과식을 해 버리는 거야.

여왕의 명령이라면 홀로 전장을 달리는 기사.

냉정하게 생각해서, 내 이미지하고 정반대잖아. 정말로 어째서 이렇게 됐지.

"샬롯, 말로를 내 방으로 불러 줄래?"

"무슨 용건 있으신가요?"

"좀 있어."

"알겠습니다!"

그런데, 어떻게 말로를 설득한다?

이런 건 단단히 준비를 해도 소용 없다. 말로는 나 같은 거랑 비교가 안 될 정도의 인생 경험을 쌓았다. 잔재주로 말을 걸었다가는 그냥 격퇴당할 뿐이다.

하지만, 우리는 크루슈 마법학원으로 돌아가겠다.

그 맛있는 아침 식사를 떠올려라. 이 엄격한 집에서 나오는 밥보다도 100배 맛있는 귀족식. 누구도 방해하지 않는 나만의 방이 있고, 시끄러운 메이드 할멈이 멋대로 들어오는 일도 없다. 하물며 자는 사이에 머리를 때리면서 두들겨 깨우는 일도 없다.

"공자님—— 저기. 괜찮을까요?"

"왜? 나는 이제부터 말로랑 인생을 건 대승부를 해야 하니까

바쁜데.”

“공자님께 손님이 와서요.”

“나한테 손님?”

“네. 그렇지만 ‘만날 필요도 없다. 그냥 전언을 전해 주기만 하면 된다.’ 고 해서…….”

“그게 뭐야? 전언이란 건 뭔데?”

“저기…… 조심해라, 라고.”

……어? 그것뿐? 그걸 물어보자 젊은 메이드가 고개를 끄덕였다.

지금 그게 전언? 그거 엄청 무서운데. 호러잖아. 범죄 예고 같은데.

그리고, 나한테 손님이 오는 것 자체가 드물다.

혹시 내 팬인가? 학원에서 있었던 몬스터 소동 뒤로 내 팬이 됐다는 애도 잔뜩 있으니, 내 팬이 공작 영지에 있어도 이상할 것 없다. 아, 어쩌면 의미심장한 말을 해서 내 흥미를 끌려는 팬인가?

“전언 내용은 뭐 됐어. 그래서, 그 손님은 어떤 녀석이었어? 되도록 구체적으로 가르쳐 줘. 나이나 겉모습 같은 거.”

“그게 저기…… 공자님을—— 오크로 둔갑하는 변태라고. 저도 잘못 들은 건가 했었는데, 붙잡을 틈도 없이 가버려서.”

오크로 둔갑하는…… 둔갑한다고?

나는 인생에서 한 번도 몬스터로 둔갑한 적이——. 떠올려

보니, 충격이 몸을 관통했다.

머리에 번쩍 떠오른 누군가…… 휴잭에서 만난, 그 녀석이다.

"……윽."

말없이 걸었다.

말도 안 돼. 말도 안 된다고. 어째서 그 녀석이 연락을 하는데. 게다가 일부러 본인이 여기까지 와서? 그 녀석 얼마나 한가한 건데? 할 일이 더 많을 거 아냐. 지금 제국은 커다란 전환기를 맞이하고 있다. 그래서 그 녀석은 어둠의 대정령 앞잡이 짓을 하느라 바쁠 텐데.

안 그러냐! 루니!

"꿀꿀꿀."

그 자식은 당당하게 자기가 돼지 공작의 손님이라고 메이드에게 소개했다고 한다. 메이드도 그런 사람이 온다는 보고는 못 들었지만, 너무나도 당당한 태도 때문에 믿었다고 했다.

메이드들에게 루니의 겉모습만 말해 주고, 만약 또 부지 안에 녀석이 있으면 나에게 보고하라고 했다.

하지만…… 벌써 자취를 감추었겠지.

여기는 그 녀석에게 적지 한가운데. 그리고 나에게 전언만 남기고서 금방 돌아간다고 본인도 말했다고 하니까, 목적은 이미 달성했으리라.

그러나 전언의 알맹이가 너무나도 의미심장하다.

"……."

최전선에서 순조롭게 제국 병사가 물러나고 있다. 이면에서는 도스톨의 사자도 왔다고 했다.

제국은 틀림없이 전쟁 의사가 약해지고 있었다. 그런데 루니가 나에게 충고를 보내는 이유는 대체 뭐지?

으~음, 모르겠다! 애니메이션에서도 그 녀석은 수수께끼였으니까! 적인 슈야에게 강해지기 위한 조언 같은 것도 마구 보냈었고.

조심하라니……. 누군가의 목숨을 노리기라도 한다는 건가?

그렇다면 한 명 짚이는 녀석이 있다.

그 녀석이다. 슈야다.

어둠의 대정령은 슈야를 조종하는 엘드레드의 존재를 알고 말았다.

애니메이션 속에서 어둠의 대정령은 몇 번씩이나 엘드레드와 슈야를 죽이려고 했었다. 기본적으로 대정령들은 사이가 나쁘다. 특히 어둠의 대정령과 엘드레드는 최악이다. 녀석들이 만났을 때, 대개 그것은 후세에 길이 이어지는 규모의 싸움이 된다.

……하지만 슈야는 나에게 소중한 녀석도 아니니까 말이지.

"도련님. 할 이야기라는 것은 무엇인가요?'

생각이 정리되지 않은 채 내 곁으로 공작가를 맡고 있는 여걸, 말로가 찾아왔다.

아, 아차. 설득할 이유 아무것도 생각 못했다.

이렇게 되면 그냥 들이받는 것 말고 내가 쓸 수 있는 수단이 없었다.

분명한 경험을 쌓아 올린 자만 낼 수 있는, 총명한 차분함과 여유로운 태도.

가족들이 부재중인 지금, 말로는 아버지에게서 집을 부탁받았다.

하루를 누구보다도 바쁘게 일하고, 언제 자는지도 알 수가 없다.

그렇지만 내가 불러내면 금방 이렇게 달려온다.

"말로, 할 얘기가 있어."

"그렇겠죠, 도련님. 저를 부르셨다고 했으니까요. 그러나 그 방에서 나온 지 며칠이 지났습니다. 뭔가 결심하신 표정을 짓고 있군요."

"그래. 드디어 결심했어. 나는…… 마법학원으로 돌아갈 거야."

내가 크루슈 마법학원에 있어도 의미가 없다. 그것이 아버지의 생각이다.

그러나 말로는 어느 정도 예상하고 있었는지, 무턱대고 내 생각을 부정하지 않았다.

"도련님. 친가는 불편하신가요?"

"그렇지는 않아. 다만 지금 내가 있을 장소가 아니라고 생각했을 뿐이야."

"뜻밖이군요. 기분이 최악이라고 말씀하실 줄 알았습니다."

"뭐…… 내가 가디언이 된다는 황당무계한 소문을 영민들에게 흘린 녀석에게는 마땅한 벌을 내려야 한다고 생각해. 그래도 그것 말고는 아무 문제도 없어."

"소문을 흘린 것은 조부님이십니다. 귀족으로서 자각을 가져 주기를 바라신 거겠죠."

"말도 안 되는 소릴. 내가 가디언이 되면 공작가하고는 완전히 멀어지는데 내 존재가 공작가의 명예가 되다니. 그런 이야기가 통하겠냐고. 말로 너도 알고 있잖아. 아버지는 날 감싸주지만, 한 번 커다란 실수를 범한 나는 역시 방해꾼이란 말이지."

그렇다.

내가 공작가에 준 마이너스 이미지가 지나치게 크다.

그리고 또 언제 내가 살찐 리얼 오크가 될지 알 수 없다.

그렇게 다루기 어려운 나를 가족들은 사악한 존재라고 생각하고 있을 것이다.

그래서 가디언 이야기가 나왔을 때 그 녀석들은 달려들었다.

"이 집은 내 보금자리가 아냐. 하지만 마법학원에 있을 때는 마음 편히 지낼 수 있었어. 내가 다소 성격이 좋아진 것도, 어쩌면 환경이 바뀌었기 때문일지도 몰라."

"도련님……."

뭐 슬픈 기색으로 말은 했지만 모두 내 자업자득이란 말이지.

이렇게 적들밖에 없는 환경에 있기 싫다.

그러니까 마법학원으로 돌아간다고 나는 말로에게 호소하는 거다.

비기, 징징 떼쓰기.

"차분한 마법학원에서 나도 가디언이 되는 것에 관해 제대로 생각할 거야. 그쪽에서는 여기처럼 가디언 이야기도 퍼지지 않았을 테니까, 조용히 생각할 수 있겠지."

"도련님. 말로는 당신을 누구보다도 계속 바라보고 있었습니다. 도련님에게 친부모 같은 감정을 가지고 있어요."

"알고 있어. 너는 언제나 내 편이었지. 그래서 너한테 부탁하는 거야."

이 말로는 나를 지탱해 주었다.

말로는 지금까지의 내 모든 것을 알고 있다.

내가 바람의 신동이라고 불리던 시절도, 내 반항기도, 국외에 퍼질 정도로 내가 구제불능이 된 것도 모두 다.

"……."

좋아 좋아. 꽤 좋은 전개다.

이대로 가면 마법학원으로 돌아가는 허가, 내주지 않을까?

솔직히 이것이 처음이자 마지막 기회다. 가족이 전장에서 돌아오면 내가 크루슈 마법학원으로 돌아가는 걸 절대 인정해 주지 않을 거다. 그 녀석들은 정말이지 머리가 굳었으니까. 그래서 내가 마법학원으로 돌아가려면 이 말로를 설득하는 것 말고는 길이 없다.

"안됩니다."

……뭐, 예상은 했어.

알고는 있었지만 말이지. 말로가 이렇게 확실하게 말하면 슬프다. 하아, 이제 사면초가란 거군. 완전히 궁지에 몰려 버렸다. 책략이라고 부를 만한 생각이 있었던 건 아니지만, 그래도 말로를 설득하기에는 너무나도 준비가 부족했다.

아무 신빙성도 없는 내 말만으로 애당초 설득할 수 있을 리가 없었다.

나는 가족이 전선에서 돌아올 때까지 계속 공작가의 영지에 감금되어, 가디언이 되라는 설득을 받게 되겠지. 생각만 해도 식욕이 달아나네.

"이야기가 바뀝니다만, 도련님. 도련님은 도련님 리포트라는 걸 알고 있나요?"

"뭐?"

"도련님 리포트 말입니다."

"그, 그게 뭐야?"

"크루슈 마법학원에서 도련님이 지낸 일상을 극명하게 기록한 것입니다."

아니아니아니, 무슨 말을 하는 거야. 그거 완전 스토커잖아.

게다가, 말로가 책상 위에 올린 종이 다발의 두께가 1미터 가까이 된다. 이건 초대작이란 예감이 드는군. 아니, 아무리 그래도 너무 많잖아.

"……말로. 혹시 이거, 샬롯이……."

"네, 그 애가 학원에서 보낸 겁니다."

그러고 보니 샬롯은 나날이 내 학원생활을 엿보고 있었지. 입학 당초에는 샬롯이 관찰하는 게 훤히 보였지만, 차츰 샬롯의 엿보기가 능숙해져서 중간부터는 전혀 신경 쓰이지 않게 됐다.

하지만 설마 그 이름이 도련님 리포트였다니…… 알맹이는 절대 보기 싫다.

"이것은 공작가 안에서도 한정된 인간만 볼 수 있는 기밀 자료로 취급됩니다. 저도 도련님이 돌아온 다음에야 이걸 볼 허가를 받았습니다."

그렇지만 참으로 악취미인걸.

내 사생활을 뭐라고 생각하는 거야.

"저는 이것을 보고 눈을 의심했습니다. 도련님이 크루슈 마법학원에 입학한 당초에는 이쪽에서 보내실 때와 변함없는 행동을 반복했습니다만 어느 날을 경계로 도련님은 변했다고, 그 애가 이 도련님 리포트에 기록했습니다."

알았어. 알았다고.

됐으니까 그 도련님 리포트라고 부르는 건 관둬.

어쩐지 엄청 뭔가 간질거리니까.

"마법학원으로 가기 전의 도련님밖에 모르던 저는, 도련님이 학교에서 친구가 생겼다는 것을 믿지 못했을 겁니다. 그러나 이것을 보고 저는 생각을 고쳤습니다. 그걸 고려해서 다시 한번 들려주시길 바랍니다. 도련님은 무엇을 위해 마법학원으로 돌아가시는 건가요?"

"나는 마법학원에서 친구를 얻었지만, 작별 인사도 못했어."

말로는 아버지의 마법 가정교사이기도 하니까 상당히 고령이지만, 연령이 느껴지지 않는 자세를 취한다.

자연스럽게 나도, 등을 곧게 펴게 되었다.

"그쪽에서, 못다한 일이 잔뜩 있어."

●

"꿀꿀꿀."

"스로우 님. 어쩐 일이세요? 그렇게 황급히."

"샬롯, 짐을 꾸리자꿀. 서둘러야돼꾸울."

"네?"

때로는 기세가 중요하다.

부글부글 끓어오르는 마음, 막을 수 없는 충동이 단단한 마음을 녹이는 법이야.

너무 복잡하게 생각해도 괜히 시간을 낭비할 뿐이지.

말로랑 대화를 나눈 나는 기세가 얼마나 멋진 건지 통감했다.

"어디 외출하실 건가요? 저는 그런 예정 한마디도 못 들었는데요……."

"훗훗후. 어디라고 생각해?"

왜냐면, 승리할 확률은 1%도 없었을 테니까.

크루슈 마법학원으로 돌아가고 싶다는 내 의사는 집의 방침과 180도 어긋나서, 그저 내 막무가내에 지나지 않는다. 그러나, 내 요청은 받아들여졌다.

이유는…… 샬롯 리포트라는 것 때문이다.

"아, 알겠어요! 스로우 님, 오늘은 제 산적의 숲 수업에 따라오시는 거군요——."

"수업?! 샬롯, 또 새로운 특훈에 도전하려고?! 하지만 그런 건 언제든지 갈 수 있잖아. 전혀 아냐! 그러니까, 사실 아까 말로랑 얘기를 해서, 허가를 받았단 말이지!"

"허가라는 게 그렇게 기쁜 건가요?"

"당연히 기쁘지!"

말로가 고개를 세로로 움직인 이유.

모든 것은 샬롯이 만들어준 내 생활 일지 덕분이다.

말로는 어젯밤부터 한숨도 안 자고 그것을 읽었다고 한다. 샬롯 리포트, 대체 얼마나 쓴 거지. 내 학원 생활이 남에게 들려줄 구석이 있었던가?

말로가 조금 읽어보겠냐고 권했지만 사양했다.

뭐가 슬퍼서 내 학원 생활을 읽어야 하는데.

"꾸훌, 꾸후후후훌."

"스로우 님, 몇 번이나 해냈다는 포즈를 하시는데요. 뭐가 그렇게 기쁜가요?"

"꿀꿀, 꿀꾸울. 알고 싶어?"

"알고 싶어요, 가르쳐 주세요. 스로우 님이 그런 포즈를 하면서 짐을 꾸리다니 처음 봤는걸요! 대체 어떤 근사한 장소인가요?"

그야 기쁘지.

기뻐서 날아오를 것 같아.

왜냐면.

"샬롯! 우리는 크루슈 마법학원에 돌아가는 거야!"

2장 신임 교사

덜컹덜컹덜컹덜컹.

잘 흔들리는 마차에 몸이 들썩들썩 흔들리면서, 방에 틀어박혔던 나날을 떠올렸다.

공작 영지는 분명히 내 고향이지만 마음 편한 장소가 아니란 것도 사실이다.

한 번 돌아가서 새삼 생각했는데, 공작가의 사고방식이란 게 나한테 안 맞는다니까.

공작가 사람들은 자신이 나라를 지키기 위해 태어났다는 생각이 밑바탕에 있어서, 지금의 나처럼 자기가 제일 행복해지고 싶다고 생각하는 것 자체가 어불성설이라는 면이 있다. 그게 아무래도 거북하단 말이지이.

분명히 우리는 대귀족이고, 평민이랑 비교해서 축복받은 생활을 보낼 수 있다.

그렇다고 자기가 행복해지면 안 된다는 건 이상하잖아.

"꿀꿀꿀."

"……."

옆에서는 샬롯이 폭풍 수면을 취하고 있다.
무릎 위에 놓인 책은, 제목이 어디 보자~ 돈벌이의 자격?
조금 전까지 학원에서 돈을 팍팍 벌어서, 지팡이의 군자금으로 삼는다고 큰소리를 쳤었지.
"어어이. 도련님. 조금만 더 가면 마법학원에 도착합니다아."
"꿀꿀."
양쪽이 광대한 숲으로 둘러싸인 가도, 조금만 더 가면 마법학원에 도착한다.
내가 칠흑 돼지 공작에서 순백으로 변한 시작의 땅.
감개에 젖어 있는데, 돌이라도 있었는지 갑자기 마차가 덜컥 흔들려서 꾸벅꾸벅 졸고 있던 샬롯이 눈을 떴다.
"스로우 님?"
"안녕? 샬롯. 조금 남았어."
"응, 으응……. 알았어요. 하지만 학원으로 돌아가면 다이어트 꼭 하셔야 해요?"
"그 말 벌써 백 번은 들었어."
"저는 말로 님에게 스로우 님이 다이어트를 해야 한다고 들었으니까요! 크루슈 마법학원으로 돌아오는 조건이 스로우 님의 다이어트잖아요!"
"샬롯은 걱정도 많아. 나는 그 칠흑 돼지 공작 시절에서 슬림하게 변신한 남자거든?"
샬롯은 출발하기 전에 말로에게 단단히 내 체형에 대한 말을 들었는지 굉장히 열심이다.

그렇지만, 나에게는 다이어트와 비슷하게 중요한 일이 있단 말이지.

루니가 일부러 공작 영지까지 와서 남긴 전언. 그 진위를 확인하기 위해서다.

하지만 그 녀석, 진짜로 나에게 전언만 남기고 제국으로 돌아갔나? 어디 숨어 있는 거 아니겠지? 그런 깜짝 전개는 봐줬으면 좋겠는데…….

"스로우 님! 저기 보세요!"

"꿀꾸울."

익숙한 문을 본 순간의 마음은 말로 표현하기가 어려웠다.

정말로 고향에 돌아온 것 같다. 아아, 이걸로 또 빈둥거리는 생활을 할 수 있어. 공작가에서 생활하면 뭘 하든 간에 불평을 듣는다. 등이 굽어 있다거나, 그런 건 아무래도 좋단 말이다.

크루슈 마법학원으로 돌아왔다.

드디어, 드디어다. 여왕 폐하의 변덕만 없었어도. 나에게 가디언이 되지 않겠냐고 권하지 않았으면 금방이라도 이 마법학원으로 돌아올 수 있었는데.

데닝 공작 영지에 끌려 돌아갔을 때는 진짜 절망했었다니까.

"꼭, 꼭 약속한 거예요. 살을 빼지 않으면 가디언이――."

"알았어. 알았다니까. 샬롯이 하고 싶은 말은――!"

문을 통과하자 펼쳐지는 세상.

바깥쪽 담도 예쁘게 정비됐다. 대체 얼마나 일손이 들어간 거지?

내 기억에는 학사가 몬스터에게 완전히 파괴된 광경이 남아 있었다. 그렇게 몬스터 습격으로 온갖 곳이 너덜너덜해진 크루슈 마법학원이 막대한 돈을 들여서 개수됐다고 들었다.

온갖 곳에서 알 수 있는 변화를 보니, 재건에 연관된 기술자들의 섬세한 배려가 전해지는 것 같다.

"……."

그렇지만 내가 마법학원에 돌아온 걸 깨달은 녀석은 아직 전혀 없는 모양이다.

까놓고 말이지. 신경 쓰였다니까. 내가 마법학원으로 돌아오면 패닉이 일어나는 거 아닐까 하고. 하지만 아직 수업 중이니까~. 그렇구나~. 그럼 어쩔 수 없지~.

태반의 학생들은 수업 중. 학원은 한산하다…….

후후후, 그러나 나는 앞으로의 전개를 눈에 선하게 알 수 있거든?

"데닝 님이다……."

"데닝 님이 돌아오셨다——!"

이런 느낌으로 말이지. 교사에서 나온 학생들이 나에게 달려오는 거지.

영웅이 돌아왔다 하면서 대소동. 꾸훌훌. 몬스터 소동이 있었던 그때는 굉장했으니까. 내 모습을 보기만 해도 마법을 가르쳐 달라거나 사인해 달라거나, 제자로 삼아달라는 등.

말하자면, 드래곤 퇴치를 한 뒤의 전개가 이제부터 다시 시작되는 거지?

키야~! 한 사람 정도는 제자를 받아 줄까?

"꾸훌, 꾸후후훌."

"아, 스로우 님. 마침 수업이 끝난 것 같아요."

수업의 종료를 알리는 종소리가 들렸다.

어이쿠, 영웅의 귀환이 시작되는 건가?

꾸훌. 꾸후후훌. 그렇게, 생각했었다.

다들 학원을 지켰을 때처럼 추켜세워 줄 거라고.

그렇지만, 실제로는 그렇게 달콤하지 않았다.

"……어이, 저건."

아무도 다가오지 않는다. 그렇다기보다, 다들 명백하게 쫄아서 거리를 두고 있었다.

어라? 이상하지 않아? 그 표정, 뭔데? 명백하게 쫄고 있는데.

옆에서 샬롯도 신기하단 표정이었다.

"스로우 님. 굉장히 괴상한 표정을 지으시는데, 무슨 일 있나요?"

어…… 어째서?

"……."

밤이 됐다. 돼 버렸다.

아무 이벤트도 안 일어나고 하루가 종료됐습니다.

나는 지금, 크루슈 마법학원 남자기숙사의 4층에서 학원을 바라보고 있었다.

의미심장하게 학원 안을 어슬렁거렸는데, 데닝 님이 돌아왔다 같은 반응이 전혀 없었다.

어? 샬롯?

샬롯은 그다음에 금방 친구들이 데리고 갔다. 재건된 학원의 변한 모습을 안내해 준다고 했다. 나는 사양했지. 샬롯이 즐거운 시간을 보냈으면 해서. 하지만 좋겠다. 샬롯은 마음씨 착한 친구가 있어서.

내 기대는 어엿하게 박살이 났다는 소리다.

"……꾸울."

그야 이런 돼지 울음 같은 소리도 나올 법하지.

왜냐면, 있잖아? 친구라고 생각했던 비젼도, 나한테 커다란 빚이 있는 슈야도, 단 한 명도 내 방을 찾아오질 않았거든?

전부 다 내 착각이었던 거냐?

말로한테 크루슈 마법학원에는 내가 돌아오길 기다리는 친구가 잔뜩 있다고 했는데.

재는 표정으로 선언한 내 입장도 이해해 주라고.

……이래도 되는 거냐? 다들 같은 남자 기숙사에 살잖아? 계단을 말이지, 조금만 올라오면 금방 내 방이잖아.

"너무해, 너무해."

그렇게 중얼거리고 나는 침대로 갔다.

오직 부드러운 침대만이 전과 변함없이 나를 맞이해 주었다.

어제 크루슈 마법학원 귀환은 최악의 결과였다.

덕분에 나는 최악의 꿈을 꿨다.

칠흑 돼지 공작 본래의 미래다. 누구도 필요로 하지 않고 삭아 간다. 마지막에는 빼빼 마른 영양실조 돼지가 되어 죽었다. 이래서는 애니메이션의 배드 엔딩보다도 심하다. 그쪽은 개심하지 않고 끝나는 루트였지만 말야. 나는 노력했잖아? 모두를 위해서.

전쟁을 미리 막은 것도 내 덕분이거든?

"……*꿀꿀꿀꿀.*"

최악의 기분으로 식당에 가자, 다들 나를 쳐다보며 대소동이 일어났다.

아, 아니다. 소동은 무슨. 왜냐면 조용하잖아. 내가 식당에 들어간 순간에 말하는 소리가 사라졌다. 무심코 움찔해 버렸네. 왜냐면 말이지, 이런 건 식당에 오크가 들어왔을 때 같은 반응이잖아? 일단 다들 굳어 버렸다. 어쩐지 리얼 오크 취급을 받고 있는 나도 몸을 움츠리고 비어 있는 자리에 앉았다.

그러자, 아직 아침 식사가 남아 있는데도 옆에 앉아 있던 남자애가 말이지. 꽤 체격이 좋고 근성이 있어 보이는 선배가 일어서더니 황급히 식기를 정리해 버렸다.

"……꿀꿀."

내 주위에는 아무도 안 앉는다.

이게 뭐야. 대체 어떻게 된 거지? 또 나는 칠흑 돼지 공작이 돼 버린 건가?

내 노력은 리셋된 건가? '도스톨 제국이 군을 물리기 시작한 건 내가 노력한 덕분이야!' 라고 큰 소리로 외치고 싶은 기분으로, 아침 식사를 메이드가 가져다주기를 기다렸다.

됐어 뭐. 나는 말이지, 익숙하다고나 할까?

이런 취급. 칠흑 돼지 공작 시절에는 보통 이랬으니까.

아, 아니구나. 그때는 일부러 식당에 밥을 먹으러 오질 않았었지. 샬롯이 방으로 먹을 걸 가져다줬으니까.

하지만 말이지? 일단, 상처는 입거든? 왜냐면, 인간이잖아.

"──아~~~~~~~~~!!!"

외치는 소리다. 시끄러워.

아침부터 미처 잠이 덜 깬 머리에는 조금 들어 주기 어려운 타입의 높은 목소리였다.

뭔데? 이 정적을 날려 버려주는 건 고맙지만 말이지. 만약 그 반응이 나를 보고 외친 소리 같은 거면 아무리 나라도 울 거다. 그리고 대체 이 목소리 주인은 뭘 본 거야? 유령인가? 본래 있을 리 없는 내가 식당에 나타나서 깜짝 놀라 버리기라도 한 거야?

"선배가, 있어~~~!!!!"

이 목소리. 설마.

"……꿀?"

"선배다~~! 진짜다~!"

티나였다.

그렇구나. 네가 있었어. 내 마음의 친구에다, 내 마법의 제자 제1호.

티나가 부르고 있었다. 잘못 들은 거 아니지? 유령 아니지?

이쪽으로 달려오는 그 모습. 검은 머리. 출렁출렁 흔들리는 가슴. 꼬리가 있으면 붕붕 흔들 것 같은, 강아지——.

"선배! 여왕님이 가디언이 되지 않겠냐고 권했다는 이야기! 정말인가요?!"

외침과 함께, 와장창창 식기 깨지는 소리가 식당에 울려 퍼졌다.

그뿐이 아니다. 메이드들끼리 부딪히고, 세 자리 떨어진 곳의 남학생이 갑자기 부르르 떨었다. 어, 이 반응 뭐야? 모두의 시선이 나에게 향했다. 거짓말 아니다. 진짜다. 지금, 이 순간, 누구나 내 존재를 인정하고 있었다. 나는 유령이 아니었나 보다.

"역시 그런 건가……?"

"저 애. 평민이잖아."

"용케 가디언이 되려는 녀석에게 말을 걸 수 있군."
"저 애. 분명히 예전에도 데닝이랑 사이 좋았던 녀석 아냐?"
"기다려 봐. 그건 거짓말 아니었어?"
"하지만, 내 아버님이……."
"데닝이, 가디언!"
"아니, 하지만 그건 근거 없는 소문이라고……."
"누가 좀 물어보고 와."
"말을 거는 것도 황송하다니까."
"가디언이잖아, 가디언."
"뭔가 잘못해서 기분이 틀어지면, 잃는 것이 너무 크잖아."
술렁술렁술렁술렁.
어? 온갖 곳에서 들리는 모두의 소곤거리는 목소리.
나는 말이지. 귀가 좋다고. 귀신같이 들을 수 있거든?
그리고 다들 무슨 이야기를 하는지 궁금하니까 마법도 써서 확실하게 주위의 반응을 살펴본 결과.
"——선배! 가디언이 된다는 소문, 정말인가요!"
"잠깐 기다려. 기다려 봐, 티나. 이쪽으로 와 봐."
나는 이해했다.
다들 나에게 다가오지 않는 이유는 분명히, 그거다.
"아니, 내가 그리 갈게. 일단 아침 식사는 중지다. 아쉽긴 하지만."
식당을 나서서 안내받은 곳은 학원 중앙 광장에 새롭게 건조

된 건물 아래였다.

눈앞에 거대한 시계탑이 있었다.

몇 번인가 눈을 쓱쓱 비볐지만, 착각이 아니네.

"티, 티나. 이건 뭐야? 전에는 이런 거 없었지?"

티나에게 인기척이 없는 장소로 안내하라고 부탁한 결과.

여기로 데리고 왔다.

이상하게 어엿한 시계탑으로 이어지는 길. 좌우의 화단에는 색색의 꽃이 흐드러진 화초가 같은 간격으로 배치되어 있고, 계절꽃이 싱싱하게 생명을 피우고 있었다.

마법학원에 도착한 어제는 눈치를 못 챘는데, 시계탑 같은 건 예전에는 없었을 거다.

"선배, 이 장소는 지금은 인기 있는 고백 장소예요. 이런 곳으로 데리고 오다니, 혹시 저 지금부터 고백받는 건가요?"

"꾸우울?! 아니, 그런 거 아니라니까. 그리고 데리고 온 건 너잖아!"

"후후후. 알고 있어요."

"일단 지금은 제쳐 두자. 그보다도 티나, 어째서 네가 그 이야기를 알고 있어?"

"히이익."

나는 단단히 티나의 양어깨를 붙잡고 물었다.

왜냐고? 가디언 이야기는 비밀 중의 비밀이거든? 어째서 평민 소녀인 티나가 알고 있는 건데? 그것도 여왕 폐하께 직접 권유를 받았다니…… 공작 영지의 평민도 몰랐던 진실이잖아. 그 자리에서 무슨 일이 일어났는지는, 내가 여왕 폐하에게 대답할 때까지는 각자 가슴 속에 묻어두기로 했는데…….

"선배, 얼굴이 무서워요."

"아니, 미안. 깜짝 놀라서."

"하지만 그 반응은, 혹시 그 소문이 정말인가요?"

"……나는 아무것도 말할 생각 없지만, 학원 사람들도 알고 있어?"

"그야 물론이죠! 지금 학원은 선배가 가디언이 된다는 소문으로 뜨거워요! 어제는 정말로 굉장했다니까요! 누군가 저기, 선배한테 확인을 해 보자고, 귀족님들이 굉장히 다투고 그랬어요!"

"그러면, 다들 나한테 접근하지 않는 건……."

"귀족 여러분은 서로 견제하고 있어요! 선배랑 친해지면 장래에 굉장하잖아요! 그렇지만 어제는 아무도 선배한테 접근하지 않았나 보네요. 하지만 저도 신경이 쓰였으니까…… 아무도 선배한테 말을 안 거는 것 같아서, 아까 무심코 저질러 버렸어요."

그, 그랬었구나…….

내 착각이었군…….

그러나…… 티나. 너는 굉장한 아이야. 다리스 귀족도 겁을 먹고 물러서는 나에게 돌직구로 묻다니.

"하지만, 선배. 저 생각하는데요. 너무 좀 살찐 거 아닌가요?"

그리고 티나랑 헤어진 다음, 그것이 사실로 밝혀졌다.

나는 카리나 공주님 전하가 학원에 왔을 때처럼 노호의 질문 공세를 받았다.

귀족 학생들은 내 소문이 진짜인지를 물어보고 싶어 근질거려 견딜 수가 없었던 모양이다. 누가 최초로 물어볼 것인가? 그렇지만 최초의 한 명이 내 분노를 사는 게 아닌가 걱정한 모양이다.

그것을 평민 여자애가 커다란 소리로 물어봤으니까…….

"스로우 님, 첫날하고 딴판으로 인기인이잖아요!"

"다들 날 희한하다고 여길 뿐이야, 샬롯. 딱히 내가 인기가 있는 게 아니고."

물론 가디언 관련 이야기는 전부 부정했다.

그런 건 거짓말이야. 애당초 나는 아직 대답을 안 했거든? 꿀꿀하는 느낌으로.

여왕 폐하의 권유는 내가 고개를 끄덕인 순간에 진실이 된다.

내가 거절하면 애당초 여왕 폐하의 권유마저 없었던 것이 되어 어둠 속에 묻혀 버릴 거다.

"그래서 샬롯. 다음 수업은 뭐더라? 그러니까~……."

"에잇! 정신 똑바로 차리세요!"

내가 학원으로 돌아온 지 며칠째.

드디어 차분한 나날이 돌아왔다고 생각했다.

"어라? 어라라라? 착각이 아닌가? 역시! ——스로우 님 아니십니까!"

수업에 가는 나를 부르는 목소리.

묘하게 귀에 익은 목소리다 싶었는데, 금발벽안의 괜히 그리운 녀석이 거기 있었다.

거기에는 내가 순백 돼지 공작이 된 뒤로 처음 친구가 된 그 녀석.

그립군. 벌써 몇 년을 못 만난 기분이다.

"너냐, 비젼. 몬스터 소동으로 죽은 줄 알았는데, 살아 있었구나."

"만나자마자 무슨 불길한 소리를 하시는 겁니까? 팔팔하게 살아 있습니다."

그러고 보니 이 녀석은 내게 질문하는 줄에도 없었군. 그런 자리에 맨 먼저 있을 법한데. 누가 뭐래도 로열 나이트 지망…… 어라? 근데 뭔가 몸 상태가 안 좋은 거 아냐? 이상하게 안색이 안 좋네.

"괘, 괜찮냐? 역시 몬스터한테 다친 거야?"

"……그때 상처는 진작에 나았습니다. 하지만 거의 1주일 만에 등교하는 거군요. 의무실이 새로워진 다음 환자 1호는 저였다고 합니다."

"너, 누구한테 당했어?"

"새롭게 부임한 선생님에게 실력을 시험해 보려고 도전했다가 지독하게 당해서 말입니다……."

힘없이 웃는 비젼 그레이트로드.

신임 선생님? 대체 누구지? 그러고 보니 선생님도 많이 바뀌었단 말이지. 특히 나이가 들어 비실비실한 선생님이 젊은 선생님으로 일신된 경우가 많았다.

"로코모코 선생님 대신 새로운 선생님이 왔습니다. 이번에는 진짜, 현역 로열 나이트입니다."

"그렇게 말하면 로코모코 선생님한테 미안하잖아……."

그리고 비젼이 설명했다.

로코모코 선생님은 흙의 마법사로서 학원 재건에 힘을 다했다. 그리고 학원장님에게 휴가를 달라고 날뛰어서 잠시 휴가를 즐기고 있는 모양이다. 그리고 비젼은 새롭게 온 선생님의 수업 시간에, 선생님에게 마법전으로 도전했다가 두들겨 맞아서 잠시 의무실에 입원했다고 한다.

현역 로열 나이트를 상대로 이 녀석은 무슨 짓을 한 거지?

"그래서, 로코모코 선생님 대신 어떤 선생님이야?"

"……."

"그 침묵은 뭔데?"

"로코모코 선생님 같은 자유로운 선생님이 로열 나이츠에 적응하지 못한 이유를 알았습니다. 그런데 저기…… 다른 이야기입니다만, 그 소문 정말인가요? 스로우 님이…….”
“거짓말이야. 나 같은 녀석이 여왕 폐하에게 직접 가디언 권유를 받다니 그런 일 있을 리가 없잖아?”

이렇게 나는 크루슈 마법학원으로 복귀했다.
짧은 것 같으면서 길기도 했던 공작가의 생활을 떠올리는 일은 이제 없다.
최대한 학원을 졸업할 때까지 계속 여기 있고 싶다니까.
복도나 학원 안에서 스칠 때마다 샬롯의 가차 없는 지적이 날아온다.
“스로우 님! 에잇, 단추가 떨어질 것 같잖아요!”
“스로우 님! 좀 더 정신 차리세요! 등이 굽었어요! 그리고 오늘은 아침 식사를 추가하셨다고 들었어요! 그러니까 저녁 식사에는 반찬 하날 줄일 거예요!”
샬롯은 나한테 다이어트를 시키고 싶은 모양인데…….
하지만 지금의 나에게는 다이어트보다 중요한 일이 있다.
“돼지 공작, 살쪘네에.”
“역시 그 소문은 거짓말 아냐?”
“하긴, 저런 무절제한 녀석이 가디언이라니 말도 안 되지.”
“그렇겠지.”
“꿀꿀거리는 녀석이 가디언이라니 나는 싫어.”

"종자한테 저렇게 잔소리를 들으면서 창피하지도 않나?"

좋아 좋아.

다들 괜찮은 느낌으로 나에게 실망하기 시작했다.

이렇게 타락한 생활을 모두에게 보여서, 내가 가디언이 된다는 바보 같은 소문을 지우고 싶단 말이지.

"꾸우울."

평화롭다.

어디를 봐도 학원은 평화롭다.

그렇지만, 일부러 공작가까지 찾아온 루니의 충고 같은 건 아무데도 들어맞지 않는다.

지금은 아무런 변화가 없으니까 이대로 일상생활을 구가해야지.

그리고 샬롯에게는 미안하지만 다이어트에는 그다지 힘이 들어가지 않았다.

"꿀꿀꿀꿀꿀꿀."

그리고 마법학 수업 시간이었다.

여전히 나는 가장 뒷자리에 진을 쳤다.

몇 단 대각선 아래에는 슈야, 그러나 옆에 있어야 할 알리시아는 없었다.

하지만 이건 애니메이션 그대로다.

알리시아는 장기휴가 기간에 집으로 돌아가지 않은 것 때문에 흠씬 혼났다.
뭐, 공작가에 감금되어 있던 나랑 비슷한 케이스다.
"어이, 다들. 선생님 발소리가 들린다!"
"조용히 해! 또 얻어맞는다!"
두근술렁두근술렁, 신임 로열 나이트.
나는 아직 본 적이 없거든. 어쩐지 긴장되는데……. 소문으로는 수업 시간에 사적인 대화는 엄금. 조는 걸 용서하지 않을 정도로 엄격하다고 한다. 여자애들이 소곤소곤 속삭이고 있는데, 이건 그건가? 역시 지금까지의 예를 벗어나지 않고, 훈남 로열 나이트인가?
"오."
드르륵 문이 열리고, 비젼을 두들겨 팼다는 선생님이 들어왔다.
시원스러운 옅은 보라색 눈동자, 굳게 다문 입가가 심성이 강하다는 걸 보여준다.
움직임에 낭비가 일절 없는 완벽한 동작으로, 선생님은 실내를 둘러보더니 가볍게 한 번 인사를 하고서…… 성큼성큼 단을 올라왔다. 구체적으로 말하면, 내가 앉아 있는 자리 옆까지.
"내 이름은 유우기리 아사히. 로코모코 하이란드 대신 교사로 부임했다."
선생님은 여성이었다. 키는 여성으로서 평균적이지만 탄탄

하고 긴 팔다리와 작은 얼굴 때문인지 실제보다도 커 보였다. 보기에 좋다. 로열 나이트로서는 역시 겉모습도 중요한 요소인 거겠지.

그리고 나는 내심 절규했다. 선생님, 여성이었어?

"카리나 공주님이 학원에 머무를 때 신세를 졌다고 들었다. 스로우 데닝. 이 몸은 로열 나이트이기에, 너에게 고개를 숙여두지. 흑룡 습격 때를 포함해, 카리나 공주님이 신세를 졌군."

"아뇨, 저는 딱히——."

"그렇군. 그러면 수업을 시작한다."

이것이 유우기리 선생님과 내 첫 만남.

미인인데도 날카로운 분위기를 가지고 있으며, 깔보는 태도가 조금 잘나 보인다.

로열 나이트 중에 여성이 있는 건 몰랐는데, 그 엄격한 로열 나이츠의 한 명이니 이 정도 기개가 있는 여성이 아니면 격무에 견딜 수 없을지도 모른다.

"——이 때문에 이중마법은 다루기가 어렵다. 그러나 다룰 수 있다면 커다란 힘이 된다. 모든 속성의 마법사라는 너라면 잘 아는 것 아닌가?"

"……저기~. 네. 그렇다고 생각합니다."

"어디, 그러면 전장에서 제일 도움이 되는 마법이 뭔지 아나? 스로우 데닝."

"……모르겠습니다."

"그렇겠지, 암. 분명히 용을 떨구었다는 것은 위업이지만, 너에게는 실전이 명백하게 부족하다. 그러면 내가 가르쳐 주마. 전쟁에서 가장 도움이 되는 마법은, 물의 치유다. 반론 있나? 스로우 데닝."

"아뇨. 딱히 없는데요……."

딱히 없다.

딱히 없지만 말이지…… 말하고 싶은 건 있다.

이 선생님, 수업 시간에 얼마나 나한테 말을 거는 거냐고.

"이중마법은 다루기 어렵기 때문에 전장에서는 자잘하게 쓸 수 있는 단순한 마법이 선호된다. 모든 속성도 근사하지만 전장에서는 쓸 수 있는 경우가 한정되지. 그렇게 생각하지 않나? 스로우 데닝."

"네, 네에. 그러게요."

"그렇고말고, 암."

또 나냐.

이 선생님, 나를 얼마나 지명할 셈이지?

유우기리 선생님, 어째서 나한테 그렇게 자주 말을 거는 거지? 수업을 이해하고 있는지 확인한다거나, 아무래도 좋은 잡학이라거나. 혹시 날 좋아하는 건가? 아니, 그건 아니겠지. 나를 보는 눈매가, 어쩐지 대단히 빡빡하거든.

"……스로우 데닝. 안 들렸나?"

"네?"

"내 이야기를 듣지 않았나?"

"죄, 죄송합니다. 생각을 좀 하느라……."

"아하, 그렇군. 용살자님은 내 수업이 대단히 지루하다 이 말인가?"

"딱히…… 그런 건 아닌데요."

"뭐 좋다. 공작가의 인간은 다들 제멋대로니까. 그중에서도 너는 그 바람의 신동. 내 수업 따위는 받을 가치가 없다고 생각하는 거겠지."

공작가랑 로열 나이츠는 사이가 나쁘다.

이 녀석, 지금은 공작가가 전선에서 도스톨 제국과 교섭을 정리하고 있으니까 시샘하는 건가? 로열 나이츠는 결국 그다지 실전에 안 나서니까, 큰 힘을 가지지 않았다고 생각하는 사람들이 있으니까.

"오늘 수업은 여기까지다. 마지막으로 뭔가 질문 있는 자는 있나?"

이래저래 딱딱한 신임 유우기리 선생님.

시간에 딱 맞춰서 수업을 끝낼 줄 알았는데, 상당히 시간이 남았다. 해야 할 행동에 낭비가 없다. 상당히 효율적인 성격인 모양이다. 그런 점은 싫지 않았다.

가끔 있잖아? 쉬는 시간까지 쓰면서 수업을 연장하는 선생님. 그런 거, 난 싫어한단 말이지.
"없다면 오늘은 여기서——."
괜찮은 느낌으로 분위기가 둥실 떠오른 참에, 누군가가 말했다.
"유우기리 선생님! 저기! 질문이 있습니다!"
"내가 대답할 수 있는 질문이라면 답하지."
"……전선에서 도스톨 제국군이 줄어들고 있다는 이야기, 정말인가요?"
그것은 선생님에게 묻기에는 너무나도 심한 질문이었다.
실제로 교실 안이 단숨에 술렁거렸다.
하지만 다들 궁금한 거겠지. 나는 그의 발언이 진실이라는 걸 알고 있다.
내가 가디언이 된다는 소문도 그렇지만, 소문이란 건 궁금한 법이다.
"최전선에 형이 있습니다! 로열 나이트인 유우기리 선생님이라면, 전선에서 무슨 일이 일어나는지 알고 있을 것 같아서! 가르쳐 주세요!"
그야 가족이 있으면 궁금하겠지.
나도 말해 주고 싶다. 소문에 들은 것처럼 도스톨 제국이 병사를 물리기 시작했다고. 게다가 그쪽에서 사자가 비밀스럽게 찾아와 부전 협정을 맺으려고 한다는 이야기.
"나에게 묻기보다, 거기 공작가 인간이 있다. 그에게 묻는 편이 정확한 정보를 들을 수 있겠지."

잠깐, 그게 뭐야!

어?!

어째서 이쪽으로 킬러 패스를 던지는데! 내가 말할 수 있을 리 없잖아!

"데…… 데닝 님."

아니아니아니. 대답할 수 있을 리 없잖아!

평화를 위해서 지금 필사적으로 아버지 일행이 교섭하고 있으니까! 그런 눈으로 보는 건 그만둬! 마음이 아프다!

"……그렇군. 너는 대답할 수 없나."

"당연하죠. 아직 미확정인 이야기를 함부로 말할 수는——."

"그렇게 말하는 걸 보니 어느 정도 정보는 공작가에서 들었다, 는 말이군."

정정.

이 녀석, 분명히 나를 싫어한다.

하지만 상대도 로열 나이트라는 입장이니, 아무 말도 안 하겠지.

"그러면 내가 네 염려에 대답하지. 도스톨 제국은 서서히 군을 물리고 있다. 국지전도 일어나지 않고, 병사가 부상당했다는 정보도 오지 않았다. 이대로 가면 전쟁이 일어나지 않을 가능성이 크지 않을까? 그것이 공작가의 견해겠지. 스로우 데닝."

"야, 아까 그거 들었냐!"
"그래!"
"근데, 진짜야?"
"로열 나이트 선생님이잖아! 거짓말을 할 리가 없어!"
"하지만, 용케 우리한테 가르쳐 줬네!"
공기마저도 굳어 버릴 것 같은 유우기리 선생님의 말이다.
선생님이 교실을 나가자 환성이 터졌다. 아직 드러나지 않은 정보인데, 전선에서 도스톨 제국의 병사가 물러나고 있다고 로열 나이트가 인정한 것이다.
나는 수업을 마치고 밖으로 나간 유우기리 선생을 황급히 붙잡았다.
"유우기리 선생님! 무, 무슨 생각을 하는 겁니까! 그건 아직, 내밀한 이야기로——."
"이제 곧 밝혀질 일이다. 그리고 이 학원에 있는 학생이라면 들려줄 가치가 있다. 대부분이 귀족이니까."
"그렇지만——."
선생님이 멈춰 서더니, 짜증스럽게 말했다.
"스로우 데닝. 너처럼 힘을 가진 마법사는 알 수 없겠지만, 지금 마법학원은 절묘한 밸런스 위에서 성립되어 있다. 이렇게 조금 풀어주는 것도 필요하다고, 나는 생각한다."

그날 밤은 좀처럼 잠들 수 없었다.

크루슈 마법학원으로 돌아와서 늦게까지 안 자는 첫 밤이다.

"그 로열 나이트. 대체 무슨 권한이 있어서 최전선의 상황을 모두에게 말하는 거야……."

로열 나이트는 공작가랑 사이가 안 좋다곤 하지만, 밝혀선 안 되는 게 있잖아.

"……."

마법전으로 비젼을 두들겨 팼다는 이야기도 들었고, 수업을 보고 생각했는데 상당히 고집이 센 타입.

다음 날. 나는 그런 선생님의 평가가 신경 쓰였다.

그래서 얼른 마법을 연습하고 있던 티나를 붙잡아 물어보기로 했다.

"티나 말야, 유우기리 선생님 본 인상이 어때?"

"새로 온 그 로열 나이트 선생님 말인가요?"

"그래, 맞아."

학원에 돌아와서 놀란 것이 몇 가지나 있는데, 그중에서 하나가 이 티나였다.

사람을 자연스럽게 미소 짓게 만드는, 신비한 매력을 가진 평민 여자애.

"음~. 그렇네요."

지금은 공중에 물 덩어리를 띄우느라 애쓰는 그녀.

어라? 그러고 보니 티나 씨, 당신은 흙 마법사 아니었나요?

아뇨, 틀렸습니다. 티나 씨는 놀랍게도.

물의 마법에도 눈을 떴습니다.

"뭐라고 할까요……. 유우기리 선생님은 지금까지 학원에 없었던 타입이에요. 엄격하다고 할까요? 게다가 유우기리 선생님의 친가인 아사히 백작가는 그 부자 가문이잖아요. 로열 나이트님 중에서 여성이 있다는 것조차도 저는 몰랐거든요."

한심스러운 이야기지만 나도 그랬다.

로열 나이츠에 여성이 있다는 건 몰랐다.

"하지만, 어째서 유우기리 선생님일까요? 앗, 이건 절대 말하지 말아 주세요. 저도 유우기리 선생님 수업을 봤는데, 남에게 뭘 가르치는 건 거북한 것 같잖아요. 좀 더 적임인 사람이 있지 않았을까 싶어요. 선생님의 수업은 이해하기 어렵다고들 하거든요."

"분명 그렇네……."

"물의 마법 얘기밖에 안 하고, 아. 하지만 제가 한 번 물의 마법에 대해서 질문하러 갔을 때는 진지하게 대답해 주셨거든요? 평민인 저를 상대로 그렇게 진지하게 상담을 받아준 건 유우기리 선생님 정도밖에 없었어요."

진심으로 싸우는 로열 나이트의 강함을 알고 싶다고 말한 비젼을 엉망으로 두들겨 팼을 정도니까.

학생에게는, 귀족이든 평민이든 가리지 않고 진심인 거겠지.

"괜스레 물 마법에 대해서 말한다고 나도 생각은 했는데, 다른 수업에서도 그랬었군. 그리고 말이지. 마법 연습하고 있는 중에 미안한데, 하나만 더 물어봐도 될까?"

"뭐든지 물어보세요. 제가 선배에게 도움이 되는 건 그 정도밖에 없으니까요!"

"그러니까, 뭔가 학원에 이변이 있었다거나 그런 건 없었어?"

"……선배가 말하면 뭔가 위기가 다가올 것 같은 느낌으로 들리네요."

실례잖아.

나는 성가신 일을 끌고 오는 타입의 인간이 아니거든?

그런 건 애니판 주인공인 그 녀석들의 역할. 오히려 나는 몰래 해결하는 쪽이다.

"하지만, 그렇네요. 별난 점, 별난 점이라. 그다지 떠오르는 게 없네요."

"그렇구나. 그러면 됐어. 어이쿠 티나, 물 덩어리가 점점 작아지는걸. 집중해야지."

"와왓…… 아! 생각났어요, 그다지 큰 소리로 말할 수는 없지만요. 요즘에 작은 몬스터가 하나 학원에 숨어든 일이 있었어요. 그래서 몇 명인가가 그날 밤을 떠올리고 몸이 안 좋아진 애가 있다고 들었어요."

"……그날 밤, 이라."

어쩔 수 없겠지.

그 몬스터 소동은 까딱하면, 혹여 내가 늦었다면 학원 자체가 재건은커녕 사라졌을지도 모를 정도였다. 학생의 트라우

마가 되었어도 이상하지 않았다.

습격의 상처를 지우고 화사하게 재건된 마법학원. 학원에 시계탑이나 화단을 만들거나 이미지 쇄신을 꾀한 것은 학생의 멘탈 케어가 목적 중 하나일 거야.

"……티나는 트라우마로 남거나 하진 않았어?"

"저도 그때 꿈을 몇 번인가 꿨는데요. 저는 마법이라는 몸을 지킬 수단이 있으니까 그 정도는 아니에요. 하지만 저랑 같은 방 애는 그때의 트라우마로 계속 고민하고 있어서……. 아무리 학원이 깔끔해졌어도 기억은 사라지질 않는다고."

"그렇구나……."

"노력해서 들어온 학원이니까 다들 마음속으로는 그만두기 싫다고 생각해요. 그래서 자기 마음을 지키기 위해 위법적인 약에 손을 대려고 한 애도 있어서……."

"위법? 설마, 약팔이에게 직접 약을 사려고?"

"……네. 요즘 숲에 수상한 그림자가 어슬렁거리는 모양이라서, 유우기리 선생님이 대처하고 있대요."

치유의 힘이 담긴 비약은 엄청 비싸다.

그러나 그걸 바라는 자는 끊이지 않고, 그런 자들에게 약을 제공하는 것이 약팔이라고 불리는 물의 마법사들이다.

"티나, 당장 그만두라고 친구한테 충고하는 편이 좋아. 품질도 보증되지 않았고 마법의 실험대상이 될 위험도 있어. 그렇지만 그 엄격한 유우기리 선생님이라면 약팔이 상대로 적절하게 대처해 주겠지. 그리고 티나, 지금 연습하고 있는 건 설마 그 마법이야?"

"선배, 저도 이것저것 생각해서 이 마법을 습득하고 싶다고 생각하게 됐어요. 힐! ……어라, 힐! 안되네, 아하하. 전혀 발동하질 않네요."

"힐은 어려워. 아직 물의 마법에 막 눈을 뜬 참인 티나에겐 너무 이르네."

티나는 분한 기색이었지만, 정말로 성장이 너무 빠르다고 나는 생각했다.

지식의 흡수에 탐욕스럽고, 노력도 아끼지 않는다.

본인이 말한 것처럼 목적의식이 명확하기 때문에 성장도 빠르다.

"물의 치유가 있으면, 만에 하나 전투에 말려들었을 때도 부상자를 도울 수 있으니까요. 그래서 학원이 휴교가 된 사이에 맹특훈해서 힐을 익히려고 열심히 했는데……. 하지만, 저는 아직 더 노력할 거예요! 선배도 돌아와 줬으니까요!"

들뜬 티나를 보고 있노라면 시간이 지나는 게 빠르다는 걸 실감한다.

바로 요전까지만 해도 그렇고, 애니메이션 속에서 티나는 아예 마법을 못 썼거든?

수업에 출석하면, 하루가 순식간에 지나간다.

할 일이 없어서 하염없이 자고 있던 공작 영지 때하고는 천지 차이다.

그리고 역시 인상에 남는 수업은, 내 힘을 마음껏 낼 수 있는 마법 연습 시간이었다.

"유우기리 선생님이, 슈야를 높게 평가한다고?"

"네. 그렇습니다. 스로우 님. 그 슈야를 말입니다? 분명히 장기휴가가 끝나고서 조금 차분해졌다고 생각하기는 합니다만. 그 슈야거든요?"

"너. 슈야를 엄청 보고 있구나……."

마법 연습의 수업 시간.

나는 검을 마법으로 밝힌 비젼의 이야기를 연습장 구석에서 듣고 있었다.

덕분에 재건 뒤의 학원 상황을 대략적이지만 이해할 수 있었다.

지금 중요한 건 변화다. 루니가 말했던 이변.

그렇지만, 그것을 캐내는 것과 비슷할 정도로 나는── 슈야가 마음에 걸렸다.

"유우기리 선생님은 그 녀석이 얼마나 기인인지 모르는 거죠. 아, 그러고 보니 슈야 녀석. 그 수정을 가지고 다니지 않게 됐어요. 그 녀석도 조금은 어른이 된 걸까요? 그래도 그 슈야거든요?"

"비젼, 너도 충분히 실력이 올라갔다고 생각하는데."

"스로우 님이 그렇게 말해주시는 건 기쁩니다만, 슈야 녀석. 지난 2개월 어디서 뭘 했는지 마법에 관해서는 마치 다른 사람 같습니다. 어떤 비밀 특훈을 한 건지 물어봐도 대답을 안 해요."

"뭐, 그거야……."

휴잭, 제네라우스.

그 녀석 여러모로 굉장한 일을 겪었으니까. 내가 말하는 것도 그렇지만, 슈야 정도의 실력으로 휴잭을 답파하고 그 제네라우스의 싸움에서 살아남은 건 굉장한 일이거든? 진짜로 기적이거든? 가까이서 보고는 그 녀석이 가진 행운이 얼마나 이상한 건지 이번에 잘 알았다니까…….

"스로우 님, 갑자기 말수가 줄어들었군요. 혹시 슈야의 비밀 특훈. 뭔가 알고 있는 건가요?"

"아아 아니, 아무것도 아냐. 신경 쓰지 마라."

"신경은 쓰이지만, 뭐 좋습니다. 하지만 그것뿐이 아닙니다. 유우기리 선생님이 슈야를 자기 클럽에 넣으려 한다는 소문도 있어요."

"클럽? 아아, 선생님들이 마음에 드는 학생을 모아서 하는 특별교실 말이구나. 흥미 있냐? 그거, 나쁘게 말하면 선생님의 잡무를 떠맡는 거잖아?"

"저는 잡무든지 뭐든지 문제없습니다! 왜냐면, 현역 로열 나이트가 주최하는 클럽 아닙니까?! 어쩌면 로열 나이트가 되기 위한 특별 강좌 같은 것을 할지도 모르니까요."

유우기리 선생님이 주최하는 클럽 입회 조건은 물의 마법사일 것. 그리고 선생님이 눈여겨보는 사람일 것이라는 모양이다. 물의 마법에 재능이 없는 비젼은 들어갈 수 없는데, 이 녀석은 선생님 마음에 들려고 계속 도전하는 모양이다.

"이제 슬슬 포기해. 유우기리 선생님 클럽에는 물의 마법사밖에 못 들어가잖아?"

"싫습니다. 슈야가 인정받았는데, 저는 안 된다니!"

"슈야는 제쳐두고, 말이다……."

특히 제네라우스를 거치며 슈야는 크게 성장했다.

마법은 정신에 직결되는 구석이 있으니까, 그 녀석은 그 싸움에서 멘탈이 빼어나게 강해진 거겠지. 이미 전쟁이라고 해도 이상할 것 없는 규모였으니까. 애니메이션 안에서도 슈야는 싸울 때마다 강해지는, 성장성이 빼어난 녀석이었고…….

지금의 슈야를 이기려고 하면 솔직히 꽤 힘들거든?

뭐, 슈야를 인정하는 유우기리 선생님은 눈썰미가 좋다.

그리고 그런 애니판 주인공님은 어디서 뭘 하고 있느냐 하면…… 저기 있다. 연습장 구석에 혼자다. 앉아서 좌선을 하고 있다. 명상인가? 저 녀석 뭐 하는 거지?

"슈야 녀석, 무슨 일이라도 있는 걸까요? 가끔 뭔가 식은 눈으로 어딘가 먼 곳을 보고 있습니다."

"글쎄. 하지만 그렇게 신경 쓰이면 본인에게 물어보고 와."

"아니, 그것은……."

"——너는 평민이지만 봐줄 구석이 있다. 그렇게까지 이중 마법을 다루고 싶다면 발현시켜 봐라! 아직이다! 마법에 말려 들지 마라! 마지막까지 싸워 봐!"

소란스러운 소리, 무슨 일인가 했더니 사람들이 모여 있었다.

안에서 유우기리 선생님의 목소리가 들린다.

"또 유우기리 선생님이 뭔가 하고 있네요."

"비젼. 저쪽은 어떻게 된 거야?"

"유우기리 선생님은 스파르타거든요. 로코모코 선생님과 정반대로 몸에 기술을 때려 박는 스타일입니다. 하지만 평소보다 엄격할지도 모르겠어요. 대체 누구한테 지도를 하고 있는 건지—— 스로우 님, 무슨 일이신가요?"

"——불길한 예감이 드니까, 좀 보고 올게."

마법은 분명히 부조리한 것이다.

어떤 계기로 성장할지, 새로운 마법에 손이 닿을 것인지 아무도 모른다.

정령과 마법. 성장이 막힌 마법사는 때로 자신을 가혹하게 궁지에 몰아서 더욱 강함을 바라는 일이 있다. 정령이란 잔혹해서, 격렬한 수련을 거친 자에게 커다란 힘을 빌려주는 일도 있다. 참으로 변덕스럽다.

"눈을 떠라, 평민! 이중마법을 얻고 싶은 거겠지! 그러면 이 정도 시련, 이겨내 봐라!"

"어이, 길 좀 비켜 줘!"

모여 있는 학생들 사이를 빠져나가서, 소란의 원흉에 다가갔다.

뭔가 바라보는 학생의 표정은 모두 기겁한 느낌이고, 그 끝에서 나는 축 늘어져 있는 티나의 모습을 보았다.

"큭!"

마법의 폭주. 곁에 있는 유우기리 선생님이 지켜보고 있다. 그렇지만 티나는 이미 정신을 잃기 직전이고, 그래도 마법이 멈추지 않는다. 정령이 폭주하고 있다. 이건 내가 처음에 비젼 그레이트로드의 마법을 막았을 때와 마찬가지. 그렇지만 티나를 지켜야 하는 유우기리 선생님은 주위 학생들을 피난시킬 기색도 안 보였다.

그래서—— 나는 주저하지 않았다.

그녀의 의식을 마법과 함께 날려 버리고, 땅에 쓰러지는 티나를 안아서 받쳤다.

"스로우 데닝. 너는 수업을 방해할 셈인가!"

"수업? 전 티나의 마법을 막았을 뿐인데요. 그보다도, 지금 이건 어떻게 된 거죠?"

"……아무나, 이 학생을 의무실로 데려가도록."

"아, 알겠습니다! 얘, 뭘 멍하게 서 있어, 가자!"
평민 여자애들 몇 명이 티나를 업고서…… 운동장에서 나갔다.
꾸벅꾸벅 나한테 고개를 숙이면서——.
"아직 수업 시간이다. 마법 연습을 멈추지 마라. 그러면, 누가 아까 그 학생처럼 나에게 조언을 바라는 자는 없나?"
"……."
"야…… 네가 가봐."
"아까 그거 봤잖아."
"하지만, 로열 나이트가 되고 싶다며."
"바보야! 그 그레이트로드가 몇 번 의무실로 갔는지 알잖아."
"유우기리 선생님한테 조언을 바라는 건 엉망으로 두들겨 맞는다는 뜻이야!"
"나는 사양하겠어!"
"아무도 없나?! 현역 로열 나이트인 나에게 직접 지도를 받을 수 있다!"
어이, 유우기리 선생.
뭘 아무 일도 없었던 것처럼 수업을 시작하려는 건데. 당신 가르치는 학생인 티나가 크게 다칠 뻔했단 말이다. 분노를 억누르지 못할 것 같았다.
"선생님. 아직 제 질문에 대답을 안 했어요. 지금 그건 무슨 짓이냐고 물었습니다."

"무슨 뜻이지? 스로우 데닝."

"티나는 아직 물의 마법에 막 눈을 뜬 참이에요. 그런데 이중 마법에 도전시키다니…… 대체 무슨 생각을 하는 건가 묻는 겁니다!"

티나에 두 마법을 조합하는 일은 아직 너무 이르다.

가르치는 방식의 문제가 아니다. 교육자로서 자질에 대해서 나는 묻고 있는 것이다.

귀족으로서 학원에 입학하기 훨씬 전부터 마법을 단련한 비젼 그레이트로드, 그 녀석도 이중마법에 도전할 때는 충분히 주의한다.

그렇지만, 티나에겐 너무 이르다. 아직 물의 마법에 적성이 있다는 걸 막 알아낸 단계였다.

"여차할 때 몸을 지킬 방법이 필요하다고 하기에 기회를 주었을 뿐이다. 그 애는 약자는 언제나 부조리한 꼴을 당한다는 걸 잘 이해하고 있다. 평민이지만 싹수가 있어. 따라서 나는 약자에게 싸우는 방법을 가르쳤다."

"그래도 티나한테 이중마법은 너무 이르다고 생각하지 않나요?"

"나에게 바란다면, 응답할 뿐이다. 그리고 고통을 맛보는 건 빠른 편이 좋다. 이것이 내 교육 방침이다. 불만이 있다면 말해 봐라."

“……비젼을 엉망으로 팼다는 이야기도 들었습니다. 회복에 물의 비약을 금지했다는 것도. 유우기리 선생님. 당신은 교육자로서 이 학원에 온 게 아닌가요?”

“비젼 그레이트로드는 로열 나이트를 지망하고 있다. 그렇다면 마음속 깊이 로열 나이트의 강함을 알아야 한다. 또한 고통에서 도망치면 성장이 늦어지지. 로코모코 하이란드, 로열 나이츠에서 도망친 남자에게 나와 같은 지도는 불가능했을 거다.”

비젼을 상대로도 지나쳤다.

그 녀석에게 들은 이야기가 정말이라면, 일주일 가깝게 의무실에 갈 정도의 단련 따위는 잘못됐다고 말할 수밖에 없다. 비젼은 조금 실력이 괜찮은 수준의 학생이고, 로열 나이트하고는 동떨어져 있었다.

그리고 로코모코 선생님이라면, 티나를 그렇게 모두의 구경거리로 만드는 방식은 절대로 하지 않는다.

“그 눈, 그게 선생님을 보는 눈인가? 스로우 데닝. 무슨 말을 하고 싶다면 확실히 말하지그래.”

그렇지만 내가 화를 내는 건 선생님의 교육방침이 아니다.

유우기리 선생님은 뛰어난 물의 마법사일 텐데, 티나에게 아무것도 안 했다.

마법의 폭주가 발생하기 전에 학생을 피난시키지도 않았고, 그저 보고만 있었다.

고위 귀족 중에 흔히 있는, 평민을 가볍게 보는 타입. 그것이 이 선생에게서 미약하게 느껴졌다.

"……혹시, 저를 향한 분풀이인가요?"

"분풀이라니. 묘한 말을 하는군. 그러나, 좋다. ……지금, 이 학원에는 조금 귀찮은 소문이 만연하고 있다. 나는 스로우 데닝. 너에게 하고 싶은 말이 있었다."

"뭐죠?"

"학생이 폐하에게 가디언으로 추천을 받는 일이, 어느 정도 무게를 가진 사실인지 이해는 하고 있나? 너는 폐하의 말씀을 진지하게 생각하지 않는군."

술렁. 연습장의 움직임이 멈췄다.

선생님의 말을 한마디도 놓치지 않으려고, 모두 연습을 멈추었다.

"유우기리 선생님, 그건── 이 자리하고는 상관…… 없어요."

"스로우 데닝. 너는 폐하께서 말씀을 내려주신 자로서 긍지가 없는 건가?"

학생들은 내가 여왕 폐하에게 가디언이 되어 달라는 말을 들은 걸 그냥 소문이라고 생각한다.

그렇지만 선생님은 로열 나이트다. 그 자리에도 있었다. 소문이 사실이란 걸 알고 있다.

"……야, 지금 그 이야기?"

"거짓말이지, 사실이었냐?"
"가디언이 된다니, 나는 지어낸 이야기라고 생각했어."
"나도 그래."
"하지만 선생님이."
"유우기리 선생님이 인정했다는 건……."
현역 로열 나이트인 선생님이 인정한 것이다.
소문은 즉시, 사실로 승화된다.
"너는 조금, 우쭐대는 것이 아닌가?"
"무슨 말을 하고 싶은 건가요? 유우기리 선생님."
"용살자. 대단한 일이지만, 가디언이 된다는 의미를 가르쳐 주는 편이 좋다고 생각했다."
"……가르쳐주는 게 좋았다, 란 말이죠. 헤에."
이렇게, 선생님은 쉽사리 내 비밀을 폭로해 버렸다.
내 사정도 생각하지 않고, 로열 나이트의 신분을 내세워서 약자를 구경거리 삼는다.
잊고 있었다. 나는 이렇게 배려할 줄 모르는 귀족이 엄청 싫었다.
수업에서 언제나 나만 노리는 것도, 혹시나 가디언 권유를 받은 나를 향한 분풀이인가?
"학생이 상대지만, 너는 따로 분류해야겠지. 폐하의 마음에 들었다고는 해도── 나라에 충성을 바치는 진짜 기사란 것이 어떤 건지 가르쳐 주지."

"유우기리 선생님. 전 아까 학생에 대한 당신의 태도를 용서할 수가 없어요. 당신은 선생님 실격이야."

"그러면 나도 본심을 말하지. 스로우 데닝. 나는 네가 아주 싫다. 너에게 가디언의 자격이 있다고 생각할 수가 없다. 그러나 놀랍군. 내 마법을 처음 보고 피하다니. 분명히 실력은 빼어난 모양이다."

유우기리 선생님은 검의 손잡이를 만졌을 뿐이다.

아직 아무 영창도 시작하지 않았다. 그렇지만 그 자리에서 도망쳐야 한다고 머릿속으로 직감했다. 그래서 피했다. 뛰어서 피한 발치가 검게 물들어 있었다. 소름이 쫘악 돋았다. 독인가? 물의 마법이 뛰어난 아사히 백작가는 순식간에 독을 만들어낸다.

"……선생님. 전 학생입니다. 이건 선전포고로 받아들여도 괜찮겠죠?"

"너를 보통 학생과 똑같이 생각하는 건 어폐가 있겠지. 이미 너는 내 동료였던 남자를 상대했으니까."

"이런 장소에서 그 녀석 이야기까지…… 너무나도, 말이 지나친 거 아닌가요?"

"그렇군. 자각하고는 있다. 그래서 나는 로열 나이트에서 실격당해 이런 학원에 보내진 거겠지. 어디, 폐하가 가디언의 길을 내려준 그 실력. 공중에 괴상한 마법진을 새기는 짓 말고, 진짜 힘을 보여 봐라."

이슬비가 후두둑 내렸다.

다들 위를 보았지만, 구름은 없다. 오늘 하늘은 새파랗다. 그러면 어째서 비가 내리는 걸까?

그건 이 물이 인공적인 것이기 때문이다.

선생님이 만들어낸 마법과 내 마법이 부딪힌 결과다. 우리 말고 아무도 전투의 속도에 따라오지 못한다.

"유우기리 선생님……. 제 마법을 발검도 안 하고 부순 것은 훌륭하지만, 이제 끝입니다."

"호오. 무슨 말을 하는지 이해할 수 없군."

"이걸로 이중마법이 얼마나 위협이 되는지, 물의 마법에 이제 막 눈을 뜬 티나가 하기에는 아직 이르다는 걸 알 수 있겠죠."

내가 쓴 것을 바람뿐이 아니다.

하늘과 땅. 동시에 흙의 마법을 발현, 흙의 손이 단단하게 선생님의 다리를 붙잡았다. 선생님은 하늘에만 주의를 한 모양이지만, 하늘에 떠오른 바람은 미끼다. 진짜는 이쪽이다. 바람과 흙의 이중마법, 아까 티나가 하려고 했던 마법의 훨씬 앞에 있는 힘. 분명 편리하긴 하지만 동시에 두 힘을 다루는 건 정말로 어렵다.

하지만 효과는 있었다. 승부는 명백하게 내 승리다.

"이중마법이라……. 하지만, 스로우 데닝. 진짜는 이제부터다."

"아뇨, 유우기리 선생님. 싸움은 여기까지인 것 같은데요. 왜냐면, 아무리 선생님이라도 이건 변명할 수 없으니까요."

"——유우기리, 지나쳤구나. 아무리 나라도 감싸줄 수가 없다."

위엄이 가득한 목소리. 나와 선생님이 충돌한 걸 보고 누군가가 불러온 모양이다. 재빠른 행동, 굿잡이다.

"학원장님, 저는——."

"이건 교육이 아니구나. 또한, 괜한 말을 했다고 하더군, 유우기리. 그래서 문제가 괜히 복잡해진 것 같고. 이 학원에 너는 로열 나이트로서 찾아온 것이 아니겠지. 교사로서 해서는 안 될 행동이야."

"그것은……."

"더 이상 아무 말도 않겠네. 않겠지만, 자신을 돌이켜볼 시간이 필요할 게야."

내가 끼어들 틈도 없었다.

이 학원을 통괄하는 학원장은, 누구보다도 학생을 생각하는 사람이다.

일주일 근신.

그 동안 정신 단련에 전념해도 되고, 다른 선생님들의 수업을 배워서 교사의 본분을 다시 생각하는 것도 좋다. 그것이 학원장님이 유우기리 선생님에게 내린 처분이다. 근신이라니, 저 프라이드 높아 보이는 선생님에겐 꽤 효과가 있겠지.

그러나, 나와 유우기리 선생님의 싸움 이후.
크루슈 마법학원에서 내 하루하루는 격변했다.
모든 것은 유우기리 선생이,
"선배! 여왕 폐하의 그 소문 진짜였군요!"
내가 여왕 폐하에게 직접 가디언으로 스카우트됐다는 소문이 틀림없이 사실이라고 폭로했기 때문이야.

●

"……나는 인정 못해. 절대 인정 못한다! 그놈이 차기 가디언이라니! 힘인가? 힘이 전부인가? 힘만 있으면 가디언이 될 수 있는 건가? 폐하께서는 품격이나 성장 환경을 신경 쓰지 않으시는 건가! 그놈이 돌프루이 경의 후계자가 될 수 있겠나!"
기사국가에서 지고의 존재.
세피스 펜드래건이 탈락했을 때, 드디어 기회가 찾아왔다고 생각했다.
이 기회를 살려서 가디언의 길로 오르고 말겠다.
그러나, 사명에 불타는 자신을 기다린 것은 크루슈 마법학원으로 간다는 현실이었다.
크루슈 마법학원 바깥에 펼쳐진 숲. 유우기리에게 몬스터 살육은 주어진 임무에 대한 울분을 푸는 것 말고는 아무것도 아니었다.

"어째서 내가 이런 꼴을 당해야 하는 거냐! 에잇, 이러한 땅에 나타나는 몬스터 놈들이! 내 목숨을 취할 수 있을 거라 생각 마라! 폐하도 어째서 나에게 이러한 일을! 이제 와서 그놈의 무엇을 시험한다는 거지!"

스로우 데닝이 가디언에 걸맞은지를 간파하라.

그것을 위해 사적인 정이 개입될 수밖에 없는 로코모코 하이란드를 대신해 교사가 됐다.

유우기리는 자신에게 교사의 소양이 있다고 생각지 않았다.

자신은 교육자가 아니라 수호자다.

"충분하다. 흑룡을 추락시킨 그놈의 힘은 이미 가디언에 걸맞다. 학생이 나를 상대로, 힘 조절을 했단 말이다……!"

지난번 수업에서 스로우 데닝의 친구를 이용, 일부러 그가 흥분할 법한 수법을 썼다. 그러나 그 결과는 비참했다.

봐주면서 상대하고, 자신의 얕은 감정을 비웃은 것 같다는 생각마저 들었다.

——유우기리는 자신과 스로우 데닝 사이에 있는 확실한 역량을 자각했다.

"……."

몬스터 소탕에 집중하고 있는데, 어느샌가 생물의 기척이 사라진 것을 깨달았다.

"……."

오싹한 기척. 싫은 장소에 와 버렸다. 유우기리는 생각했다. 숲속에 있는 이상한 공간. 다 삭아 버린 건물이 몇 개나 서 있고, 삶의 기척이 일절 느껴지지 않는다. 여기는 아는 사람은 아는 숲속에 존재하는 폐기 시설이다.

크루슈 마법학원에서도 아는 자가 적은, 학원의 부정적인 유산이다.

그리고, 기울어진 건물에서 나오는 사람 한 명.

두르는 분위기가 희박하여 인상이 남지 않는 흐릿한 여자.

"어라, 언니. 또 만났네요."

"아직도 있었나? 더 이상 이 근처를 다니지 말라고 했을 텐데. 북방의 약팔이."

유우기리는 여자에게 검을 겨누고 위협했다.

이 여자와 만난 것은 최근 일이다.

유우기리가 학원장에게 자원하여 숲속의 몬스터 퇴치를 받아들인 날이었다. 몬스터 상대로 가벼운 상처를 입은 유우기리에게, 갑자기 나타난 프란이라고 이름을 밝힌 약팔이 여자가 치유의 비약을 준 것이다.

유우기리는 뛰어난 물의 마법사였지만, 약팔이라고 불리는 자와 실제로 만나는 것은 처음이었다. 자신의 마법으로 자기 상처를 치유하는 것도 가능했지만 흥미가 앞섰다.

"……약팔이. 이 땅은 다리스다. 너 같은 자는 환영받지 못해. 북방으로 돌아가라고 했다. 그리고, 다음에 만나면 베어

야 한다고."

유우기리는 검을 뽑았지만 여자는 여유를 무너뜨리지 않았다.

"마음과 움직임이 제각각이네요. 당신에게서 저를 죽이려는 마음이 전혀 느껴지지 않아요. 이유를 맞춰볼까요?"

"……할 수 있다면."

"당신이 대단히 뛰어난 물의 마법사이기 때문이죠. 제가 전에 당신에게 드린 약. 그것에 흥미를 가진 거죠?"

다리스에서는 정규 마법사가 만든 약 말고는 모두 위법이다.

그렇지만 유우기리는 이 약팔이의 마법을 시험해 보고서, 너무나 높은 완성도에 마음을 빼앗겼다. 물의 마법에 뛰어난 아사히 가문의 일원으로서, 치유에서 독을 만들어낸 가계로서, 흥미가 있었다.

어차피 아무것도 못하는 근신 중인 몸이라면.

이 약팔이랑 뭔가 얘기라도 하면 마음이 풀릴지도 모른다.

"——분명히 네가 만든 약은 훌륭했다. 그 정도의 마법을 어디서 배웠지?"

3장 가디언의 고독

"스로우 님! 약속한 시각이 벌써 지났어요!"

여왕 폐하에 대한 대답을 진심으로 생각할 것.

그것을 조건으로 말로가 허가해 준 크루슈 마법학원 귀향. 아니, 귀향이라고 하면 이상한가? 내 진짜 고향은 일단 데닝 공작 영지니까…….

"다이어트를 한다고 약속하셨잖아요! 그러니까 크루슈 마법학원에 오는 허가가 나왔는데…… 맨날 빈둥거리기만 하잖아요! 스로우 님, 저 믿을 수가 없어요!"

"……꿀꾸우울."

그리고 내 크루슈 마법학원의 하루는 대개.

귀에 안 좋은 샬롯의 벼락으로 시작되는 것이다.

"스로우 님은 다이어트를 해야 돼요! 그런데 동물처럼 쿨쿨쿨 잠만 자다뇨! 에잇, 베개 몰수하겠어요!"

"꾸울. 자기 힘들어 샬롯. 베개 돌려줘꿀."

"스로우 님……. 저도 바쁘다니까요! 언제까지나 제가 스로우 님의 다이어트에만 매달려서 도와드릴 수 있는 게 아니라고 생각해 주세요. 저도 제 용건이 있어요! 지팡이를 살 돈도 벌어야 하고, 이제부터 어떡할까 생각하면 돈이——."

내가 공작가를 맡고 있는 말로를 설득해 크루슈 마법학원을 돌아온 이유.

그중 하나는 루니의 충고다.

"자! 스로우 님! 일어나세요! 다시 자면 안 돼요!"

그런데, 루니.

그 녀석 정말로 뭔 속셈이지…….

적지에 침입해서 휘저어놓고…… 나 말고 직계한테 발견돼서 싸웠다가는 위험했거든? 뭐, 그 녀석은 머리가 좋으니까 다들 전선에 나가 있는 틈을 노린 거겠지만.

"이럴 때 살 빠지는 약이 있으면……."

"꾸울?! 샬롯, 무슨 말이야?"

"그치만, 스로우 님도 기억하시죠! 살 빠지는 약의 효과! 몇 번이고 직접 만들려고 했는데요, 그 색이랑 맛이 안 나와요!"

"……으에에."

진짭니까? 샬롯.

또, 그런 위험한 짓을 하고 있었구나.

나는 기억한다고. 지렁이랑 격투했던 고뇌의 나날.

솔직히, 그걸 마시는 건 두 번 다시 사양이야.

"과연. 그래서 스로우 님이 아침부터 눈을 비비면서 졸린 기색인 거군요."

"그래, 비젼. 괴로웠다고. 그렇잖아. 아직 태양도 뜨지 않은 시간인데 왜 나 혼자만 이렇게 이른 아침부터……. 그야 샬롯의 마음도 이해는 가지만 말야. 다이어트 다이어트 하고 그렇게 아침부터 말하면 침울해진다니까."

아침에 기분 좋게 눈을 뜬다.

쾌적한 상태로 하루를 시작하는 것이 얼마나 중요한 일인가?

샬롯이 억지로 깨워서 일어난 나는, 아직 멍한 머리 그대로 아침 식사를 먹고 있었다.

"어디가 말인가요? 스로우 님. 제게는 아침부터 귀여운 여자애가 깨워주는 걸 자랑하는 것처럼 느껴집니다만."

"……꾸훗."

"아, 웃었군요. 지금, 분명히 웃었습니다. 스스로도 이 상황을 기뻐하고 있는 거군요? 혹시 샬롯 씨가 깨워 주길 바라서 스스로 일어나지 않는다. 스로우 님, 그런 거 아닙니까?"

"꾸훗, 꾸훗."

"……스로우 님. 웃는 방식이 예전으로 돌아갔습니다?"

어이쿠, 이러면 안 되지.

아무리 나라도 칠흑 돼지 공작으로 돌아갈 생각은 없다.

"아~. 어흐흠. 잘 들어라, 비젼. 샬롯은 말이지, 내 다이어트가 성공하면 우리 집에서 돈을 잔뜩 받을 수 있으니까 그걸로 지팡이를 살 예정이란 말이지. 그러니까 전력을 다해 나를 깨우는 거지. 아무리 그래도 시끄러워 죽겠다니까? 나는 이제 살을 뺄 생각도 없고, 런닝 같은 것도 할 생각이 없거든."

"그렇지만, 저는 샬롯 씨의 마음도 이해가 갑니다."

"이해가 가? 무슨 뜻이지?"

비젼이 소리를 죽였다.

"……잘 들으세요. 샬롯 씨는 스로우 님의 종자이며, 공작가와 관계는 일반적인 종자보다도 인연이 깊어요. 스로우 님이 폐하께 가디언 권유를 받아서 샬롯 씨도 콧대가 높아진 거겠죠. 그런데 스로우 님이 기사답지 않게 빈둥거리는 생활로 자신의 품격을 떨어뜨리고 있어요."

"……아니, 그러니까 나는 아직 기사가 아니래도."

"여왕 폐하께서 직접 권하신 건데 거절하긴 힘들겠죠. 그야 샬롯 씨가 화내는 것도 당연합니다. 스로우 님은 이제 일반 학생이 아니게 됐으니까요."

이 녀석도 나를 가디언으로 몰고 가는 세력 중 한 명인가.

정말이지, 제멋대로 말한다니까.

"칫. 너도 그쪽이냐? 내 얘기는 이제 됐어. 그보다 너. 식당 돕는 건 어쩌고? 전에는 급사 흉내 내고 그랬었잖아?"

"요즘은 평민을 상대로 마법을 가르치고 있습니다. 그쪽이 저도 공부가 되니까요."

비젼은 지금 평민 학생의 마법 가정교사를 하고 있다.

그걸로 그럭저럭 돈을 벌고 있다고 한다. 뭐, 일부 평민 학생은 부모가 대상인이라서 까딱하면 귀족보다 훨씬 부자들이니까.

크루슈 마법학원에 오는 평민은 엘리트란 말이지.

"아. 어이, 잠깐. 한 그릇 더 줄래?"

"스로우 님. 괜찮으신가요? 한 그릇 더라니, 샬롯 씨가 보기라도 하면."

"괜찮아. 조금 정도는."

"――안~돼~요! 당연히 안 되죠! 스로우 님은 다이어트를 해야 하니까요!"

아아……. 그릇이 사사삭 내 눈앞에서 사라졌다.

"자, 스로우 님! 식당이 이렇게 혼잡해졌으니까 다 먹은 사람은 나가 주세요!"

"……네에꾸울."

샬롯은 나에게 다이어트를 시키려고 한다.

그에 비해, 나는 의욕이 없다.

옛날의 칠흑 돼지 공작 정도로 열의가 없다.

왜냐면 그때는 꿈이 있었다. 살을 빼서 샬롯에게 걸맞은 남자가 된다는 꿈이 말이다.

하지만 지금 내가 살을 빼면, 그 앞에는 가디언의 길이 이어져 있다.

나는 그저 행복한 매일을 보내면 된다고 생각하는 것뿐인데.

"안타깝다니까……."

비젼도 샬롯도, 내가 가디언이 되는 것을 의심하지 않는다.

그야 그렇겠지. 비젼에 이르러서는 본래 로열 나이트가 되고 싶어하던 남자다.

그래서 유우기리 선생님에게 몇 번이나 두들겨 맞아도 도전하고, 로열 나이트가 되기 위한 노력을 아끼지 않는다.

저 녀석에게 가디언의 이야기를 거절한다는 선택은 없는 거지.

"선배. 무슨 생각 하세요?"

"앗, 미안. 네 마법을 봐준다고 했었는데……. 그보다도 티나, 몸 상태는 이제 괜찮아?"

"이제 완전 회복했어요! 선배의 힐 덕분이네요."

마법 연습 수업을 하면서, 유우기리 선생님이 의무실로 보낸 학생은 무수히 많다.

유우기리 선생님은 자기 교육으로 다친 자에게 물의 비약이나 힐을 쓰는 걸 금지하고 있다. 듣자니 사람은 아픔을 겪어야 성장한다는 지론이 있다는 모양이다. 대체 얼마나 열혈 타입 선생인데? 분명히 티나가 전에 말했던 것처럼 지금까지 학원에는 없었던 타입이다.

"하지만 이중마법, 그러니까 동시에 두 마법을 사용하는 건 어렵네요. 아하하, 성공할 기미가 전혀 안 보여요."

"지금은 하나만, 흙의 마법을 노력하는 편이 좋다고 나는 생각한다."

"……그럴게요. 저는 옛날부터 재주가 좋은 편이 아니었으니까요. 하지만, 선배. 요즘 들어서 저만 상대해 주고, 샬롯 씨의 마법은 봐주지 않아도 되나요?"

"샬롯은 지금 마법 휴식 중이야."

"그런가요? 요즘에 온갖 장소에서 샬롯 씨 모습을 발견해서, 엄청 일하고 있다고 생각했는데요."

"샬롯은 지팡이를 부숴 버렸거든……. 티나, 우리 집이 어떤 곳인지는 알고 있지? 친가에 있는 동안, 샬롯은 상당히 지팡이에 부담을 준 모양이라서."

"아무리 장난꾸러기인 애라도 공작가에 양자로 보낸다고 하면 울음을 그친다는 이야기도 있으니까요……. 분명히 유우기리 선생님의 몇 배는 엄격한 거겠죠. 하지만 지금은 공작가 여러분이 전선에 가지 않았나요? 선배는 안 따라가도 되나요?"

윽.

제법, 아픈 곳을 찌르는군.

"나는 낙오자잖아. 친가의 모난 돌 같은 거지."

"학원을 구한 드래곤 슬레이어, 인데도요?

"그렇기 때문에 더 그렇지. 나는 누군가를 이끄는 건 적성이 아니야. 혼자가 성미에 맞거든."

그나저나 재미있게 됐단 말이지.

애니메이션 속에서 나는 칠흑 돼지 공작으로서 자기 가치를 계속 낮추어 집에서 버려졌다.

이쪽 세계에서 나는 순백 돼지 공작으로서, 스스로 말하는 것도 좀 그렇지만 노력한 결과 영웅이라고 불리는 존재가 됐다. 그렇지만 가디언으로서 왕실로 보내진다.

어느 쪽이든 마찬가지란 거지. 뭐, 이런 말을 하면 비젼 같은 녀석은 카리나 공주님의 가디언이 될 수 있는데 당신, 머리가 맛이 간 건가요? 라고 할 것 같네.

"꿀꿀꿀꿀꿀."

루니가 일부러 경고를 하러 왔을 정도니까, 나는 수업 시간에도 신경을 곤두세우고 있었다.

아루루 선생님처럼 둔감한 인간이 있을 가능성도 있다. 세피스처럼 마음에 나쁜 생각을 품었을 가능성도 있다. 아침 식사에 좋지 않은 것이 섞여 있을 가능성도 있다.

하지만 크루슈 마법학원은 어디까지나 평화로웠다.

아침 식사는 여전히 일품이었다.

“야! 유우기리 선생님의 근신이 풀렸대! 지금은 연습장에서 학생 상대로 울분을 풀고 있다던데! 아, 아니다. 울분이 아니라 훈련을 시키고 있는 거였다. 로열 나이트 지망자 상대로!”

“……꿀?”

파란의 예감이 들었다.

“근신 기간에 교과가 다른 갖가지 수업을 견학하고 이것저것 생각했다. 그러나 내 생각은 변함이 없다.”

일주일의 근신 기간.

학생에 대한 철권도 사양하지 않는 열혈 타입, 로열 나이트 유우기리 선생님이 돌아왔다.

“너희 태반은 귀족이며, 개중에는 대귀족으로 불리며 왕국에서 힘 있는 가계에 속한 자도 있다. 그런 너희를 상대로 엄격하게 대하는 선생님이 이 크루슈 마법학원에는 한없이 적다. 분명히 지금까지의 선생님들과 다르겠지만, 역시 나는 자신의 방식을 버릴 생각이 없다는 결론에 이르렀다.”

그러나, 처음부터 자기는 틀리지 않았다고 말을 하는 걸 보면 거물이란 말이지.

그리고 참으로 유감스럽지만 그 싸움 뒤에도 이 선생님은 변함이 없었다. 여전히 나에 대해서는 엄격한 시선을 감추지 않는다.

“또한, 몇 명인가가 내게 로열 나이트가 되려면 어떻게 해야 하는지 물어보는 뼈대 있는 학생도 있었지만, 다들 실력이 로열 나이트의 선고 기준에서 크게 떨어졌다. 내가 학생이었을 무렵보다도 단련이 부족했지. 싹수가 있는 것은 몇 명 정도다."

"서, 선생님. 그게 누구인가요?"

"알고 싶은가? 비젼 그레이트로드. 뭐 숨길 일도 아니다. 이 교실에서 가능성이 있다면 그렇군. 슈야 뉴케른 정도겠지."

"슈, 슈야인가요!"

설마 슈야의 이름이 나올 줄은 몰랐던 거겠지. 비젼이 거품을 물고 있었다.

"……딱히 나 같은 건 대단치 않아요."

"슈야 뉴케른. 너는 자신이 대단찮은 인간이라는 걸 이해하고 있다. 이 교실에서 누구보다도 객관적인 시점을 가졌다. 그것이 중요한 거다."

슈야가 쑥스러워한다.

전이었다면 재는 얼굴로 비젼에게 자랑을 했을 법하지만 역시 제네라우스 사건 이후로 변했군. 정신적으로 어른이 된 느낌이다.

"스로우 데닝. 그리고, 너다. 나는 네가 싫지만 네 힘은 인정하고 있다."

"……고맙습니다."

"그러나 힘만 가졌다고 가디언이라는 일을 맡을 수는 없는 법이다. 그리고 이 학원에는 로열 나이트를 동경하는 자가 많지만, 실제로 로열 나이트가 얼마나 가혹한 직업인지 이해하는 자가 거의 없는 것 같다. 왕실을 지키는 로열 나이츠는 지저분한 일을 받는 경우도 제법 많다. 나도 모두에게 들려줄 수 없는 어두운 임무에 종사한 적이 있다."

"……."

"새삼 말하지만 스로우 데닝. 나는 네가 가디언에 걸맞다고 생각하지 않는다. 너는 예전 수업 때도 그랬지만, 스스로 싸움을 일으키는 경향이 있다. 분명히 지금까지의 경위를 생각하면 위기 감지 능력은 뛰어나다. 더욱이 크루슈 마법학원의 몬스터 습격에서는 몸을 던지는 행동력도 있었다. 그러나 네 주위에는 언제나 위험이 넘친다."

"……."

"네가 가디언이 되면, 언젠가 카리나 전하에게까지 위해가 닥칠 것 같다는 생각이 든다―― 괜한 우려인가?"

그러니까, 내가 한 번이라도――.

가디언이 되고 싶다 말한 적이 있느냐고―― 외치고 싶다.

또다시 유우기리 선생님에게 덤벼들 것 같은 마음을 억누른 자신을 칭찬해 주고 싶었다.

학원은 평화롭다고 생각하지만, 이면에서는 트라우마로 고민하는 학생도 있다고 한다. 하지만 티나의 친구처럼 자신이 괴롭다고 말할 수 있는 사람은 굉장하다고 생각한다.

적어도 나는 무리다.

이 학원에서 사실은 가디언이 되고 싶지 않다고 말하지 못한다.

"옆에 앉아도 되겠는가?"

"학원장님 부탁을 거절할 수 있는 사람은 이 학원에 없어요."

"그렇게 생각하나?"

사람 좋은 웃음을 짓고 있는 학원장님.

그렇지만, 그 이상은 나에게 말을 걸지 않았다.

뭔가 나에게 용건이 있는 건가 생각했는데, 아닌가? 그저 나랑 똑같이, 하늘에 흘러가는 구름을 계속 보고 있었다. 학원장님은 나처럼 한가한 건가? 그럴 리는 없을 텐데.

"학원에 흐르는 공기가 조금은 평화로워졌다고, 생각지 않는가?"

"전 요즘 막 돌아온 참이니까요, 잘 모르겠어요."

"다들 학원에 돌아왔을 당초에는 굳은 표정을 한 자도 많았다네. 특히 평민 학생들 그랬지. 자네도 잘 기억하고 있겠지만, 그건 제법 충격적인 체험이었다네."

"……트라우마가 되는 학생이 나오는 건 어쩔 수 없다고 생각합니다."

"그렇지. 그러나, 나도 어떻게든 모두의 불안을 제거하고자

하여 시행착오를 했네만, 좀처럼 생각대로 되질 않더군. 그러나 최근 말일세, 어떤 자가 뜻밖의 행동을 해서 고민의 씨앗이 하나 해소됐지."

"……학원장님. 무슨 용건이신가요?"

"자, 스로우 군. 이야기가 바뀌네만, 실은 말일세. 왕실에서 자네 마음을 가디언으로 돌리도록 설득하라는 부탁을 받았네."

"……이야기가 너무 바뀌는데요."

학원장님까지 그쪽이구나.

여왕 폐하는 내가 얼마나 마음에 든 거지?

"그러나 누군가가 설득해 봤자 자네 생각은 더욱 굳어지기만 하겠지."

"……."

침묵이 내 마음을 솔직히 나타냈다.

하지만, 이 사람에게는 내 본심이 다 들킨 것 같았다.

내가 사실은 진심으로 가디언이 되고 싶지 않다고 생각하는 것.

하지만 만약 들켰다고 해도, 학원장님이라면 내 본심을 묵묵히 들어줄 거라고 생각했다.

"고민하도록 하게. 고민할 수 있다는 것은, 고를 수가 있다는 것이야."

"학원장님…… 확실하게 말해 주세요. 저한테 선택권은 없다고. 앞으로 계속 이 나라에서 살아갈 거라면 여왕 폐하의 명령을 거절하는 것 따위, 적어도 제가 귀족의 일원으로 귀족으로서 우대를 받는 이상, 용납되지 않잖아요."

"스로우 군. 자네는 가디언의 무엇을 그리도 두려워하는가?"

"그건……."

나는 꿈이 있다.

누구에게도 말할 수 없는 어린애 같은 장래의 꿈.

그것은 샬롯과 함께, 앞으로도 계속 함께 지내는 것이다.

"……."

그렇지만 참 기가 막힌 얘기다.

왜냐면 전부 내 사정이니까. 샬롯의 마음을 완전히 무시한, 내 욕망.

냉정하게 생각해 보면 나도 여왕 폐하와 마찬가지다. 게다가 그 꿈을 달성하려면 샬롯과 서로 좋아하게 될 필요가 있는데, 나는 아직 자기 마음도 전하지 않았다.

……출발점에도 서지 않았다.

"이야기를 바꾸지. 자네를 몰아세울 생각은 전혀 없다네. 그렇구먼, 전에 그 일의 인사를 해야지. 자네 덕분에 유우기리도 조금은 생각을 바꾼 모양이야."

"딱히 전 아무것도 안 했어요. 그리고, 제가 보기에 유우기리 선생님이 변한 것 같지는 않은데요."

"스로우 군. 유우기리는 로코모코와 비교해서 대하기 어려운가?"

"로코모코 선생님은 학생을 제대로 생각하고 있었다고 생각합니다."

"후하하. 그렇군, 그렇군. 지금이야 그 녀석도 그리 보이지만, 로열 나이츠를 그만두고 학원에 막 부임했을 무렵은 지독했다네. 철권 제재에 수업에 지각 등은 당연했고, 일부 학생들은 그 녀석의 수업을 보이콧했을 정도라네. 옛날 로코모코와 비교하면 유우기리는 잘하고 있다고 말해 주고 싶네만…… 그 평민 여학생에게 이중마법 도전을 시킨 것은 아무래도 시기상조였군."

"티나는 재능이 있지만, 압도적으로 경험과 기술이 부족해요. 마법은 교과서를 읽고서 공부를 해 봤자 한계가 있어요. 실천으로 차근차근 쌓아가는 거죠."

그렇게 생각하면, 티나와 샬롯은 정반대다.

티나는 교과서를 읽고서 원리를 머리에 때려 박는 수재 타입. 자기 방식을 발견하면 멋진 마법사가 될 거다.

그에 반해 샬롯은 생각보다 실행파다. 공작 영지에서도 그랬지만, 새로운 마법을 배우면 시험하지 않고 못 배긴다. 그렇게 내 방의 문을 날려 버렸지…….

"스로우 군. 한 가지 확인하고 싶네만, 평민인 티나 양은 유우기리를 원망하고 있던가?"

"……아뇨."

"그 애가 뭐라고 했는지, 물어봐도 되겠나?"

"괜히 우쭐해진 자기한테 잘못이 있다고 했어요. 물 마법에 적성이 있는 걸 알고서 조금 우쭐해졌다고요. 티나는 그런 위험한 꼴을 당했는데 한마디도 선생님 악담을 안 했어요……. 잘못한 건 명백하게 선생님 쪽인데."

티나는 유우기리 선생 편을 들었다.

오히려 우쭐해졌던 자신에 대한 경계를 유우기리 선생님이 가르쳐 준 거라고 했다. 이유는 나도 모르겠다. 위험한 방식으로 가르쳐서 크게 다칠 가능성이 있었다. 그런데도 티나는 나에게 유우기리 선생님이 나쁜 사람이 아니라고 했다.

오히려 감사하고 있다고도.

"스로우 군. 유우기리가 자네들과 같은 학생이었을 무렵. 어떤 학생이었는지 알겠는가?"

"자기 목적을 위해서는 수단을 안 가리는 그런 느낌인가요?"

왜냐면 말이지. 그 느낌으로는 절대로 친해질 수 없는 타입이야.

백작가의 아가씨에다 마법의 재능도 있다.

평소부터 로열 나이트를 목표로 삼으며 수업을 땡땡이친다거나 그런 건 생각도 못하는 녀석이었겠지.

"정반대라네. 녀석은 누구보다도 마음씨가 상냥하고 얌전한 여학생이었어. 그러나 내면에는 강한 의지를 가지고 있었지. 장래에 로열 나이츠에 들어가서, 자기 힘으로 왕실을 섬기겠다며 언제나 노력하고 있었어. 물론 자네가 지적하는 것처럼 생각이 모자란 면도 있었지만, 그것이 학생 시절의 유우기리라네. 지금 그 녀석을 봐서는 상상하기 어려울까? 스로우 군."

"네. 왜냐면, 그 완고한 유우기리 선생님이 얌전해요? 상상하기가 좀 어려운데요."

"로열 나이츠라는 세계가 유우기리를 바꾼 것이겠지. 그곳은 경쟁이 격렬해. 특히 유우기리의 경우, 자신이 여성이라는 열등감도 있었을 게야. 가디언을 목표로 삼으면서 다소 공격적으로 변한 경우도 있었던 모양일세. 게다가 그 녀석은 카리나 공주님를 자기 여동생처럼 소중히 여기고 있었으니 말이야. 가디언에 거는 마음가짐이 보통이 아닌 거겠지."

"그렇다고…… 나한테 분풀이해도 난감하다고요. 내가 가디언이 되고 싶다고 한 것도 아닌데."

오늘은 말이지.

유우기리 선생님이 나를 싫어한다고 선언했다니까. 나는 카리나 공주님를 지킬 수 없다고 하면서 온갖 말을 들었다. 너무하지 않아? 선생님이 특정 학생에게 그런 말을 해도 되는 거냐고. 내 멘탈이 약했으면 틀어박혔을걸.

"꾸울……."

학원은 평화롭다.

루니가 보낸 충고 같은 위기는 어디에도 없었다.

"단단히 관리하는 거다! 너의 역할은 그 녀석을 이끄는 것이 아닌가! 그런데 다이어트에 필요하다면서, 약에 의지하는 기사가 어디에 있나!"

머릿속으로 투덜투덜 불평을 하고 있는데, 마침 유우기리 선생님의 목소리가 들렸다.

이번엔 뭐지? 누구 불평을 하는 건데? 유우기리 선생님이 누구를 야단치고 있는 광경은 학원에서 꽤 흔하다. 수업 시간에는 내가 가장 질척질척 당한다는 생각이 들지만, 한 걸음 밖으로 나서면 로열 나이트를 지망하는 학생에게 기합을 넣고 있는 선생님 모습을 자주 볼 수 있다. 그렇게 놀고 있으면서 정말로 로열 나이츠의 일원이 될 수 있다고 생각하느냐 라든가.

목소리가 들리는 쪽을 보자, 어째선가 샬롯이 야단맞고 있었다.

두 사람 사이에 접점은 절 없었을 텐데. 유우기리 선생님, 설마 내 종자라서 샬롯한테까지 심술을!

"약에 의지하는 가디언 따위는 웃음거리다! 종자, 지금 그 녀석이 얼마나 중요한——."

"헉헉허억—— 유우기리 선생니임! 뭘, 하는 겁니까!"

두 사람 사이에, 내 몸으로 끼어들어 샬롯 앞에 섰다.

샬롯은 반쯤 울상이다.

"아무리 제가 마음에 안 들어도…… 제 종자인 샬롯한테까지 까칠하게 구는 건 그만두시죠."

"……흥. 종자가 이러니, 주인의 사람됨도 빤한 거다."

아아, 또 시작이야.

나는 무기력한 표정으로 아 그래요 하며 선생님 목소리를 흘려들었다.

큰 소리로 가디언 같은 거 될 생각 없다고 외치면 얼마나 기분이 좋을까?

그렇지만 이 사람은 왕실 지상주의니까.

여왕 폐하의 권유에 흥미가 없다니, 입이 찢어져도 말 못한다.

"샬롯은 먼저 돌아가."

"아, 네……."

지금도 얼마나 가디언이 긍지 높으며 나라에 중요한지를 유우기리 선생님이 소리 높여 논하고 있었다. 이 사람…… 이 모드에 들어가면 남 이야기를 안 듣는단 말이지. 하지만.

"유우기리 선생님. 이제 괜찮을까요——."

"스로우 데닝. 너에게 하고 싶은 말이 있었다. 요즘 내 수업을 땡땡이치고 있더군."

으, 위험해.

나는 이 사람 수업에서 계속 도망치고 있었다.

매번 나만 지명하고, 솔직히 선생님한테 배울 만한 게 별로

없단 말이지.

요즘에는 가디언이 될 거냐는 질문을 너무 자주 해서 질리기도 했다.

하지만 선생님 수업을 땡땡이치는 건 나뿐이 아니다.

"참 팔자도 좋아. 자신이 특별하다는 건가?"

"그런 건 아닌데요…… 유우기리 선생님은, 선생님이 학생일 때 수업을 땡땡이 치거나 안 했나요?"

"나는 땡땡이 따위 생각도 안 했다."

그렇겠지. 이 사람이 수업을 땡땡이치다니, 그런 불성실한 모습 따위 도무지 상상할 수가 없다. 그러고 보니 학원장님은 로열 나이츠에 들어가서 유우기리 선생님의 성격이 변해 버렸다고 했었지. 그 무렵의 선생님, 돌아와라~.

"아! 저기에 슈야가 있어요!"

"뭣이?"

슈야도 유우기리 선생님 수업을 땡땡이치고, 선생님한테서 계속 도망치는 학생 중 한 명이다.

그렇지만 내 경우하고는 정반대 이유다.

슈야는 어째선가 굉장히 선생님 마음에 들었는데, 그게 거북한 모양이다. 그 녀석은 그 녀석대로 칭찬받는 것에 익숙하지 않다는 귀찮은 부분이 있다.

하지만 그 녀석은 제네라우스에서 돌아온 뒤부터 명백하게 변했단 말이지.

수정을 사용한 용돈벌이도 관뒀고, 혼잣말도 없어졌다.
조용한 투지를 안쪽에 숨기고, 뭔가 생각에 잠긴 모습을 보이는 일이 많았다.

"너는 어떻게 생각해? 데닝의 돼지 공작이 가디언이 된다는 얘기."
"처음에는 안 믿었는데 말이지, 로열 나이트인 유우기리 선생님이 소문이 진실이라고 했으니까, 굉장하네. 나랑 같은 학년인 녀석이 말야, 가디언이라니."
가디언, 가디언.
내 화제가 여기저기서 들린다. 학원은 좁은 세계니까 조금 눈에 띄는 사건이 있으면 계속 그 이야기가 이어지는 법이다. 요즘은 내 가디언 이야기뿐이다. 싫단 말이지이. 내가 화제가 되는 거. 계속 귀에 들어온다니까.
무심코 발걸음을 멈추고 동급생들이 무슨 이야기를 하는지 귀를 기울였다.
"그래도 말이야. 돼지 공작은 보기에 따라서는 집에서 버려졌다는 느낌이네."
"어, 어째서?"
"아무리 강해도 공작가에서는 자리가 없었다는 소문이 있잖아. 그러니까 왕실이 맡아 주겠다는 느낌 아냐? 공작가에서는 다루기 어려운 돼지 공작을 내놓고, 동시에 왕궁 안에서 더욱 큰 발언권을 손에 넣었다고 생각하는 것도 가능하잖아?"

"과연. 그러네. 하~. 좋겠다, 가디언. 그 카리나 공주님랑 계속 함께 있을 수 있거든?"

"함께 있을 수는 있지만 말야. 손을 대는 건 절대 용납되지 않으니까, 나는 말라 죽을 거 같은데."

젠장. 제멋대로들 말하기는.

이 녀석들, 명예를 얻는 대신 자유가 완전히 사라진다는 걸 알고는 있는 거냐?

그리고 카리나 공주님은 분명 귀엽지만 나에게는 벌써 마음에 정한 사람이 있다고. 그런 애랑 계속 함께 있을 수 있다면 아무것도 필요 없다고.

"하지만 그런 녀석이 가디언이 되면 나라의 수치잖아. 요즘에 살이 찐 그 모습, 대체 어디가 기사냔 말이야."

"그러게. 나는 그 녀석이 하얀 외투를 입고 있으면 분명히 웃어 버릴 자신이 있어. 왜냐하면, 너무하잖아."

"——너희. 너무 제멋대로 말하잖아."

"슈야? 뭔데? 갑자기 끼어들어서는."

"그쯤 해둬. 벌써 그 소동을 잊었냐? 그 녀석이 없었으면 지금 우리는 모두 죽었다고."

"아, 알고 있다니까. 농담이야, 농담. 그렇게 욱하지 말라고. 근데 슈야, 네가 돼지 공작을 감싸다니 희한하네."

"나는 데닝이 가디언에 걸맞다고 생각하니까."
""어?""

나는 금방 그 자리를 벗어났다.

어, 뭐야? 지금 그거 뭔데? 슈야 그 녀석, 내가 가디언에 걸맞다고 한 거야? 아니, 그 슈야가? 나랑 견원지간인 그 녀석이? 조금 혼란스럽다. 숨을 스읍 하아 하고서 진정하자.

좋아, 진정했다.

하지만 어째서 슈야가 내 편을 들어주는 거지? 게다가 내가 가디언에 걸맞다니. 절대로 그 녀석 입에서 나와선 안 되는 말이잖아, 그거.

"……."

어디 보자.

이 시간대는 유우기리 선생님 수업이 있는데, 역시 출석할 생각이 안 들었다.

동급생들 이야기를 듣고서, 역시 그들의 생각이 당연한 걸지도 모른다고 생각했으니까. 가디언이 되는 것은 굉장히 명예로운 일이며, 나처럼 자기중심적인 생각을 가진 녀석은 이 나라에 드물다고 새삼 생각했다.

"……."

교사 뒤편에 있는 풀밭에 앉았다.

벽에 등을 맡기고 주르르륵, 땅바닥에 앉았다. 엉덩이에 흙

이 묻었겠지만 신경 안 쓴다. 눈앞에 몇 명의 메이드들이 무거운 짐을 들고 지나간다. 늘어져 있는 나랑 눈이 마주치자 그녀들은 송구한 느낌으로 지나갔다.

어쩐지 나만 흘러가는 시간이 멈춘 것 같았다.

"……꾸울."

……응? 위에서 소리가. 창문이 드르륵 천천히 열리는 소리. 그리고, 누군가가 위에서 가볍게 뛰어내렸고—— 착지에 실패해 넘어졌다.

"꼴사납네."

무심코 흘러나왔다. 하지만 실제로 꼴사나우니까 어쩔 수 없지.

"아야야야야……."

그 녀석은 슈야였다. 그 녀석은 그대로 풀썩 주저앉더니, 내가 옆에 있는 것을 깨닫지 못하고 무슨 생각을 한 건지 나랑 같은 자세가 됐다. 뭔데? 뭘 한숨을 쉬는데?

"……으엑, 데닝."

"여어."

드디어 내 존재를 발견했군.

하지만 어색하다. 너무나도 어색하다.

왜냐면 바로 조금 전에 이 녀석이 나를 감싸는 걸 들어 버렸으니까. 그리고 슈야하고는 제네라우스에서 있었던 그 일 이후로 말한 적이 없다. 이 녀석은 거기서 있었던 싸움에서 화염정염(아크 플레어)이 까딱해서 죽어 버렸다고 착각하여 폭주한 순간부터 깔끔하게 기억을 잃은 상태였다.

"유우기리 선생님 수업 시간이잖아. 슈야, 땡땡이냐?"

"시끄러워. 너하고는 상관없잖아. 그리고 데닝. 유우기리 선생님 수업을 너무 땡땡이치는 거 아니냐? 선생님 화났던데."

"나는 미운털이 박혔으니까 괜찮아. 하지만 슈야. 너는 분명 선생님 마음에 들었다던데."

"……유우기리 선생님은 타국의 왕족에게 흥미가 있는 것뿐이야. 나랑 친해져서 알리시아에 대해 물어보고 타국과 인맥을 만들려는 거지."

"진짜냐? 그 사람, 뼛속까지 로열 나이트구만. 그런데 슈야. 너 지금도 알리시아랑 연락하냐?"

"할 리가 없잖아……. 내 탓에…… 알리시아가 크루슈 마법학원에 있을 수 없게 됐으니까."

학원 재건 동안 이 녀석이 알리시아를 국외로 데리고 다닌 것으로 되어 있던가.

그래서 서키스타의 국왕도 알리시아의 제멋대로 놀이에 대격노. 서키스타의 가련한 제2왕녀는 국내에 유폐 중인 상태다.

하지만 괜찮다.

그 녀석, 나라를 빠져나와서 학원에 오니까. 그리고 거기서부터 전쟁이 시작돼서, 슈야랑 이것저것 일이 있고…… 어쩌다 보니 아버지한테도 인정받는다.

"알리시아는 괜찮을 거야. 그 녀석은 그렇게 물렁하지 않아. 누가 뭐래도, 슈야. 너랑 같이 그 휴잭을 건넌 목숨 아까운 줄 모르는 녀석이니까. 조만간에 훌쩍 돌아올걸."

"……뭐? 데닝. 어째서…… 네가 그, 그그, 그걸 알고 있는데!"

"어."

아, 이런.

알리시아랑 슈야가 휴잭을 건너 제네라우스로 간 건 비밀이었지.

"아아, 그게. 제네라우스에서 알리시아한테 들었어. 이래저래 무모한 짓을 했다고."

"……그 녀석. 자기가 비밀로 하겠다고 말해 놓고는……."

크게 한숨을 쉬는 슈야. 그렇지만 기분은 풀린 모양이다.

"하지만 데닝. 네 말이 맞아. 그 알리시아가 말이다, 집에 틀어박히는 정도로 의기소침해질 리가 없으니까, 내가 신경 써도 어쩔 수 없지."

잘 들어라, 슈야.

대인기 애니메이션 『슈야 마리오넷』의 히로인님은 그렇게 물렁한 여자가 아니란다. 오히려 호시탐탐 집에서 탈출할 기회를 엿보고 있을 거다.

"그보다도 슈야 너, 항상 가지고 다니는 수정은 어쨌는데?

수정 점술로 용돈벌이 하던 걸 관뒀다고 비젼이 그러던데.”

“지금은 방에 두고 있어. 사실 제네라우스의 길드 마스터가 그러더라고. 수정 안에 좋지 않은 것이 살고 있어서, 소유자에게 위험한 힘을 내리는 매직 아이템이라고.”

“아~…… 그렇군.”

길드 마스터는 그렇게 정리하는 방법을 골랐구나.

엘드레드 씨를 상당히 신뢰하고 있던 슈야지만, 동경하는 사람이 충고를 하자 엘드레드 씨와 사귀는 방식을 바꾼 건가.

그래도 방에 남겨진 엘드레드 씨, 걱정 말라구.

완전히 슈야의 방 장식으로 변한 대정령 씨는 지금 무슨 생각을 하고 있을까? 삼총사 중 한 명을 쓰러뜨리기 위해 힘을 빌렸으니 조금 불쌍하다는 느낌도 들지만, 어쨌든 위험한 녀석이니까.

하지만 다행이다. 제네라우스에서 있었던 일이 슈야에게 이상한 트라우마가 되지 않아서.

몬스터 소동 탓에 학원에서 마음에 상처를 입은 학생이 있다고 하던데……. 그렇겠지. 이 녀석은 그 정도로 상처 입는 녀석이 아니지.

“그렇지, 데닝. 나는 생각했다. 유우기리 선생님이 이래저래 시끄럽게 말을 하지만, 나는 네가 가디언이——.”

“거기 있었나, 슈야 뉴케른! 음, 스로우 데닝! 너도 거기 있었나!”

"으엑—— 유우기리 선생님!"

목소리에 이끌려 고개를 들었더니.

아까 슈야가 뛰어내린 교사의 창문에서, 유우기리 선생님이 우리를 화가 펄펄 난 표정으로 노려보고 있었다. 그리고 굼뜬 슈야와 달리, 선생님은 가볍게 우리 앞에 착지했다.

눈 앞에 나타난 유우기리 선생님을 두고, 나랑 슈야가 선택한 행동은 완전히 같았다.

——도주다.

"——슈야! 너 아까 뭐라 말하려 하지 않았냐!"

유우기리 선생님에게서 도망치기 위해 학원을 달렸다.

"아니, 데닝. 어째서 이쪽으로 오는 거야!"

"입 다물어 슈야. 네가 날 따라오는 거잖아! 그보다도 미끼가 돼라! 나랑 선생님이랑 사이 안 좋은 거 알잖아! 붙잡히면 무슨 일을 당할지 모른단 말이다!"

"미쳤냐!"

"그러면 슈야! 여기서 갈라지자! 유우기리 선생님이 어느 쪽을 따라가든 원망하기 없기다!"

그 슈야와 함께 달린다.

애니메이션에서는 앙숙이었던 우리가.

그런데, 신기하게도 상쾌한 기분이었다.

하지만 이래서는 마치, 나랑 슈야가 사이가 좋은 것 같잖아?

그런 거 좋지 않은데? 왜냐면 그 슈야 뉴케른과 스로우 데닝이거든? 애니메이션 안에서는 견원지간. 마지막까지 사이가 틀어져서, 내가 공작가에서 추방될 때는 꼴좋다는 느낌의 관계였는데.

"……알았다, 데닝! 내가 미끼가 돼 주지!"

"어, 슈야, 너……."

확증은 없지만.

저 녀석이 나를 위해 미끼가 되어 준 이유는, 생각할 것도 없이 그거다.

제네라우스에서 있었던 일이다.

"이걸로 그때의 빚은—— 갚은 거다!"

하지만 이런 걸로 제네라우스에서 저 녀석을 잔뜩 구해준 빚을 갚겠다니…….

그게 가능하겠냐?

나랑 슈야의 설마하던 급접근이 가리키듯, 이 세계는 착실하게 평화를 향해 나아가고 있다.

딱히 슈야랑 친해지는 건 전혀 요만큼도 바라지 않았지만, 가까워져 버린 건 어쩔 수 없는 거다. 하지만 슈야가 유우기리 선생님한테 붙잡힌 덕분에 나는 빈둥빈둥 산책을 할 수 있었다.

재건된 크루슈 마법학원은 전보다도 산책하기 좋은 장소가 늘어났다.
그래서인지, 이런 장면도 마주쳐 버렸다.
"크리스티나! 나와…… 사귀어 주세요!"
나는 목격하고 말았다.
티나가 가르쳐준 시계탑 아래서, 고백 장면이라는 것을.
"크리스티나, 너를 반드시 행복하게 해 줄 테니까……!"
"……."
수업을 땡땡이치는 것과 전혀 다른 이유로, 이 녀석들…….
단숨에 의욕이 꺾여 버렸다.
"네……. 저야말로……."
게다가 창피한 기색으로 그렇게 말하면 정말이지…… 행복하세요 하는 말 말고는 나오지도 않는다.
내가 제일 행복해지고 싶은데…….
"고마워……. 나도 계속."
"어, 그랬었구나! 전혀, 눈치 못 챘어……. 하하……. 용기를 내길 잘했네."
애당초 말야. 내가 행복해져야 하잖아.
더 보답을 받아야 하잖아.
왜냐면 나는 세상을 구했거든? 아까 그 남학생처럼 나도 하고 싶다고. 저 녀석한테 있고, 나한테 부족한 게 뭔데?
……그래. 용기다. 남학생에겐 그것이 있었다.
통감했다. 나는 뭘 하고 있는 거지? 애당초 나는 가디언 같은 건 아무래도 좋고, 그저 하염없이 샬롯이랑 행복하게 살고 싶다. 그것뿐이었을 텐데.

"스로우 님. 하고 싶은 이야기가 있다고요?"

"그러~니까…… 샬롯. 일단은 이렇게 늦게 불러내서 미안."

나는 초능력 따위 없다.

적어도 애니메이션처럼, 그 삼총사 중 한 명인 닥터 힐처럼 사람의 생각을 엿볼 수는 없다. 샬롯을 세뇌해서 내 마음대로 조종하는 것도 당치 않은 일이다.

"갑자기 왜 그러시는데요?"

"……."

전혀 두근거리는 느낌이 없는 이유는 샬롯이 익숙한 메이드 차림이기 때문이고.

그리고 이 냄새랑 장소 탓일 것이다.

식당 뒤편. 창문에서 연기가 뭉게뭉게 나오고, 맛있는 냄새가 흘러나오고 있으니까.

하지만 말하기 어렵네.

샬롯은 내가 가디언이 되는 걸 어떻게 생각해? 라니.

주관이 없는 남자라거나, 우유부단하다거나, 샬롯이 그렇게 생각하지 않을까 불안하다. 하지만 나로서도 샬롯의 마음을 다시 한번 확실하게 확인하고 싶으니까…….

"그, 그게. 샬롯은 말야……. 샬롯도 역시, 공작가나 학원 사람들처럼…… 내가 가디언이 되는 거에 찬성해?"

"그야 당연하잖아요! 스로우 님은 가디언이 되어야 할 사람이에요!"

윽.

그렇게, 무슨 말을 하는 거냐는 표정 짓지 말아 줘! 반짝반짝 웃는 얼굴로 보지 말아 줘!

"이, 이유를 물어봐도 될까……?"

"그야 스로우 님. 가디언이잖아요, 가디언. 이 기사국가 다리스의 얼굴! 게다가 여왕 폐하가 직접 지명! 스로우 님이 마법의 힘뿐 아니라, 내면도 뛰어나다는 걸 폐하가 인정해 주신 증거잖아요! 게다가 공작가 여러분도 멋진 이야기라고 기뻐했어요!"

우오! 말들이 세차게 쏟아지네!

그렇지만 그건 틀림없이 샬롯의 본심에서 나온 말이 틀림없었다.

"그, 그렇구나……. 수호기사는 나라의 얼굴……."

"카리나 공주님도 스로우 님에게는 마음을 열고 있는 것 같고, 그리고! 이런 이야기는 너무 큰 소리로 말할 수는 없지만, 가디언이라면 언제나 여왕 폐하 곁에 있으니까 공작가 분들처럼 전장에 계속 있는 일도 없고! 안전해요!"

샤, 샬롯…….

내 안전도 고려를 해준 거였구나…….

"그러니까 스로우 님! 다이어트를 해요! 아무래도 가디언이 뚱뚱이면 체면이 안 선다고 생각하니까요! 그리고 크루슈 마법학원으로 돌아올 수 있었던 것도, 여기서 스로우 님의 다이어트가 성공한 실적이 있기 때문이에요!"

"……분명히. 친가에서는 다이어트를 할 생각이……."

"스로우 님!"

"아, 네."

"다들 스로우 님이 굉장하다는 걸 깨달은 거예요. 그렇다면 여왕 폐하가 직접 가디언으로 지명하는 것도 당연하죠. 스로우 님은 애당초, 공작가 안에 담길 만한 그릇이 아니었던 거예요!"

"꾸울……."

다들, 가디언의 브랜드에 열중하고 있다.

나라에 단 한 명밖에 없는 요직이니까, 마음은 이해하는데 말이지. 내 기분도 조금은 알아줬으면 좋겠다. 마치 바깥쪽에서부터 착실하게 포위하는 것 같다.

아~.

아니, 알고 있었어.

샬롯이 진심으로 나를 위해서.

나를 생각해서, 가디언이 되길 바란다는 것은.

그렇지만 그렇게 확실하게 들으면 말이지……. 내 짝사랑이라는 게 말이지.

"혹시 스로우 님. 카리나 공주님이 거북한가요?"

"무무, 무슨, 그럴 리가 없잖아!"

전력으로 부정했다.

카리나 공주님이 거북해? 싫냐고? 그럴 리가. 그런 녀석이 있을 리 없지. 그런 미소녀 곁에 있을 수 있다면 최고지. 아~ 하지만, 언젠가 카리나 공주님이 누군가랑 결혼하는 모습을 보는 건 조금…… 아니, 상당히 싫은걸.

"그러면, 스로우 님. 어째서 그렇게 고민하는 건가요?"

"……."

"저는 스로우 님이 여왕 폐하께 인정받아서, 기쁜데요?"

"고마워, 샬롯의 마음은 잘 알았어."

충분하다. 샬롯은 공작가 녀석들과 달리, 타산이 아니라 순수하게 내가 여왕 폐하에게 인정받은 것이 기쁜 거다.

카리나 공주님과 함께 기사국가의 결말을 지켜본다. 그런 미래도 좋을지 모른다.

아니, 좋은 거지. 학원 학생은 모두 부러워하니까.

"……하하하."

느긋하게 하늘을 올려다보았다.

별이 보였다. 수많은 별이 나를 축복하고 있다—— 도저히, 그렇게 보이진 않았다.

메마른 웃음이 나온다. 힘 빠진다.

샬롯과 이야기를 마치고, 뭔가 모든 것이 아무래도 좋아졌다.
가슴에 구멍이 뻥 뚫린 기분. 간단히 말하자면 나는 차인 것이다.
나는 가디언이 되어야 한다고, 샬롯은 확실하게 말했다.
가디언이 된다.
그것은 고고의 인간이 된다는 것이다.
자유 따위 없다. 역대 가디언은 결혼도 안 하고 왕실에 충성을 바쳤다.
"선배. 뭐 해요?"
"티나. 뭔가 좋은 일 있었어?"
어쩐지 기쁜 기색이다. 지금 나하고는 정반대.
"이런 늦은 시간에 선배랑 만났으니까요. 그거면 안 돼요?"
그런 말에 콩닥거리지도 않을 만큼, 내 마음은 찬바람이 휭휭 불어 닥치고 있었다.
"그러면 그런 티나의 행복을 나한테 나눠주면 기쁘겠다."
"네! 학원을 관둘까 고민하던 친구가—— 남기로 했어요."
그러고 보니 전에 그런 말을 했었지.
룸메이트가 그 몬스터 소동으로 마음에 상처를 입어서, 밤이 되면 그때의 공포가 떠올라 잠들지 못하고 있다고. 티나의 룸메이트만 그런 게 아니다.
그 사건은 특히 싸울 힘이 없는 평민에게 어두운 그림자를 떨구고 있었다.

이 크루슈 마법학원이 아무리 마법을 배우기 위한 학원이라고 해도, 마법은 모두 전투에 쓰이는 것이 아니다. 특히 평민 여학생은 생활을 풍요롭게 하기 위해서 마법을 배운다. 조금이라도 좋은 상대와 결혼하기 위해서, 혼자서 돈벌이를 할 힘을 얻기 위해서.

"그래서 이게 그, 티나의 친구를 치유한 약이란 거구나."

"저는 치유의 물이 얼마나 가치가 있는지 잘은 모르지만요. 선배가 보면 어느 정도인지 알 수 있지 않을까 해서요."

"그렇네. 분명히 알 수 있어. 잠깐만 보여줄래?"

티나는 나에게 액체가 든 작은 병을 보여주었다.

트라우마의 극복에 효과를 발휘한 물의 비약.

기울여 보자 조금 빛나는 그것은 물의 마법이 담겨 있는 치유의 비약이었다.

그렇지만, 이건……. 틀림없이, 뒤에서 흘러들어온 거겠지.

병의 뚜껑을 열고, 안을 확인했다. 조악한 물건이 아니다. 오히려 이건——.

"……상당히 우수한 물 마법사가 제작한 물건. 이런 물건을 얻을 수 있다니……."

"친구가 이걸 마시고 기운을 차렸어요! 역시 굉장한 거 맞네요."

어디서 얻은 것인지, 그다지 자세한 이야기는 물어볼 기분이 안 들었다.

그나저나 상냥한 사람도 있는 법이군. 학원 의무실이 제공하는 약은 아니겠지. 대귀족 상대라면 모를까, 평민 여학생에게는 이 정도로 질 좋은 치유의 물은 제공하지 않는다. 게다가 티나 이야기를 들어보니 이 물의 비약은 트라우마를 가진 사람들의 마음을 치유한 것이다. 왕도에서 이것을 얻으려면 가격이 엄청날 것이다. 집을 지을 수 있을 정도로.

학원의 내정, 학생의 불안을 아는 자가 누군가 슬쩍 흘린 건가?

"선배. 다른 사람이랑 다르게 전혀 즐거워 보이지 않아요."

"…………그래 보여?"

"보~여~요~. 왜냐면 이런 장소에서 혼자 우두커니. 선배 주변에서만 공기가 축 늘어져 있는걸요."

"미안. 혹시 티나의 기분까지 끌어내려 버렸나."

"그러면 선배가 좀 기운이 나도록 하나 가르쳐 드릴까요? 요즘 샬롯 씨가 유우기리 선생님을 돕고 있다는 거 알고 있어요?"

"어…… 몰랐는데."

"샬롯 씨, 선배를 위해서 살 빠지는 약을 산댔어요. 매일 엄청 노력하고 있다는데요? ……어라? 이 이야기를 하면 선배가 기운을 차릴 거라고 생각했는데…… 으~음……."

딱히 나는 살을 빼고 싶다고 생각 안 하는데 말이지.

그 티나의 말에 나는 기운을 차리긴커녕 더욱 벼랑으로 몰리는 기분이었다.

왜냐면, 샬롯이 노력하는 원동력은 내가 가디언이 되기 위한 데 있으니까.

"잘라 말하겠는데요, 선배. 절대로 가디언이 되고 싶지 않다는 느낌이네요."

"……용케 알았네."

"사실은 알고 있었어요. 선배를 잘 보고 있는 사람한테는 다 들켰다고 생각해요. 거리가 너무 가까우면 모를 수도 있겠지만요."

그러고 보니 학원장님도 눈치챈 느낌이었지.

하지만 학원장님은 사람됨을 꿰뚫어 볼 정도로 인생 경험이 풍부하다.

내 마음 따위는 훤히 알고 있어도 이상하지 않다.

그렇지만 티나는 다르다.

학원의 학생인데…… 속내를 맞춰 버릴 줄은 생각 못했다.

이 크루슈 마법학원에서 우리 같은 귀족은 왕왕 둔감해진다.

크루슈 마법학원에서는 우리 귀족이 피라미드의 상위에 존재하니까. 아마, 평민인 티나는 그렇게 주위의 기미를 살피며 살아왔을 것이다.

"……그렇구나~. 들켰구나~."

"엄청 국어책 읽기인데요."

"어쩐지 이래저래 지쳐 버려서……. 이제 한계일지도 모른다고. 방금 생각했어."

"이건 제 경우인데요. 만약 제가 선배 같은 상황에 몰렸으면 진작에 무너졌을 거라고 생각해요."

"그래?"

"왜냐면 다들, 제멋대로 소문을 퍼뜨리잖아요. 당사자인 선배는 모를지도 모르지만, 지금 이 학원은 사실 선배 이야기로 가득해요."

"알고 있어."

"아마 선배가 생각하는 것 이상일걸요? ……솔직히 가엾다고 생각할 때가 없는 것도 아니에요."

"……내가, 가여워?"

"왜냐면 다들 선배한테 지나치게 기대하고 있잖아요. 그야 선배는 분명히 좀 마법을 잘 쓰고, 아니, 엄청 잘 쓰지만…… 하지만 남들과 커다랗게 다른 점은 그 정도잖아요. 그런데 너무 많이 짊어지고 있어요. 그런 사건이 있고서 갑자기 가디언이라니."

"……."

"저는 그게…… 귀족의 이런저런 제약 같은 건 잘 모르지만요, 선배는 누군가의 말대로 하는 건 어울리지 않아요. 선배. 저랑 도망치실래요? 나라의 사정 같은 건 알 바 아니라고 하면서. 어쩌면 뜻밖에 행복해질지도 모르잖아요?"

매력적인 제안이다.

괜한 짐은 모두 던져 버리고 티나와 함께 나라를 벗어난다. 티나는 밝고, 나를 따라 준다. 그 권유는 가벼운 마음. 농담일지도 모르지만, 기뻤다.

내 마음을 이해하고서 배려해 주는 사람이 이렇게 가까이 있을 줄은 몰랐다.

정말로…… 언제나 내 기운을 북돋워준다.

"선배 편은 뜻밖에 가까이 있을 것 같아요. 그러니까 물어보면 되는 거예요. 나랑 같이 도망가자고. 참고로 저는 대환영이에요. 자, 선배 편이 한 명 여기 있었네요. 조금은 진정됐어요?"

"……고마워, 티나. 덕분에 좀 편해졌어."

나는 이 나라에서 도망칠 수는 없다.

……왜냐면 이 나라에는 샬롯이 있으니까.

아직 아무것도 시작되지 않았다. 애니메이션 지식을 알고서 세계의 미래에 간섭했다. 그렇지만 어느샌가 본래의 목적에서 크게 벗어났고, 나를 둘러싼 환경도 변해 버렸다.

그렇지만, 해야 할 일은 아무것도 변하지 않았어.

칠흑 돼지 공작과 같은 잘못을 나는 또 반복하려고 했다.

그리고, 같은 미래를 맞이할 참이었다.

"가디언이 된다고, 그렇게 정한 건 아니지만…… 다이어트는, 진심으로 시작할래."

내 마음을 깨달아준 사람이 있었다.
그것만으로, 이렇게나 기쁘다.
언제까지나, 오기를 부릴 때가 아니다.
그렇게 자신에게 말하지 않으면 깨닫지 못한단 말이지.

가디언의 길을 고르기 전에 나는 그녀에게 마음을 전하지도 않았다.
이중마법에 도전한 티나와 비교해서, 나는 얼마나 글러 먹은 돼지인 거지.
"지금의 나는 그게 필요하다고 생각하니까."
긍정적이 되면 세상이 변한 것처럼 보인다.
가디언이 되기 위해서가 아니다.
자신을 위해서다.

그리고 다음 날.
수업 시간, 내가 투명의자 자세로 부들부들 떨면서 트레이닝을 하고 있는 와중에.
그것이 들렸다.
"——도스톨 제국에서 사자가! 앞으로 100년, 도스톨 제국은 남쪽을 침범하지 않는다고 통지가 왔대!"

●

"——나다, 유우기리다! 프란, 있는 거지? 나와 다오!"

유우기리가 숲으로 가는 것은 언제나 밤중이었다.

약팔이라는 존재는, 이 나라에서는 꺼림칙한 존재다.

물의 비약을 무상으로 제공하는 그녀들은 언제나 환자에게 치유의 힘만을 제공하는 것이 아니다.

남방에서 약팔이는 병자를 물의 마법 실험대상으로 이용하는 수상쩍은 마법사 집단 취급을 받고 있다. 로열 나이트라는 신분상 결코 방치해 둘 수는 없었다.

"유우기리. 또 온 건가요? 당신은 기사국가의 귀족, 그것도 로열 나이트라는 신분이면서……."

"오늘은 너에게 감사를 하러 왔다."

"저한테, 감사를요?"

그러나, 숲의 안쪽에서.

유우기리는 사람도 동물도 다가오지 않는 무인의 폐허에 사는 그녀와 벌써 몇 번이나 밤을 지새워 대화를 나눴는지 모른다. 두 사람은 서로 우수한 물 마법사이며, 약을 만드는 법부터 누군가에 대한 불평까지, 화제는 끊이지 않았다.

"그렇지. 네가 만들어준 그 약! 나도 가볍게 시험해 봤다만, 학원 학생에게 충분히 효과를 발휘했다. 학원을 퇴학하려고 생각했던 평민 학생들도 네 약 덕분에 밤에 잠들 수 있게 됐다고, 무서운 마음이 흐려졌다고 하더군."

"다행이네요. 그러나 유우기리. 내력을 모르는 내 약을 학원 학생들에게까지……."

"상관없어, 프란. 네 약 덕분에 나도 근신 동안 차분해질 수 있었다. 대단히 감사하고 있어."

"유우기리. 당신은 본래 치유의 약 같은 건 필요 없는 성격이에요. 내 힘이 없어도 혼자서 일어설 수 있었겠죠."

폐허에 사는 약팔이 여성.

언제나 공허한 표정으로, 이 생명의 기척도 느껴지지 않는 숲의 폐허에 살고 있다.

흐리멍텅한 분위기에 무슨 생각을 하는지 알 수 없지만, 언제나 입가에 미소를 지은 모습은 마치 성직자 같다고 유우기리는 생각했다.

"프란, 네가 만드는 치유의 약은 정말로 멋지다. 사람의 마음을 치유하는 물의 마법이라니, 나도 도달하지 못한 경지야. 그 기술을 어디서 배웠는지는, 역시 가르쳐주지 않을 건가."

"……듣지 않는 편이 서로를 위해서 좋겠죠."

"그렇군, 하는 수 없지. 다만 내가 너에게 감사하는 마음이 전해졌으면 좋겠다."

"괜찮아요, 유우기리. 나도 약팔이라고 불리는 사람 중 하나. 자신이 만든 약의 효과를 확인할 수 있어서 도움이 되고 있어요. 그리고 이렇게 홀로 여행을 하는 유랑의 몸인데 설마 로열 나이트인 당신과 대화를 나누고, 서로 이해할 수 있었다는 건 귀중한 경험이에요. 평생 잊지 않겠죠."

"——나도다. 프란. 누군가 내 마음을 이 정도로 이해해 주는 것은 처음이다."

"괴로운 거군요, 유우기리. 자신에게 전혀 맞지 않는 일을 맡게 되다니. 그렇지만 지금 당신은 전보다도 의욕이 가득한 것처럼 보여요."

"……그럴까?"

유우기리는 자신에게 교사 역할이 어울린다고 생각하지 않았다.

그러나 요즘 들어서 자신이 로열 나이츠 안에서 로코모코 하이란드 대신 이 크루슈 마법학원에 파견된 의미를 조금씩 이해할 수 있게 됐다.

"프란. 사실은 모두 네 조언 그대로 했기 때문이야. 단순히 훑어보는 게 아닌, 우수한 귀족 학생들뿐 아니라 이 학원에서는 지위가 낮은 평민들에게도 그자가 어떤 녀석인지 의견을 물어보게 됐지. 그러자 내가 지금까지 전혀 몰랐던 그 녀석의 모습이 보였다."

학원에 부임한 당초, 여왕 폐하가 그를 가디언으로 지명한 이유를 전혀 알 수 없었다.

학원으로 돌아온 그는 소문으로 듣던 것처럼 한심스러운 생활을 좋아하는 것처럼 보였다. 그런 남자가 평생 카리나 공주님 옆에서 그녀의 검이 되는 미래를 상상할 수 없었다.

그러나 입장이 다른 수많은 자들에게서 그에 대한 의견을 들어보니, 자신이 대면하여 알고 있던 그의 인물상과 놀랄 정도로 동떨어진 모습이 보였다. 적어도 어느 날을 경계로 소문보다도 훨씬 마음씨 상냥한 소년이라는 것을 알았다.

모든 것은 프란이라는 약팔이의 조언에 따랐기 때문이다.

"좋은 일이에요. 유우기리, 당신에게 여유가 생긴 증거이기도 하죠."

"여유…… 그렇군. 그럴지도 모른다. 학원에 온 당초에는 내가 무엇을 해야 할지 아무것도 몰랐었으니까."

"그러나 유우기리. 로열 나이트가 북방의 약팔이와 이어져 있는 것은 역시 문제가 있어요. 언제 사람들이 이 폐허를 알아차릴지 몰라요. 이제 그만 우리 관계도 끝내는 편이 좋을지 모르죠."

"그 정도 치유의 힘이 있으면, 너는 어디서든 살아갈 수 있겠지. 프란, 내가 적당한 일을 소개해 주지. 기사국가에서 일해볼 셈은 없나?"

"아뇨, 저는 그 마음만으로 충분해요. 이런 뜨내기에게 그런 말을 하다니. 당신도 별난 사람이네요."

"겸손이 지나친 것 같군. 네 힘이 있으면 어디서든 중용될 수 있다. 그러나…… 그렇군. 너에게 그럴 생각이 없다면 어쩔 수 없지. 그러나 내가 뭔가 해줄 수 있는 일은 없을까?"

"그러면, 유우기리. 당신에게 한 가지 부탁이 있어요."

"그렇군! 내가 할 수 있는 일이라면 뭐든지 들어주지."

언젠가부터, 유우기리는 이 이단의 사도에게 커다란 신뢰를 주게 되었다.

그래서 자신이 할 수 있는 부탁이라면 이 이교의 친구에게 뭐든지 해주겠다고 생각할 정도로 유우기리는 내력이 불명인 약팔이를 믿고 있었다.

"살 빠지는 약을 구하고 있다는 귀족의 종자. 그녀를 데리고 와 주실 수 있나요?"

다만, 유우기리의 불찰은——.

이 질 좋은 약을 만드는 자의 정체를, 별것 아닌 자라고 생각해 버린 것.

대륙에 신봉자를 품은 약팔이의 창설자가 설마 이 다리스에 있으리라고는——.

그 정체가 도스톨 제국의 삼총사, 프란시스카라고 상상도 못했다는 것이다.

4장 축제의 이면에서

"꾸우훌훌…… 꾸우훌훌…….."

계속, 북방과 전쟁이 일어날 것인가 일어나지 않을 것인가의 갈림길이었다.

그렇지만 나는 어둠의 대정령 씨가 어떻게 생각하는지 알고 있다.

도스톨 제국은 최전선인 그란트 습지에서 병사를 물릴 거라는 확신이 있었다.

그리고, 그것은 내 예상 그대로 실현됐다.

"꾸훌후울…… 꾸훌후울……."

그 정보가 학원 전체에 퍼진 그날부터, 학원 전제가 마시자 노래하자 대소동이다.

"야, 학원장님 이야기 들었냐!"

"다음 주부터 수업이 없대!"

"대상인 워렌이──."

"떼부자는 역시 하는 일이 다르네! 우리 귀족에게 은혜를 베풀고 싶은 거겠지!"

장래 군에서 성공하겠다고 떵떵거리던 선배들도 있었지만, 학생들 중 태반은 전쟁 따위 절대 사양한다며 싸움이 일어나지 않는 평화로운 매일을 바라고 있었다.

도스톨 제국의 결단은 크루슈 마법학원의 학생들뿐이 아니라 남방 전토에서 커다란 기쁨과 함께 맞이하고 있는 모양이다.

"다음 주부터 수업 중지다! 축제다!"

"온 나라 어느 도시든 축제 분위기래!"

"공부 같은 건 관두자고!"

다들 시원스러운 표정으로 미래를 논하며, 수업 시간인데도 사적인 대화가 멈추지 않는다.

사실은 축제 분위기가 아니라 정말로 축제가 시작되는 건데 말이지. 떼부자인 대상인을 친구로 둔 평민이 학원장님을 설득해서 기획했다고 한다. 멋진 기획력이지만, 학원장님도 용케 허가를 내줬네. ……그런 점이 학생들이 잘 따르는 가장 큰 매력이 아닐까 생각하고 있는데, 눈앞으로 학원장님이 지나가길래 진의를 물어보기로 했다.

"만연한 스트레스가 이것을 계기로 좀 개선됐으면 좋겠다고 생각했다네."

학원장님, 나이스.

"스로우 군. 자네는 또다시 다이어트에 힘을 쏟고 있다고 들었네만…… 결심을 한 것인가?"

"꾸울훌, 네. 좀 더 슬림해질까 해서요. 그러면, 이만……."

"……그렇군."

학원장님이 뭔가 말하고 싶은 것 같았는데, 내가 다이어트를 하는 것에 무슨 의견이라도 있는 걸까?

그래도 말이지, 나 명백하게 살쪘잖아.

학원으로 돌아와서 몇 명인가 지적한 것 같긴 한데…… 그다지 신경을 안 썼단 말이지. 하지만 요전에 우연히 방의 거울을 보고 드디어 깨닫고 말았다.

——나, 뚱땡이잖아.

"100년에 이르는 부전 조약이라더라."

"너, 군인이 된다고 큰소리치지 않았어? 어떡할 거야?"

"영지를 번영시켜야지. 새로운 음식을 만들어서 돈을 벌 거야."

"나는 일단 여자친구라도 만들까."

"그게, 요즘 이래저래 일이 많았으니……."

최악이었던 칠흑 돼지 공작 시절 정도는 아니지만 말야. 이건 세 걸음 앞 정도는 된다.

솔직히 말해서 위험하다. 가디언이 되기 싫다는 마음으로 내가 얼마나 살이 찐 건지.

"너, 그거 맛있어 보인다! 어디서 샀어?"

"식당에서 받았어! 요리장의 신작이라더라!"

아~. 안 들려 안 들려어.

장래를 대비하여 차근차근 용돈을 모으고 있던 사람은 다음 주에 있을 축제에서 거하게 돈을 쓰겠지. 어쩌면 전 재산을 쓸 예정인 녀석도 있을지 모른다. 하지만 도스톨 제국이 병사를 물렸다는 사실은 그 정도로 의미가 있는 일이란 말이지.

나도 내심 콧대가 높았다.

내가 해온 일이 모두 보답받은 기분이다.

"……꿀꾸훌…… 꿀꿀……."

규칙적인 리듬으로, 꿀꾸훌. 이 아니라, 런닝.

나는 강철 같은 남자.

축제에 들뜬 모두와 마찬가지로 분위기에 휩쓸리지 않는다.

지금의 나는 커다란 꿈이 있다.

중요도로 따지면 전쟁을 미연에 막는 것과 비슷할 정도로 커다란 일이다.

"——스로우 님! 이런 데 있었나요! 저기……뭘 하고 계신가요!"

"샬롯. 보는 것처럼 다이어트 중이야."

"어, 하지만 오늘 정도는 좀 들떠도 되지 않을까요……?"

길 여기저기서 매대와 노점이 다음 주부터 시작되는 축제 준비를 시작하고 있었다.

성질 급한 일부 상인들은 이미 몰래 물건을 팔기 시작한 듯 보이고, 벌써 입지가 좋은 장소는 가득 찬 모양이다.

"샬롯. 나는 진심으로 다이어트를 하고 있거든."

반복하지만 나는 강철 같은 남자.

축제에서는 맛있는 식사가 산처럼 나올 것이다. 그리고 근사한 이벤트도 잔뜩 발생할 거다. 그렇지만 나는 거들떠보지도 않는다. 다이어트의 적이니까.

한번 결심한 내가 유혹에 질 리가 없는 것이다.

"스로우 님이 엄청 좋아하는 거, 사 왔는데요…… 오늘은 모처럼이니까……."

"어?!"

설마, 샬롯이 그런 말을 하다니!

도스톨 제국의 영향, 무시무시하군! 악마 상관 같은 샬롯이 유혹을 하다니…….

그렇지만 나는 알고 있다. 조금이라도 긴장을 풀면 몸의 붕괴로 이어지는 법이야.

"지금 나에게 부족한 건 자제심이라는 걸 깨달았어. 샬롯의 마음은 기쁘지만 그건 샬롯이 먹어. 나는 학원 사람들이 행복해 보이는 것만으로도 배부르니까."

"……."

잠깐, 어째서 내 볼을 꼬집는 거야? 샬롯.

이거 꿈 아니거든? 현실이야.

"스, 스, 스, 스스."

"스?"

"스로우 님!"

"뭐, 뭔데 샬롯! 내 손을 꼭 붙잡고서!"

"저, 감격했어요! 역시 스로우 님은 멋져요!"

"훗. 딱히 이 정도는 당연하지. 애당초 내가 크루슈 마법학원으로 돌아올 수 있었던 것도, 여기서 다이어트가 성공한 실적이 있기 때문이니까."

경쾌하게 말해 봤더니, 샬롯이 더욱 놀랐다.

실제로 이렇게 생각하게 되기까지 오래 걸렸다.

가디언으로 추천받거나, 내 마음대로 되지 않는 나날.

하지만 잘 생각해 보면 마음대로 되지 않는 게 당연한 거다.

그리고 나는 본래 찾아와야 할 미래를 뒤집었다. 내 탓에 감옥에 들어간 노페이스나 세피스가 보기에는, 나랑 만난 것이 어지간히 더 불행한 거겠지.

아, 그거랑 저거다. 샬롯에게는 꼭 해둬야 할 말이 있었지.

전에 티나랑 대화하면서 나는 깨달았다.

"그리고 샬롯. 살 빠지는 약을 살 돈을 모으려고 유우기리 선생님 일을 돕지 않아도 돼. 지금 샬롯은 일을 너무 많이 하는 것 같아."

"……스로우 님, 제가 선생님 일을 돕는 걸 알고 있었나요?"

"소문으로 들었는데, 유우기리 선생님 일을 돕는 건 꽤 힘들지? 샬롯의 마음도 고맙지만, 나는 내 힘으로 살을 빼기로 마음먹었거든."

샬롯이 나를 위해 살 빠지는 약을 구한다는 걸 알았다.

하지만 내가 살 빠지는 약에 의지하는 일은 이제 없을 거다. 그건 어쩐지 반칙하는 것 같아서 꼴사납잖아? 역시 이 몸에 붙은 지방은 자기 힘으로 덜어내고 싶잖아?

그렇게 말했더니, 샬롯이 눈물을 글썽글썽.

"……지금 그 말, 말로 님에게도 들려주고 싶어요! 분명히 울면서 기뻐할 거예요!"

"그 할멈이 우는 모습 따위 상상도 안 되는데."

"말로 님은 스로우 님을 정말로 손자처럼 귀여워해 주잖아요!"

진짜 손자처럼 생각하고 있다면, 나한테 가디언이 되라고 말하지 않는다니까. 내가 가디언이 되면 공작가의 신분을 박탈당하고 자유롭게 만나지도 못하게 되니까. 하지만…… 그런 원망의 말을 샬롯에게 해도 어쩔 수 없다.

"그래서 말이지, 샬롯……."

이렇게 샬롯이랑 만난 것도 타이밍이 좋다.

지금, 이 크루슈 마법학원은 전체적으로 들떠 있다.

이 열기에 올라탄 지금이라면, 샬롯에게 자신의 마음을 말할 수 있을 것 같다고 생각했다.

"……내가 자기 힘으로 살을 빼면, 너에게 하고 싶은 말이 있어."

아무리 그래도 갑자기는 무리다.

무리무리무리야 꿀꿀꿀꿀.

멋을 내려고 마음을 억누르고 샤이 보이 칠흑 돼지 공작으로 지낸 게 아니다.

하지만, 나는 말했다. 말할 수 있었다.

샬롯에게 하고 싶은 말이 있다고 전했다.

"……꾸울."

그날 밤은 정말로 편히 잠들었다.

계속 마음속에 담아두었던 마음을 조금이라도 해방할 수 있었으니까.

딱히 앞으로, 고백에 실패해도 상관없다.

다만 나는 자기 마음을 토로하기 위해서, 용기를 낼 수 있었던 것이 기뻤다.

강한 상대와 싸우는 것하고는 다른 차원의 긴장감.

정말이지…… 그렇게 생각하면 전에 그 시계탑 아래서 사랑을 맹세한 그 아이들은 굉장하다니까.

"——너무 들뜨지 않도록. 수업이 휴강에 들어가는 건 다음 주부터다. 그런데 오늘은 어쩐 일인지 결석자가 한 명도 없군. 희한한 일이야."

학원이 축제 분위기인데, 유우기리 선생님은 여전히 뚱한 표정으로 수업을 시작했다.

이 사람은 그건가? 역시 강철의 마음을 가졌나?

오늘도 여전히 교과서를 한 손에 들고 학생을 척척 지명하면서, 학생의 무지를 공격한다. 학원 전체에 퍼진 들뜬 기분에 선생님도 영향을 좀 받지 않았을까 생각했는데. 이벤트를 즐긴다거나 하는 식으로 긴장을 풀려는 마음이 전혀 없는 모양이다.

"거기, 시끄럽다. 나는 전임자인 그 남자와 달리 수업 시간의 사적인 대화를 용납할 생각은 터럭만큼도 없다고 처음에 말했을 텐데."

그러고 보니 요전에.

학원장님 왈 유우기리 선생님은 옛날에 더 순수하고 얌전한 학생이었다고 했었지.

으~음. 역시 상상이 안 된다. 로열 나이트라는 일이 선생님의 본래 성격을 비틀어 버릴 정도로 가혹한 일인 걸까?

"스로우 데닝. 과연 이론은 식은 죽 먹기인가 보군. 잘 공부했어. 다들 본받아라. 여차할 때 불빛으로 쓸 수 있는 야광충의 생태를 이만큼 이해하고 있는 자는 로열 나이트 중에도 없을 거다."

……치, 칭찬했어?

그 유우기리 선생님이 나를 순순히 칭찬했다고?

평소에는 비꼬는 말 한두 마디 정도는 날리는 사람인데…….

그러면 대응하기 힘드니까 좀 그만 두세요.

"뭐지? 스로우 데닝. 그 표정은."

"아, 아뇨. 아무것도 아닙니다……."

"평소의 나라면 비꼬는 말이라도 했을 텐데, 라고 생각한 거겠지?"

"저기…… 어어~. 네."

아, 위험해.

순순히 생각이 입에서 흘러나왔다.

"사실은 나도 기분이 나쁘지 않다. 도스톨 제국이 요청한 부전의 맹세는 아주 좋은 일이니까. 스로우 데닝. 모든 것은 그란트 습지에서 교섭에 힘쓰고 있는 공작가의 힘이 있기 때문이겠지. 로열 나이츠와 공작가, 서로의 영역은 다르지만 인정해야 할 부분은 구분하고 있다."

어이어이.

로열 나이트인 유우기리 선생님이 공작가까지 칭찬하다니. 이거, 내일은 마법이라도 쏟아지는 거 아냐? 무표정하긴 해도 꽤 기분이 좋은가 본데.

"……조금 이르지만, 오늘 수업은 이걸로 끝내지. 다들, 다음 주부터 있는 휴교일이 기다려지겠지만 너무 안절부절못하고 있다. 오늘은…… 조용히, 조금 차분하게 지내는 게 좋다."

그리고 우리의 마음까지도 이해해 준다.

이건 그야말로 1년에 한 번밖에 안 찾아오는 슈퍼 유우기리 선생님의 날이라고 해도 되겠어.

"저기, 유우기리 선생님! 로코모코 선생님이 크루슈 마법학원으로 돌아온다는 소문을 들었는데요……. 사실인가요?"

어? 그래?

나는 처음 들었는데.

"그렇군. 어디서부터 이야기를 해야 할지……."

선생님도 부정하지 않았다.

애당초 그런 소문이 흐르고 있었어?

아~. 나는 소문 같은 거에 둔감하니까. 친구가 적거든. 하지만 유우기리 선생님은 처음부터 로코모코 선생님이 휴가중일 때만 있는다고 했으니까 언젠가는 떠날 거라고 생각했었다. 하지만 그래도 너무 갑작스러운데.

"──일부는 이미 알고 있을지도 모르지만, 다음 주부터 로코모코 하이란드가 학원으로 복귀한다."

축제의 사나이로 유명한 로코모코 선생님이다.

학원의 축제에 딱 맞춰서 돌아오는 부분이 그 사람답다는 생각밖에 안 든다. ……하지만, 어라. 그렇다면 다시 말해서──.

"나는 로코모코 하이란드 대신 학원으로 파견됐다. 그 때문에 이번 주말에 크루슈 마법학원을 떠나게 됐다. 일부는 내가 떠나게 된 것을 기뻐하는 자도 있겠지만──."

어째서 거기서 나를 보는데요.

당연하지. 대체 얼마나 나한테 시비를 걸었다고 생각하는데.

하지만 유우기리 선생님도 드디어 학원을 벗어나 로열 나이츠으로 돌아간다고 하니 시원스러운 기분 아닐까?

"이 학원과 연관된 결과 내 인생에 커다란 양식이 되었다고 생각한다. 또한, 짧은 기간이었지만 직무에서 벗어나 초심으로 돌아갈 수 있었다. 모두에게는 실습 시간 등에 괴롭게 대하는 일도 많았다. 개중에서도 로열 나이트를 지망하는 자에게는 수업 시간이든 그렇지 않든, 일상부터 엄격하게 대했다는 자각이 있다."

유우기리 선생님이 엄격하게 대한 건 나뿐이 아니었다.

나에게 언제나 수호기사가 되는 것에 대한 각오를 설파한 선생님은, 로열 나이트 지망인 녀석들에게도 엄격했던 모양이다. 마법 연습 시간에 일부 학생을 엄청 괴롭힌 인상이 있다.

……분명히 평소에 로열 나이트가 되고 싶다고 말했던 녀석들이 타깃이 됐겠지.

"전부, 내 나름대로 모두의 장래를 생각해서 한 일이다. 도스톨 제국이 부전의 맹세를 전달했다고 하지만, 미래에 무슨 일이 일어날지는 알 수 없다. 너희는 마법사이며 귀족과 평민을 가리지 않고 특별한 힘을 가진 자들이다. 평소에 마음가짐을 단단히 가져야 한다고 생각한다."

"……."

"특히 로열 나이츠 입단은 자신의 인생을 커다랗게 좌우하게 될 거다. 입단을 희망하는 자는 정말로 왕실에 대한 충성을 맹세할 각오가 자신에게 있는지 돌이켜보는 것도 나쁘지 않을 거다. 그러면…… 내 수업은 이걸로 끝이다. 다들, 짧은 기간이었지만 신세를 졌다."

마지막에 느낌 좋은 멋진 말을 할 수 있는 사람은 이득이라니까.

지금까지의 악행이 모두 없었던 게 되듯이, 지금까지의 이미지가 훌쩍 바뀌니까.

샬롯에게 고백할 때도 아까 유우기리 선생님처럼 멋진 말로 해야지.

흠. 어쩌면 지금부터 문장 같은 걸 생각하는 편이 좋을까? 나는 말이 서투르니까. 그런 식으로 유우기리 선생님의 마지막 수업이 끝나고, 이걸로 해산.

"……꿀?"

그때, 놀랄 만한 일이 일어났다.

수업이 끝나고, 선생님에게 다다다 달려가는 학생이 잔뜩 나타난 것이다.

선생님의 클럽활동 멤버뿐이 아니다. 마법 연습 수업에서 선생님에게 팍팍한 특훈을 받았던 로열 나이트 지망자나 평민까지 울 것 같은 표정으로 아쉬워하며, 선생님에게 입을 모아 감사의 말을 했다. 개중에는 비젼마저 있었다. 너, 너 말야. 선생님이 특히 엄격하게 대한 녀석 중 한 명이잖아.
어? 진짜로? 선생님이 거북하다고 생각한 건 나뿐이야?
어, 어라? 혹시 선생님 뜻밖에 인기인?

"꾸울훌훌…… 꾸울훌훌……."
자기 생각이 옳다고 단정 짓는 녀석이 가끔 있지.
내가 이렇게 생각하니까 다른 녀석들도 같은 생각을 할 거야.
……뭐 선생님에 대한 내 이미지를 말하는 건데.
수업을 마치고 돌아오는 길, 터벅터벅 혼자서 걸으며 유우기리 선생님에 대해 생각하고 있었다.
딱히 좋아한다거나 그런 게 아니다. 굳이 따지자면 역시 거북하다. 거북하지만, 그렇게 학생들이 이별을 아쉬워할 거라고 생각도 못했다. 다들 나처럼 선생님이 가 버려서 시원하다. 그런 녀석들뿐이라고 생각했는데.
"혹시, 내가 모르는 일면이 있었나……?"
사실은 잘 챙겨준다거나, 사실은 먹을 걸 사준다거나.
그러고 보니 티나가, 자기가 입원했을 때 선생님이 문병을 와줬다고 했었지. 선생님이 문병을 와도 나라면 무슨 말을 해야 할지 몰라서 난처할 것 같은데…… 뜻밖에 말을 잘하는 건가?
"……훌훌, 꾸울훌훌……."
그렇지만 나도 바쁘단 말이다.

선생님의 숨겨진 일면을 캐묻는 데 노력을 기울일 생각은 안 들었다.

하지만, 그렇구나. 만약 내가 가디언이 된다면 유우기리 선생님과 동료가 되는 거구나. 로열 나이츠의 일원으로서…… 선생님의 동료가 된다. 얌전하고 상냥했다는 선생님의 성격을 근본부터 바꾼 로열 나이트로서 일하게 된다.

어쩌면 선생님에게…… 한번 물어보는 게 좋았을지도 모르겠네.

로열 나이트로서 생활하는 건 어떻습니까? 즐거운 일은 있습니까?

하지만 '어째서 갑자기 그런 걸 묻지? 설마 카리나 공주님를 노리는 거냐?' 라고 말할 것 같단 말이지. 그 사람, 카리나 공주님를 자기 여동생처럼 아낀다는 소문을 들은 적이 있으니까.

"꿀꿀, 꿀꿀…… 꾸울훌훌."

그나저나 다이어트하기 힘드네.

티나와 대화한 밤부터 본격적으로 다이어트를 시작했는데, 좀처럼 살이 안 빠진다. 계절은 본격적으로 여름에 다가서고 있다. 운동을 조금만 해도 땀이 솟아 나오고, 목도 바짝 말라간다. 이러다 말라 죽는 거 아닐까 싶을 정도로 몸을 혹사하고 있는데…….

"……꿀꿀."

어라 이상하네? 전에는 좀 더 쉽게 빠졌던 것 같은데. 역시 살 빠지는 약의 효과가 컸던 건가? ……그거 얼마 정도 하는 걸까? 구입할 수 있으면 사 버릴까? 아니 그래도, 안 돼 안 돼. 샬롯에게 살 빠지는 약 같은 것에 의지하지 않고 내가 스스로 살을 뺄 거라고 선언했으니, 이제 와서 살 빠지는 약이 필요하다고 말하는 건 너무나 창피하다.

"있지~. 나 부모님한테 언제 소개해 줄 거야?"

"핫핫하. 아직은 일러, 크리스티나."

시계탑 아래서 고백하여 어엿하게 커플이 된 그 2인조도 손을 잡고서 시시덕거리는 중이다. 그렇지만 지금 나는 아무렇지도 않다.

얼마 전까지는 크루슈 마법학원에서 제일 풍기에 엄격했던 나지만, 지금의 나는 다르다.

마음에 여유가 있다. 살을 빼서 샬롯에게 고백하기로 정했으니까.

"꿀꿀꿀꿀."

샬롯은 지금 뭘 하고 있을까?

요즘에는 이것저것 일을 돕느라 바빠 보였으니, 다음 주에 있을 축제 기간에는 조금 쉬었으면 좋겠다. 근데 그때 샬롯은 귀여웠지. 내가 살을 뺀다고 말했을 때, 그렇게 기뻐해 주다니.

"꿀꿀꿀꾸울!"

언제까지고 가디언 일로 미적거리며 고민하고 있을 수는 없다.

나도 앞으로 나아가야지.
적어도 얼마 전까지의 나는 구제불능이었다.
지금 이 모습 그대로 샬롯에게 마음을 전하다니, 아무리 그래도 꼴사납잖아.
"근데 도스톨 제국은 어째서 병사를 물린 걸까?"
"국내 반란 때문 아닐까?"
"나라를 몇 개나 없앴으니까, 북방에는 제국에 반항하는 세력이 잔뜩 있잖아?"
"야, 제국 이야기는 아무래도 좋지 않아? 지금은 즐기자고!"
하늘은 파랗고, 따스한 햇볕이 학원에 비친다.
축제 준비가 급속하게 진행되고, 개중에는 많이 먹기 대회도 기획되고 있는 모양이다. 하지만 바로 옆에서 다들 웃고 있는데, 신기하게도 마치 다른 세계처럼 단절된 기분이 들었다.
그건 내가 애니메이션의 미래를 알고 있기 때문일까?
다들 알고 있어? 지금의 세계가 평화로운 건, 전부 내가 노력했기 때문이거든?
"꺄아! 데닝 님이다! 악수해 주세요!"
"어? 어어? 어, 나?"
"그때는 정말 고마웠어요! 저, 가족들에게 공작가 사람은 역시 굉장하다고 몇 번이나 자랑했어요!"
그렇지만 유능한 남자는 말이 많지 않은 법이다. 어느샌가 인기인이 되어 있는 유우기리 선생님도 말이 많은 사람이 아니었고, 그런 부분은 나도 본받아야지.

"아, 스로우 님! 이런 곳에 있었네요!"

"꿀?"

샬롯이었다.

"저, 다음 주 축제 때는 쉬기로 했어요. 스로우 님 말을 듣고 생각했어요. 요즘 지나치게 일을 한 게 아닌가 하고요. 그러니까 얼마 동안 느긋하게 쉴까 해요."

"샬롯……."

나는 내심 맹렬하게 감동하고 있었다.

매일 일하고 일해서 돈을 벌던 샬롯이, 이렇게 돈벌이가 되는 축제 기간에 일체 일을 안 한다고 하니까.

"아. 그, 그래서 스로우 님. 괜찮으시면 저랑……."

"샬롯! 그러면 되는 거야! 기껏 크루슈 마법학원으로 돌아왔으니까 축제를 즐기면 되는 거야. 이 학원뿐이 아니라, 나라 전체의 도시란 도시에서 축제를 한다고 하니까. 기껏 학원장님이 허가를 해 줬잖아? 이렇게 긴 학원의 역사를 살펴봐도 몇 번 없었던 일이야."

"그, 그렇네요. 저도 스로우 님 말처럼, 즐겨볼게요."

"응, 그러면 돼, 그러면 돼."

"하지만 스로우 님, 저도 궁금했는데요…… 왜 이제 와서 제국군이 물러난 걸까요? 저기, 제가 들으면 안 되는 걸지도 모르지만요……."

그게 궁금한 사람은 샬롯뿐이 아닐 거다.
몇 명인가 용기 있는 학생이 나한테 직접 물어보러 온 적도 있으니까.
공작가 사람이라면 최전선의 사정에 대해서나 도스톨 제국의 움직임에 대해 뭔가 알고 있는 거 아닌가요 하면서.
"어둠의 대정령(나나트리쥬)의 의욕이 꺾인 거 아닐까?"
"의욕……말인가요?"
도스톨 제국이 병사를 습지에서 물린 이유.
솔직히 말하면 나도 정확한 이유는 모른다.
그렇지만 루니가 타도된 시점에서 전쟁 회피의 흐름이 생긴 것은 확실하다.
거기에 제네라우스에 나타난 삼총사, 드라이백이 패배했다.
남쪽에 전쟁을 걸면, 피해가 커질 거라고 생각했다. 그런 거 아닐까?
"샬롯. 이 나라 다리스의 앞날을 결단하는 건 여왕 폐하라고 하지만, 사실 여왕 폐하는 배후에 있는 빛의 대정령(레크트라이클)의 의견을 무엇보다도 중요시하고 있어. 그에 비해 도스톨 제국은 더 단순해. 그쪽도 다리스와 마찬가지로 왕족제를 취하고 있지만, 그쪽의 임금님은 완전히 장식이야. 나나트리쥬가 직접 정치를 움직이고 있는 건 잘 알려진 이야기지."
샬롯이 고개를 끄덕끄덕 움직였다.
그러면 샬롯도 이해할 수 있도록, 알기 쉽게 전달하려면 어떡해야 좋을까?

"제국군을 다스리는 삼총사 중 한 명, 대장군 바르도도 나나트리쥬의 열렬한 봉사자라고 하니까, 도스톨 제국의 움직임은…… 결국 모두 나나트리쥬가 결단하는 거야."

"……나나트리쥬 님은, 대체 어떤 분일까요?"

어이쿠, 샬롯의 흥미가 그쪽으로 갔군.

하지만 어둠의 대정령이 어떤 녀석인가. 꽤 어려운 질문이다. 왜냐하면 어둠의 대정령은 좀처럼 표면에 나서질 않으니까.

뭐라고 대답하면 좋을까?

내가 대답이 궁한 참에, 뜻밖의 도움이 나타났다.

"그 녀석은 어쨌든지 무시무시한 녀석이다냥. 절대로 연관되면 안 된다냥."

"대정령 씨. 네가 이런 이야기에 끼어들다니 별일이 다 있네."

나랑 샬롯이 아무리 지혜를 빌리려 해도 언제나 입을 단단히 다물고, 필요한 최소한의 말밖에 안 가르쳐주는 게 이 바람의 대정령이라는 존재다. 긴 시간을 살아온 화석 같은 녀석이니까 재미있는 과거 토크라도 선보이면 될 텐데, 서비스 정신이 전혀 없다.

그런 대정령이 보기 드물게 입을 연 이유에 나는 금방 도달했다.

"그거 맛있어?"

"맛있다냥."

바람의 대정령은 평소처럼 검은 고양이의 모습이었다.

이 녀석이 말을 하는 모습이 누군가에게 목격되면 위험하지만, 샬롯이 반사적으로 바람의 대정령 씨를 끌어안았으니까 남들 보기에는 나랑 샬롯이 말하는 것처럼 보일 거야.

"……나한테는 도저히 맛있게 안 보이는데."

입에 물고 있는…… 그거 뭔데? 쥐 다리야?

샬롯이 작게 비명을 질렀다.

놀이에 굶주린 바람의 대정령 씨는 자주 숲속으로 들어가서 이렇게 사냥을 즐긴다. 그렇지만 뒷다리가 3개 있는 그 쥐는 나도 지금까지 본 적이 없는 것이었다.

바람의 대정령 씨는 어지간히 기분이 좋은 건지, 갸르릉거리고 계시는군요.

"대, 대정령님. 제국이 군을 물린 건 스로우 님 말처럼, 그 나나트리쥬 님의 결단인가요?"

평소에는 바람의 대정령 씨가 숲에서 사냥감을 잡아오면 불결해요! 하며 화를 내는 샬롯.

그러나 지금은 흥미가 우선인 모양이다.

"당연히 그럴 거다냥."

"어떤 모습을 하고 계신가요?"

"무해한 인간의 모습이지만, 만나면 샬롯도 한눈에 알 수 있다냥."

"한눈에 알 수 있다니…… 어떻게요?"

"인간이 아니다. 거슬러선 안 된다. 연관되는 건 말도 안 된다. 보통 인간은 나나트리쥬를 눈앞에 두면 그런 이미지를 가진다고 한다냥. 그리고 이름을 물어보면 된다냥. 그 녀석은 거짓말하는 게 거북하니까 금방 대답해준다냥."

내가 물어봐도 절대 가르쳐주지 않는 걸 술술 말한다.

오늘 이 녀석은 정말로 기분이 좋은가 보네.

대정령에게 서로의 정보는 비밀일 텐데.

아니, 서로 상관하지 않는 것뿐인가? 서로의 영역을 침범하지 않도록 살고 있는 것이다.

"역시 그 녀석 이야기는 하는 것도 싫다냥. 배가 고프다냥."

"아~! 먹을 거 받아올게요!"

"신선한 쥐가 좋다냥."

"알겠어요! 금방 가져올게요."

바람의 대정령 씨에게서 더욱 정보를 끌어내기 위해서인지, 샬롯이 후다닥 가버렸다. 하지만 신선한 쥐인데?

샬롯, 대체 어디서 찾아올 셈이야?

"스로우. 너한테만 할 얘기가 있다냥."

"어, 나?"

"너한테냥. 그러니까 샬롯은 필요 없다냥."

설마설마 바람의 대정령 씨가 이런 말을 하다니.

샬롯에겐 미안하지만, 나랑 대정령 씨는 몰래 그 자리를 벗어났다.

그 녀석이 뭔가 나와 비밀 이야기를 하고 싶은 모양이니…… 되도록 사람이 없는 장소를 찾아 학원을 걸었다.

그러나, 내 앞을 가는 바람의 대정령 씨.

그 뒷모습은 대단히 사랑스럽지만…… 정체는 샬롯은 내 목숨이라는 최종병기.

"이 근처면 되겠지. 그보다도 뭔데 대정령 씨. 네가 나한테 할 얘기가 있다니 희한하네. 또 칠흑 돼지 공작 시절처럼 난제를 떠넘길 셈이야?"

"스로우. 너, 제네라우스에서 나나트리쥬과 만난 거 안다냥."

"어이…… 어떻게 알았냐."

들키지 않도록 조심했는데.

모든 것은 샬롯이나 이 녀석에게 괜한 부담을 끼치지 않기 위해서.

전쟁에 이르는 미래를, 애니메이션 지식을 가지고 있는 나 혼자서 해결하려고 생각했으니까.

바람의 대정령 씨에게 어둠의 대정령과 만났다고 알렸다가는 이 녀석이 어떻게 행동할지 읽을 수가 없었으니까.

"조심해라냥."

"조심해? 뭘 말야?"

"그 녀석은 뛰어난 마법사에게 사족을 못 쓴다냥."

"그런 소문은 분명 들어본 적이 있는데. 우수한 마법사를 자기 동료로 권유한다. 마법사에게는 어둠의 대정령에게 스카우트를 받은 건 스펙이라고. 그렇지만 나는 공작가의 인간이야. 나나트리쥬도 설마 나한테 동료가 되라고 하진 않겠지."

"……일단, 주의하는 거다냥."

설마, 걱정해 준 건가?

지금까지 나 같은 건 안중에도 없던 대정령 씨가.

어쩐지 근질거리는 기분이다. 하지만 대정령 씨는 예전하고 비교하면 명백하게 변했다. 특히 내가 칠흑 돼지 공작에서 순백 꿀꿀이로 변화한 뒤부터, 내가 하는 일에 트집을 잡지 않게 됐다. 요렘, 휴잭, 제네라우스. 모두 샬롯을 위험으로 끌어들였지만 대정령 씨는 아무 말도 안 했다.

그리고 어쩐지 나를 인정하는 낌새가 있다.

"스로우. 도스톨 제국이 군을 물렸다고 그다지 들뜨지 않는 편이 좋다냥. 이 학원 녀석들은 너무 들떴다냥."

"대정령 씨가 보기에도 너무 들떴다고 생각해? 하지만 그 정도로 우리는 미래에 보이는 도스톨 제국과 벌어질 전쟁의 그림자에 겁먹고 있었거든."

"제국은 한 덩어리가 아니다냥. 나나트리쥬의 의지가 전부가 아니다냥. 그렇게 단순했다면 휴잭은 아직 멀쩡했다냥."

"그건……."

"휴잭에 몬스터가 쳐들어왔을 때, 도스톨 제국이 참전한다는 얘기는 없었다냥."

"……뭐? 너 무슨 말을 하는 거야? 휴잭이랑 도스톨 제국은 상관없잖아."

"상관없다. 휴잭은 몬스터에 함락됐다. 그것이 일반적인 의견이다냥."

애당초 위화감은 있었다.

왜냐면 누가 어떻게 생각해도 이상하거든.

그냥 몬스터를 상대로, 아무리 고위 몬스터가 다수 있었다지만 휴잭을 수호하는 바람의 대정령 씨가 질 리가 없는 것이다. 이 녀석은 나보다도 훨씬 강하니까. 하지만 무슨 질문을 해도 대정령 씨는 당시 일을 무엇 하나 가르쳐주지 않았다.

어지간히 떠올리기 싫은 무언가가 있었는지 굳게 입을 다물고 있었다.

그래서, 나는 조금 두근거렸다.

드디어 그때 일을.

휴잭이 함락될 때 무슨 일이 있었는지, 대정령 씨가 가르쳐주는 건가?

"몬스터 가운데 한 명, 인간이 있었다냥. 기록도 아무것도 안 남아있지만, 여자가 한 명 섞여 있었다냥."

"여자?"

"이렇게 말하는 것도 떠올리는 것도 전부 싫다냥."

"하지만 상대는 한 명뿐이었잖아? 네가 지다니 솔직히 상상도 안 되는데."

"이쪽도 상상 못했었다냥. 하지만 그 여자가 조종하는 몬스터는 격이 달랐다냥. 본래의 힘 이상을 이끌어내서…… 스로우, 너 하늘을 나는 고블린 본 적이 있냥?"

"있을 리 없지. 고블린은 못 날아."

"그래. 그게 상식이다냥. 하지만, 그 녀석에게 세뇌된 고블린은 자기가 하늘을 날 수 있다고 믿고서, 실제로 냐의 앞에서 날았다냥."

그게, 뭐야?

날아오는 고블린이라니 엄청 무서운데.

대정령 씨의 꼬리가 땅바닥을 몇 번이나 두드렸다. 상당히 짜증이 난 증거다.

"인간을 무섭다고 생각한 건 그게 처음이었다냥. 지금도 꿈을 꾼다냥."

"그 녀석이, 누군데?"

"닥터 힐이라고 불리는 모양이다냥."

"……윽."

가능하다면, 못 들은 척하고 싶었다.

이 세계에서 가장 알고 싶지 않았던 정보, 만나고 싶지 않은 존재 중 한 명.

"도스톨 제국은 그 싸움하고는 상관없다냥. 그건 다시 말해서 나나트리쥬가 관여하지 않았다는 거다냥."

"……."

"하지만 나나트리쥬를 따르지 않는 인간도 있다냥. 냐가 도스톨 제국이 한 덩어리가 아니라고 한 건 그런 뜻이다냥. 그때가 떠올라서 열받으니까, 숲속의 오크를 괴롭히고 오겠다냥."

맑게 갠 하늘, 태양이 반짝반짝 학원을 비추고 있었다.

"꿀꿀꿀꿀꾸훌."

드물게 늦잠을 잔 나는, 학원에 울려 퍼지는 장대한 소리에 깨어났다.

축제의 시작을 고하는 개막의 팡파레.

졸린 눈을 비비면서 커튼을 열자, 파란 하늘로 쏘아진 마법의 불꽃이 보였다.

아무리 나라도 신이 나서, 다시 자려는 마음이 날아가 버렸다.

평화의 제전이라고도 이름이 붙은 축제는, 내가 모르는 곳에서 화려하게 시작된 모양이다.

도스톨 제국이 전달한 부전의 맹세. 그날부터 시작된 기획이 드디어 열매를 맺었다.

"꿀꿀꿀꿀꿀…… 꿀꿀꿀꾸울!"

학원은 바람의 대정령 씨가 말하는 것처럼 들뜬 무드다.

일반인에게 공개된 크루슈 마법학원에 남녀노소, 수많은 관객이 찾아왔다.

매대나 텐트 앞에는 기나긴 줄. 낯선 악기를 써서 음악을 연주하는 일단도 보였다.

그런 가운데 나는 아직 홀로 묵묵히 다이어트에 힘을 쏟고 있었다.

아무도 안 오는 학원의 구석. 평소에는 들리지 않는 어린애의 환성이나 보호자의 목소리가 작게 들릴 정도의 구석에서 몸을 괴롭혔다.

"꿀꿀꿀꿀꾸훌, 꿀꿀!"

가끔 샬롯이 밥을 가져다주고, 가볍게 잡담을 하는 게 무엇보다도 즐겁다.

축제에 이런 가게나 기획이 있어서 친구랑 같이 보러 간다든가, 오랜만에 하루 아무것도 안 하는 시간을 보내고 있는 샬롯이 즐거워 보인다.

하지만 온종일 아무것도 안 한다는 게 너무 오랜만이라서, 처음에 샬롯은 당혹했다고 한다.

그런 그녀를 친구가 끌고 다녀 준 모양이니까, 정말 좋은 친구를 가졌다.

"꿀꿀꿀꿀꾸훌."

제국이 군대를 물린 뒤로, 역시 다들 표정이 굉장히 생생해진 것 같았다.

그런 가운데 대정령 씨는 나에게만 좀 더 주의하라고 말을 했는데, 너무하기도 하지. 그런 소릴 하면 이 분위기를 순순히 즐길 수 없잖아.

사실은 제국이 뭔가 좋지 않은 일을 꾸미는 게 아닌가 하는 생각이 들잖아.

그러나 바람의 대정령 씨를 휴잭에서 몰아낸 여자.

닥터 힐, 프란시스카—— 그 녀석은 제국에서 삼총사로 불리는 자들 중 한 명이다.

"밤이 되어도 소란이네."

그런데 이 바보 같은 소동은 대체 언제가 되어야 끝나는 걸까?

"그러나 설마 휴잭에 그 삼총사, 닥터 힐이 개입했었다니."

애니메이션 속에서는 대정령에게 집착했던 여자로 이름 높은 적 캐릭터.

엘드레드의 스토커로 변했던, 손에 꼽히는 맛이 간 녀석.

본래는 누구든지 가리지 않고 치유의 힘을 담은 약을 주는 물의 마법사. 그 우수함 탓에 어둠의 대정령이 눈독을 들였고, 자신의 진영으로 스카우트했다. 그리고 삼총사 중 한 명이 됐다.

삼총사라고 하면 드라이백이나 바르도 대장군처럼 어둠의 대정령에게 충성을 맹세하고 있다는 것이 일반적인 견해지만, 닥터 힐은 조금 다르다.

마녀는 어둠의 대정령에게 은혜가 없다.

서로 이해관계를 위해, 삼총사가 되어 제국에 소속되고 있다는 편이 옳다.

"그 마녀는 약팔이의 창설자였지……. 대체, 지금 몇 살일까?"

대륙 북방은 전쟁이 반복돼 언제나 백성들이 상처를 입었다.

그러나 어느 날 약팔이를 자칭하는 단체가 북방에 갑자기 나타나 민중에게 치유의 약을 나눠주기 시작했다.

효과도 있고, 게다가 파격적으로 싸다 보니 약팔이 단체는 민중에게 환영받았다.

본래 치유의 힘이 담긴 약은 일반 시민이 손댈 수 없는 물건이다.

창설자인 마녀 프란시스카는 민중에게 사랑받으며, 닥터 힐이라고 불리게 됐다.

그리고 그런 그녀를 삼총사로 스카우트한 자가 어둠의 대정령이다. 어둠의 대정령은 민중의 영웅을 자기 진영에 끌어들여서 더욱이 힘을 늘렸고, 닥터 힐도 도스톨 제국의 비호 아래 들어가 세력을 확대했다.

"만나기 싫은데, 닥터 힐. 바람의 대정령 씨, 정보를 가르쳐주는 건 좋은데, 이상한 플래그 같은 거 세우지 말아주면 좋겠어…… 응? 우와!"

내 방에서 계속 밖을 보고 있었다.

어둠 속에서 시끌벅적 즐기는 학생이나 보호자와 함께 밤의 크루슈 마법학원을 산책하는 평민 학생의 모습이, 어쩐지 굉장히 흐뭇하길래 계속 보고 싶은 기분이 들었으니까. 나는 부모님과 학원을 돌아보는 저런 시간이 없었다고 감개에 젖어 있는데, 갑자기 내 어깨에 뭔가가 올라탔다.

주먹 크기의 자그마한 무언가. 그렇지만 묵직하다. 다리에 힘이 풀렸다.

"우와아아아아……? ……고, 골렘?"

게다가 어디선가 본 적이 있다. 귀여운 미니 골렘.

본 적이 있다, 가 아니다.

이건 티나의 미니 골렘이다. 미니 골렘이 내 방까지 올라온 것이다. 창밖으로 건물 벽을 기어올라서 말이다. 한순간 적의 공격인줄 알았네.

"이 골렘. 손에 뭔가 종이를 들고 있네.

종이를 펼치자, 거기에는.

"——그러니까. 다시 한번, 말해 줄래……?"

시계탑 아래.

마법학원을 재건하면서, 가장 변한 것은 이 장소일 것이다.

거대한 시계탑으로 이어지는 길이 시계탑을 중심으로 12

개. 학원 사람들이 위안을 얻는 장소가 되어 있었다. 나를 불러낸 장본인은 목욕을 한 다음인지, 머리칼에서 달콤한 냄새를 풍기고 있었다. 미니 골렘이 가지고 있던 편지에는 이 장소에 와 달라고 적혀 있었다. 발신인 불명. 그러나 그 자리에 있는 건 역시 내가 상상한 그 인물이었다.

"유우기리 선생님이에요."

"진짜?"

"진짜예요. 제 친구한테, 몬스터 소동이 트라우마가 된 평민한테 엄청 비싼 치유의 약을 준 건 유우기리 선생님이에요."

……하늘이 놀라 자빠질 일이다.

그 선생님이 학원의 학생을 위해서, 게다가 평민을 상대로 약을 나눠줬다니.

"……사람은 겉보기랑 다르다고는 하는데."

"선배, 안 믿는 건가요?"

"믿어. 티나가 그런 거짓말을 할 이유도 없으니까…… 하지만, 왜 갑자기?"

"선배는 유우기리 선생님 싫어하잖아요."

"싫어한다기보다는, 거북하네……."

왜냐면 교육 방법도 엉망진창이고, 자기가 옳다면서 양보할 줄 모른다.

요즘에는 되도록 학원에서도 얼굴 마주치는 걸 피하고 있는데——.

"유우기리 선생님은요. 다음 주에는 왕도에 돌아가 버린다고 하잖아요. 그때까지 선배하고 화해를 했으면 해서……."

"내가 선생님이랑…… 어째서?"

"전에, 제가 수업 시간에 이중마법에 도전했다가 실패해서…… 그다음에 유우기리 선생님이 문병을 와줬다고 얘기했었잖아요? 그 무렵부터 저, 선생님이랑 이야기를 하게 됐는데요……. 그때부터예요. 고민하고 있는 애한테 그 약을 건네주라고 부탁받은 거."

과연. 티나를 중개역으로 삼다니, 선생님도 사람 보는 눈이 있군.

평민들에게 얼굴이 알려진 티나라면 그 애들도 안심하고 약을 받겠지.

"유우기리 선생님이 말했어요. 마음에 걸리는 건 잔뜩 있지만 가장 큰 건…… 선배랑 탁 터놓고 이야기하질 못한 거라고."

"어…… 나랑?"

"네. 유우기리 선생님은…… 선배를 대단히 신경 쓰고 있었어요. 그건 저기…… 다른 모두가 선배를 생각하는 거랑 같은 의미가 아니라……."

티나가 말을 찾았다.

"선생님은…… 선배가 가디언이 되지 않기를 바라는 것 같았어요."

"그렇겠지. 그건 알고 있어."

그렇게 나에게 가디언이랑 안 맞는다고 말했으니까.
나를 싫어한다고도 했고.
"아니에요. 선배가 생각하는 의미가 아니고요. 그렇게 단순한 이유가 아니라, 제가 보기엔 좀 더 중요한 이유 때문에…… 선배가 가디언을 포기하게 만들려는 식으로 보여서……."
"아하. 그래서 나한테 유우기리 선생님의 비밀을 가르쳐주고, 이야기할 계기를 주려는 거구나. 하지만 티나는 괜찮아? 선생님이 약에 관해선 아무한테도 말하지 말라고 했다며."
"그랬었죠. 하지만 선배가 가지고 있는 유우기리 선생님의 이미지를 바꾸려면 이것밖에 없다고 생각해서……."

티나와 헤어진 다음에도, 나는 계속 생각했다.
……유우기리 선생님이라.
믿기 힘들지만 학원장님의 의미심장한 말과도 일치한다.
학원장님이 최근 고민의 씨앗이 하나 줄었다고 했지. 학원이 온화해졌다는 말도 했었고…….
누구에게든 모르는 일면이 있다.
나는 유우기리 선생님한테 좋은 감정이 없었다.
하지만, 뜻밖의 곳에서 나는 유우기리 선생님의 상냥함을 알아 버렸다.
"뭐, 마지막에 한마디 인사 정도는 해도 나쁘지 않겠지."
어쩌면, 나는 유우기리 선생님을 대하는 방식이 잘못된 걸지도 모르겠어.

다음 날도 아침부터 축제 분위기는 잦아들지 않았다.

밤에는 지금까지 없었던 규모의 불꽃이 올라가는 모양이라, 그걸 보러 온 사람도 잔뜩 있는 모양이었다. 길을 걸으면 샴페인의 뚜껑이 빙글빙글 터져서 날아가고, 온갖 곳에 설치된 테이블에는 요리가 올라간 그릇이 비좁게 쫙 깔려 있었다.

"여기서 유우기리 선생님을 찾아야 하는 거냐……. 꽤 힘들 것 같은데……."

하지만 선생님이 이런 축제에 참가하는 타입이던가?

로코모코 선생님처럼 커뮤니케이션 능력이 높은 사람은 이런 축제의 중심에 있어서 금방 어디 있는지 알 수 있을 것 같은데…… 유우기리 선생님에게 그런 느낌은 없다.

축제에서도 뚱하니 무표정하게 요인을 경호하고 있는 편이 어울리지.

"거기 통통한 학생. 여기서 먹고 가지!"

"응? 아아, 나 말인가? 그렇네…… 기왕 왔으니, 사 버릴까……."

어이쿠, 이럼 안 되지.

이런 축제는 분위기에 낚여서 그만 뭐든지 사 버린다니까.

돌아다니며 군것질 하는 건 최고다. 하지만 지금 나는 다이어트를 한다고!

"학원이 예뻐! 아빠! 나, 이담에 크면 여기 다닐래!"

"욘석! 달리면 안 돼! 미아가 되잖아!"

"어이. 저게 드래곤 슬레이어인."

"그 가디언 후보!"

"이미 확정이라고 들었는데."

"겉모습에 속지 마, 용살자님이시다!"

역시 나라 전체에 나에 대한 소문이 퍼진 건지, 다들 쳐다봐서 힘들군.

그리고 확정 아니야. 나는 가디언이 될 생각 없다고.

"사람이 모이는 축제는 지금 나에겐 해롭군……."

나는 사람으로 넘치는 길을 벗어났다.

마셔라 노래해라 성대한 무드가 멀어지자 조금 쓸쓸하지만, 이제 곧 점심시간이 된다.

그 장소에 있으면 열렬한 먹을 것들의 유혹에 져버릴 것 같았으니, 뭐 됐어.

"잠깐 이쪽으로 와 봐!"

"꾸에에엑!"

목에 강한 압박감.

뒤에서 누가 있는 힘껏 옷을 잡아당겼다.

뭐야, 적인가?

제국 녀석들이 공격해 온 건가? 그보다도 옷! 늘어난다고!

그만 당겨!

"알았으니까! 이쪽으로 오라니까! 그리고, 어째서 또 살찐 건데!"

인파에서 벗어나 교사와 교사의 그림자에 빨려 들어가는 것처럼 끌려갔다.

이거 완전 갈취잖아. 그렇지만 나는 이런 폭력적인 녀석이 짚이는 바가 있었다.

"——알리시아, 너! 어느새 돌아온 거야!"

"큰 소리로 남의 이름 외치지 마! 그리고 뭐야? 내가 돌아오면 안 된다는 거야?!"

"아니 그게…… 너는 고향에서 근신 중이어야 하잖아!"

천진난만하며 상당한 기분파.

아무리 수수한 차림을 하고 있어도 꽃 같은 가련함이 있어 보는 사람을 끌어당긴다.

나를 골목으로 끌고 간 충격적인 행동은 그야말로 그녀의 인품과 삶을 체현한 것이었다.

기사국가의 동맹국이며, 관광도시로 번영하는 대국 서키스타의 제2왕녀.

알리시아 브라 디아 서키스타.

마법학원이 재건되는 동안 서키스타에 돌아가지 않고 슈야와 함께 모험을 하고 있던 애니메이션의 메인 히로인. 제멋대로 군 벌로 고향의 친가에 감금되어 있었을 텐데.

끄~음, 그렇게 생각하니 마치 나 같군. 왜냐면 이렇게 탈옥에 성공했으니까.

"시끄러워! 내가 어디 있든 너랑은 상관없잖아!"

"나중에 또 보자. 난 지금 사람을 찾고 있으니까 널 상대할 여유가 없어."

"잠깐만! 돼지 스로우! 나도 딱히 너한테 용건이 있는 게 아니거든?"

"그럼 이제 이 손 좀 놔라. 옷이 늘어나잖아!"

"……하나 묻고 싶은 게 있는데, 괜찮을까?"

"갑자기 새삼스레 뭔데?"

"……."

"됐으니까 말을 해."

"나랑 슈야가, 그게……! 그거야 그거! 학원에서 소문이 났거나! 그런 거 없어?!"

"뭐?"

창피한 기색으로 부들부들 떠는군.

이 녀석, 설마 그거 하나 확인하려고?

"스로우가 제네라우스에서 이상한 얘기를 하니까 그렇잖아! 학원에서 슈야랑 사랑의 도피를 했다는 소문이 났다고!"

그리고 으아아악 소란을 떠는 알리시아.

그렇군. 이 녀석, 자기 소문이 도는 걸 용서 못하는 성격이었지.

정말이지. 애니메이션에서도 슈야랑 맺어지는데 얼마나 시간이 걸렸는지…….

"안심해라. 딱히 네가 슈야랑 사랑의 도피를 했다는 소문은 안 났어. 그건 농담이었지."

"……다행이네. 그런 소문이 돌았으면, 학원에 두 번 다시 얼굴 못 내밀 참이었어."

여전히 정신 나간 녀석이군.

그리고 이 녀석. 학원에 소문이 흐르는가를 확인하기 위해서 나라를 빠져 나온 거냐?

"얼른 슈야에게 건강한 모습이라도 보여줘. 그 녀석 네가 자기 탓에 학원에 있을 수 없게 됐다고, 한때 상당히 풀이 죽었으니까."

"그래? 여전히 바보구나. 좋아. 슈야를 만난 다음에 학원장님을 만나고 오겠어. 그리고 이대로 여자 기숙사에 살 수 없냐고 부탁해 볼래."

"……방문 연락은 했고?"

"했을 리가 없잖아. 하지만 어른들은 이럴 때 도와주는 거 아냐? 그보다도 왜 또 살찐 거야?'

"시끄러워. 이래저래 있었어."

"흐응. 하지만, 그 표정을 보니 괜찮아 보이네."

젠장. 뭔데? 다 안다는 식으로 말하다니.

그 후, 나는 아는 얼굴을 발견하면 유우기리 선생님이 어디 있는지 모르느냐고 물어보러 다녔다.

그러자, 지금까지 몰랐던 유우기리 선생님의 행동이 보였다.

축제를 하는 와중에 로열 나이트 지망생들에게 연습장에서 마지막 훈련을 해준 것이나, 스스로 숲의 몬스터 토벌에 자원한 것.

"불꽃놀이를 쏘는 게 그 용병단이래!"

"유명한 불의 마법사, 디쉬가 세운 용병단이다!"

"시계탑 안에서 보자!"

"교사 옥상이다! 박력이 끝내줘!"

하늘은 이미 저녁놀.

오늘의 메인 디쉬인 불꽃놀이를 보기 위해, 수많은 사람들이 좋은 자리를 확보하려고 분투하고 있었다.

더욱이 매도나 환성이나, 놀리는 커다란 소리가 여기저기서 들린다.

여기저기서 정신 나간 소동도 발생 중이다.

이 정도로 사람이 모이면 싸움도 일어나는 법이란 건가.

"데닝! 드디어 찾았다! 너 어째서 늘 다이어트하는 장소에 없는 거야! 찾아다녔잖아!"

그런 저녁놀에 잘 어울리는, 붉은 머리 단발의 열혈남.

언제나 기운찬 애니판 주인공이 어째선가 땀투성이가 되어서 숨을 헐떡이고 있었다.

"……슈야?"

그렇지만 마음은 이해한다.

마법학원에 모인 이 많은 사람들 속에서 목적하던 상대를 발견하기는 어렵지. 나도 아침부터 유우기리 선생님을 찾았는데, 조금 전에야 결국 숲속에 있다는 걸 알았다니까.

"앗, 그렇지. 알리시아가 널――."

"데닝! 나 계속 방에서 자다가 방금 누가 깨워서 일어났어. 너한테 전하라더라……. 나는 잘 모르겠지만…… 네 종자가 숲에서 위험하다고―― 수정이."

애니메이션 지식을 가진 나는 다른 사람과 비교해서 어드밴티지가 잔뜩 있다.

그중에서 특히 내가 중요시하는 것.

애니판 주인공인 슈야 뉴케른의 말이다.

그것도 일부러 엘드레드가 슈야를 통해 나랑 접촉을 꾀했다.

"꿀꿀꿀꿀꿀."

뭔가 이유가 있다. 의미가 없을 리가 없다.

오늘 축제 속에서 만난 샬롯도, 유우기리 선생님에게 지금까지의 감사를 전하기 위해 선생님을 찾고 있다고 했다.

선생님 일을 돕는 건 힘들었지만, 얻은 것도 배운 것도 많았다고.

내가 아까 확인한 정보에 따르면 유우기리 선생님은 저녁부터 학원에 다가오는 몬스터를 한 마리라도 줄이는 것이 자기 마지막 일이라고 하면서 숲으로 갔다고 했다.

유우기리 선생님은 여태까지 정기적으로 숲속에서 몬스터 토벌을 한 모양이다.

그게 뭐야……. 티나 이야기를 듣고서 생각했는데, 평민 여자애들한테 약을 나눠주거나, 돈이 필요했던 샬롯에게 일부러 높은 임금을 내주거나.

어쩐지 페이스가 흐트러지잖아.

다들 아는 선생님과, 내가 아는 유우기리 선생님 사이에는 역시 갭이 있다.

"어디냐! 아르트앙쥬!"

샬롯은 숲 밖에 있는 선생님을 찾으러 갔다.

당연히 아르트앙쥬, 바람의 대정령 씨도 같이 있을 것이다.

아무 걱정도 없을 텐데, 어째서 엘드레드가 나한테 충고를 하는 거냐.

그 제네라우스에서 싸움이 있은 후, 나나 슈야한테 접촉하면 가만 안 둔다고 말해 뒀다. 그러니까 한동안 조용히 있을 거라고 생각했는데…….

숲에 들어가자, 몬스터의 시체가 점점이 널브러져 있었다.

너무 죽였다. 그러나 그만큼의 몬스터가 학원에 다가왔다는 증거이기도 했다.

"어이어이, 거짓말이지!"

오싹했다.

나무들이 없는 땅이 보였다.

태풍이 직격한 것처럼 나무들이 뿌리째 날아가 버렸다.

머리 위를 뒤덮은 초목이 없으니까, 거기에만 별빛이 내리 쬔다.

"——아르트앙쥬!"

무엇보다도 내가 믿을 수 없었던 것.

격렬한 싸움의 흔적에서, 너덜너덜해진 바람의 대정령 씨를 발견한 것.

그리고 최강의 보디가드였던 대정령 씨가 녹아웃 당했단 사실.

이 녀석은 대정령이다.

그 삼총사 드라이백 슈타인펠트를 멸한 엘드레드와 같은 대정령!

그런데 어째서 이렇게 다쳤지?

흔들어봐도 일어날 기색이 없었다.

"아르트앙쥬!"

거대한 괴수가 날뛴 것 같은 참상을 보면 안다.

바람의 대정령이 본래의 힘을 발휘했다.

흑룡 습격 때도, 제네라우스에서도…… 이 녀석은 마지막까지 힘을 쓰지 않았다.

아르트앙쥬는 자기 욕망을 채우기 위해서만 힘을 뿜어내는 엘드레드 씨나 어둠의 대정령 씨와 비교하면 꽤 얌전하고, 이 녀석이 힘을 해방하는 때는 그것 말고 없다.

모든 것은—— 샬롯을 지키기 위해서.

"아르트앙쥬, 괜한 문답은 생략한다! 샬롯에게 손을 댄 건 누구야!"

그렇다, 이 녀석은 그녀를 지키기 위해 힘을 발휘하고—— 패배한 것이다.

막간 꿈팔이 마녀

“드디어 이때가 왔어……. 그 스로우 님이 가디언이 되기로 결심을 굳혔어…….”

샬롯은 진심으로 환희하고 있었다.

스로우가 요전에 자신에게 한 말의 의미를 몇 번이고, 몇 번이고 곱씹었다.

지난 며칠은 그때의 말을 떠올리고 잠들지 못할 정도였다.

“말로 님, 저 해냈어요……!”

공작 영지를 떠난 그날.

스로우를 가디언으로 이끌겠다고, 공작가 사람들의 기대를 한 몸에 지고서 샬롯은 학원으로 여행을 떠났다.

살을 빼면 하고 싶은 말이 있어.

샬롯은 스로우 일생일대의 결심을, 본인의 생각하고는 달리 ‘살을 빼서, 가디언이 된다’ 라고 생각했다.

“하지만 어째서 스로우 님은 갑자기 마음이 바뀐 걸까……? 계속 달갑지 않은 느낌이었는데…… 여왕 폐하에게도 생각할 시간이 필요하다고…… 말했다고 했었고…….”

그렇지만 샬롯이 착각하는 것도 어쩔 수 없다.

학원의 남학생이라면 여왕 폐하가 직접 가디언이 되지 않겠냐고 했을 때 고개를 끄덕이지 않을 인간은 없다. 크루슈 마법학원에 돌아와서 샬롯은 학원의 온갖 곳에서 남학생들의 그런 반응만 보았다.

“공작가 분들 모두가 스로우 님을 인정한 건 아니야…… 그러니까 스로우 님에게 가장 좋은 길은 가디언이 되는 것…….”

역시 스로우에게 가장 좋은 미래는 카리나 공주님의 기사가 되는 것 말고는 없다고 생각을 고친 것이다.

●

“서키스타의 괴어 구이다. 남쪽 것만 있는 게 아니야. 북방의 명물도 챙겨 놨다.”

관객으로 떠들썩한 크루슈 마법학원.

사흘 밤낮으로 이어지는 축제 가운데, 샬롯은 룰루랄라 하는 기분으로 사람을 찾는 데 몰두하고 있었다. 상대는 이제 곧 학원을 떠난다고 화제인 유우기리 선생님이다.

로코모코 선생님 대역으로 학원에 파견된 로열 나이트님.

샬롯은 유우기리 선생님에게 여태까지 감사했다고 인사를 하기 위해, 두리번거리며 구경꾼들로 붐비는 학원을 걷고 있었다. 샬롯이 완고한 선생님으로 이름 높은 유우기리 선생님과 연관된 것은 우연이다. 스로우의 다이어트를 촉진시키는 살 빠지는 약 구입 자금을 어떻게든 마련할 수 없을까 고민하고 있던 샬롯에게 보수가 좋은 일의 소문이 들렸다. 신임 선생님 한 명이 도우미를 찾고 있다는 것이었다.

지금까지 도우미로 고용한 평민은 다들 금방 해고돼서, 유우기리 선생님의 도우미는 목숨을 걸어야 한다는 소문만 떠돌고 있었다.

그러나 유우기리 선생님 도우미는 샬롯에게 힘든 일이 아니었다.

"앗, 샬롯 씨. 혼자인가요?"

"……티나? 그거 뭐 하는 거야? 꽤 잘되는 모양인데."

"마법 교실이에요. 봐요. 평소랑 달리 평민들도 학원 구경을 하러 잔뜩 왔으니까, 저희 같은 평민이 마법을 보여주면 다들 기뻐하거든요. 기대의 별이다 그러면서 팁을 꽤 많이 주는 사람이 있어요."

유우기리 선생님의 방을 찾아간 샬롯에게는, 장래 유망한 학생을 발굴하고 싶다며 고민하는 선생님의 협력이 기다리고 있었다.

다시 말해서, 귀족 학생들의 소행 조사였다.

샬롯에게 그것은 쉬운 일이었다.

누가 뭐래도 1년간, 그 스로우의 매일을 몰래 지켜보고 있었으니까.

"그러고 보니 샬롯 씨. 저 아까 알리시아 님을 본 것 같아요."

"알리시아 님은 지금 서키스타에 있으니까 학원에 있을 리 없어, 티나."

"그렇긴 한데요…… 내가 잘못 봤나아……? 그리고 유우기리 선생님이라면 누군가를 마중 나가려는 것처럼 정문 근처에 있었는데요?"

유우기리 선생님은 물의 마법이 뛰어나며, 샬롯의 정보로 소행도 문제가 없다고 판단한 학생을 자기 클럽에 들어오도록 권하고 있었다. 무슨 클럽이냐고 선생님한테 물으니, 우수한 물의 마법사를 키우기 위해서 치유의 힘을 담은 약 제작 방법을 가르치는 모양이다.

그 이야기를 들은 샬롯은 부디 다이어트에 도전하는 스로우 님을 위해 살 빠지는 약을 만들어 달라고 부탁했는데, 기사가 되려는 남자가 약에 의지하는 것이 말이 되느냐고 사람들 앞에서 매도를 당한 적이 있었다. 스로우가 끼어든 참에 분노 대상이 스로우로 바뀌어서 난을 피했지만, 그 두 사람이 견원지간이라는 소문을 그때 샬롯도 새삼 인식했다.

그러나 도우미라는 게 귀족 학생의 소행을 조사하는 일이라는 걸 걱정 많은 스로우가 눈치채면, 기껏 수입이 좋은 일을 그만두게 할지도 모른다고 생각한 샬롯은 몰래 도우미 일을 계속했다.

그리고, 그런 유우기리 선생님이 드디어 크루슈 마법학원을 떠나 버린다고 했다.

도우미의 입막음 요금도 합쳐서 상당한 돈을 받았으니까. 마지막으로 샬롯은 인사라도 할까 생각하고 있었다.

"아! 유우기리 선생님! 저기, 할 얘기가 있는데요……."

"샬롯…… 그렇구나, 마침 잘됐다. 나도 너한테 할 얘기가 있었어. 조금 시간을 내주지 않겠나?"

●

파릇파릇한 나무들이 꽉 들어찬 깊은 숲.

이 안에서 어마어마한 몬스터가 나타난 기억이 아직도 신선해, 샬롯은 최대한 사양하고 싶은 녹색 세계다.

수업이 아니면 일반 학생의 출입이 금지되며, 크루슈 마법학원이 재건되는 가운데 군대가 몬스터를 소탕했다는 이야기는 들었지만 그 기억은 아직 흐려지지 않았다.

"선생님, 숲속에 너무 깊이 들어가기 싫은데요……."

"너무 그러지 마라. 이 앞에 너에게 소개해 주고 싶은 자가 있다."

"저한테, 말인가요?"

"네가 바라던 약을 만들 수 있는 자다. 살 빠지는 약이 필요하다고 그렇게 말하지 않았었나?"

"앗…… 사실은 이제 필요 없어졌어요. 스로우 님이 스스로 살을 빼겠다고 결심하셨거든요."

"……놀랍군. 요즘 들어 그 녀석의 모습이 보이지 않았는데, 그렇군. 결단을 했나? 그러나 살 빠지는 약은 필요하겠지. 장래 녀석이 또다시 살이 쪄 버릴 가능성도 있다. 그때를 위해서. 간직해 둬라."

"……분명히."

스로우는 그렇게 보여도 꽤 기분파다. 앞으로 또 갑자기 다이어트를 할 의욕을 잃어버리는 일도 충분히 생각할 수 있었다.

그래서, 샬롯은 순순히 호의를 받아들이기로 했다.

그러나, 유우기리 선생님은 대체 어디까지 갈 셈일까?

숲 안쪽으로 갈수록 어둡고 험난해진다. 작은 새나 작은 동물들하고도 다른, 익숙지 않은 짐승의 외침도 때때로 들린다. 이미 숲이 아니라 밀림이다.

유우기리 선생님은 샬롯을 만나고 싶다는 사람이 있다고 했는데, 어째서 이런 장소에?

아무리 로열 나이트인 선생님이 함께라지만 불안하다. 샬롯은 불안한 시선을 여기저기로 옮기면서 앞서 나가는 선생님의 뒷모습을 보았다.

"……저기, 선생님. 숲 안쪽에는 들어가면 안 된다고."

"내가 옆에 있으니 아무 문제 없다. 아니면 뭐지? 나를 신용 못하겠다는 건가?"

"아뇨, 그런 건 아니지만요……."

"이제부터 소개할 녀석은 조금 사연이 있는 몸이다. 그러나 지극히 우수한 물의 마법사지. 네 주인을 위해서 완벽한 살 빠지는 약을 조합해 줄 거야. 나는 태어나서 지금까지 그만큼의 실력을 가진 치유사를 본 적이 없다."

"선생님도 물의 마법에 대해서는 대단히 굉장하다고 들었는데요——."

"나하고는 비교가 안 된다. 그녀가 만드는 비약은 사람의 마음조차도 치유해 버렸으니까."

숲 안쪽에서 샬롯을 기다리는 사람은 수상한 사람일지도 모르지만, 호기심이 앞섰다.

아무리 숲 안쪽에서 몬스터를 만난다고 해도 앞서서 가는 유우기리 선생님 뒷모습은 듬직하고, 무엇보다도 샬롯에게는 —— 대정령이 있다.

샬롯은 뒤에 딱 달라붙어 따라오는 기척을 빈틈없이 확인했다.

"샬롯, 너에게는 감사하고 있다. 이 학원의 학생은 로열 나이트가 되고 싶다고 소리 높여 외치는 자는 많지만 실제로 그 각오가 없는 녀석들뿐이다. 자신에게 높은 시련을 지우는, 충분히 기사의 소질이 있는 자가 대체 누구인지 네 덕분에 알 수 있었어."

"저 같은 애는 도저히 그런 건……."

"아니, 너 말고 다른 평민은 귀족의 뒤를 캐는 것 따위 절대 사양한다고만 하더군. 마음은 이해를 못할 것도 없지만 말이야……. 그런데 샬롯. 너는 어디서 그런 특기를 익혔지?"

"아~ 저기…… 그건 말이죠. 스로우 님의 생활을 감시하고 그러는 관계로……."

"훗. 그랬었군. 공작가도 추락한 바람의 신동에 대한 기대를 완전히 버리지 못했다는 건가. 그러나 신기한 일이다. 공작가는 결국—— 그를 내친다는 비정한 결단을 내렸으니까."

샬롯에게 유우기리는 신기한 선생님이었다.

스로우에게는 미움받지만 클럽에 다니는 학생들은 잘 따른다.

스로우는 유우기리 선생님이 거북하다고 생각하는 모양이지만, 샬롯은 딱히 그렇지도 않았다.

"유우기리 선생님, 내친다는 게 대체 무슨 뜻인가요?"

"이거 실례했군. 딱히 공작가의 방식을 비난하는 건 아니다. 다만, 너무나도 슬프다고 내가 생각한 것뿐이다. 가족에게 일방적으로 가디언이 되라는 말을 듣고, 그 녀석은 그때 무슨 생각을 했을까. 응? 샬롯, 너는 아무것도 생각하지 않았나? 자신의 주인에게 주어진 영예에만 눈이 멀어서, 설마 네 주인을 기다리고 있는 비참한 미래를 깨닫지 못한 건가? 가디언이 된다는 것은, 그런 것 아닌가?"

"……유우기리 선생님, 무슨 말씀이신지……."

"말 그대로의 의미야. 아무것도 모르는 눈치인 너에게 가디언이 된다는 의미를 가르쳐주고 싶지만, 벌써 도착한 모양이군."

"어……."

"잘했어요, 유우기리."

목소리가 들리고, 샬롯은 자기 등 뒤에 누군가가 있는 것을 깨달았다.

놀라서 소리도 안 나왔다. 그녀는 대체 언제부터 거기 있었을까? 그렇지만 존재를 인식하자 더욱 놀라움에 눈을 홉뜨고 말았다. 그녀는 본 적이 없는 이국의 복장과 로브를 입고 있지만 여성적인 매력을 미처 숨기지 못했으며, 더욱이 이렇게까지 다가왔는데도 인상이 흐릿하고 확실하지 않았다.

샬롯이 그녀를 보고서 깊은 물 바닥으로 끌려 들어갈 것 같은 착각에 사로잡힌 순간, 머리 위에 무언가가 올라탔다. 바람의 대정령이 샬롯의 머리로 펄쩍 점프한 것이다.

"——샬롯! 도망쳐라냥!"

사람들 앞에서 결코 말하지 않고 무해한 애완동물 행세를 하고 있는 대정령이 으르렁대기 시작했다.

갑자기 나타난 여자를 향해서, 경계심을 드러내고.

"대, 대정령님! 스로우 님이랑 약속——."

"그런 건 아무래도 좋다냥! 샬롯! 이 녀석은 적이다냥!"

샬롯이 말릴 틈도 없이.

바람의 대정령은 사람 따위 손쉽게 날려 버리는 돌풍을 여자를 향해 뿜었다.

미쳐 날뛰는 폭풍. 휘몰아치는 바람은 더욱 강해져서 단단한 땅을 커다랗게 파헤쳤다. 대지에 깊게 뿌리를 내린 나무들을 가볍게 쓰러뜨리는 그 기세는 사람에게 쓰기에는 너무나도 지나친 힘이었다.

샬롯은 어째서 바람의 대정령이 갑자기 공격 태세에 들어갔는지 이해할 수 없었다.

그러나 샬롯이 상상했던 최악의 미래는 아무것도 일어나지 않았다.

"어째서 네가 여기에 있는 거냥!"

"오랜만이군요. 바람의 대정령. 설마 이런 곳에서 만나다니. 운명이란 기묘한 법이네요."

"이 애는, 그…… 몬스터예요! 그래요, 몬스터! 그러니까 말하는 거예요!"

"샬롯, 이 녀석은 도스톨 제국의 삼총사 중 한 명이다냥!"

대정령에게는 떠올리기도 싫은 상대가 거기 있었다.

휴잭을 공격한 몬스터들 가운데, 대정령에게 집착했던 인간.

뛰쳐나가는 몸을 억제하는 것은 불가능했다. 이 녀석에게는 오로지 선수필승이다.

"……네?"

샬롯은—— 삼총사라는 말을 듣고서 처음에는 금방 이해할 수가 없었다.

그녀에게 굉장히 낯선 존재다. 제네라우스에 삼총사가 나타났다는 것도 스로우가 샬롯을 진실에서 멀리 떨어뜨려 놓았기 때문에 알지 못했다.

그녀에게 도스톨 제국의 삼총사 따위, 너무나도 머나먼 장소에 있는 존재다.

그래서 대정령이 힘을 휘두른 것을 탓해 버렸다.

사람에게 대정령의 힘을 휘두르면 죽어 버린다.

그렇지만 여자는 바람의 대정령 아르트앙쥬의 힘을 한 손으로 비껴냈다.

"매정하네요. 바람의 대정령. 나한테 이길 수 없다는 걸 아직도 이해 못한 건가요?"

"이 말도 안 되는 마력은 뭐냐? 그리고 대정령이라고! 어떻게 된 거냐!"

"유우기리. 당신에게는 감사하고 있어요. 그녀를 데리고 와준 것. 대정령도 데리고 온 것에는 놀랐지만…… 계획에 방해는 되지 않아요."

"바람의 대정령?! 설마, 저것이 아르트앙쥬라는 건가!"

"샬롯! 도망쳐라냥. 시간을 벌겠다냥!"

샬롯은 대정령의 말을 듣고서 도망치려고 했는데.

"그 애는 놓치지 않겠어요. 그 애를 불러내기 위한 미끼였으니까요—— 유우기리!"

겁먹은 샬롯의 어깨를 단단히 붙잡은 로열 나이트의 모습.

아직도 폭풍은 건재하며, 샬롯의 혼란은 극에 달해 있었다.

"……뭐냐, 이 팔은! 이건 내 의지가 아니다!"

그러나 놀란 것은 유우기리도 마찬가지.

오히려 이 자리에서 가장 충격을 받은 것은 로열 나이트인 그녀였으리라.

다리에 힘이 풀릴 것 같은 바람의 격류, 힘의 행사자는 바람의 대정령이라고 했다.

그렇지만 친구라고 인정했던 약팔이는 한 손으로 바람을 정면으로 받아내고 있었다.

대정령의 힘을 가볍게 받아 흘리는 친구의 모습. 대체 어떻게 된 것인가? 그 모습은 도저히 인간으로 보이지 않았다. 마치 전승 속에 존재하는—— 무언가 같았다.

"——프란 너, 내 몸에 무슨 짓을 했나!"

머릿속에 떠오르는 방대한 정보를 취사선택하여 재빨리 정답에 이르렀다.

중요한 것은 이 약팔이의 정체가 무엇인가—— 그리고 한 사람의 정체와 일치된다.

도스톨 제국의 삼총사, 마녀라고 불리는 여자는 적을 세뇌하고 자기 마음대로 조종한다고 들었다.

그렇다면 지금 샬롯의 가는 어깨를 붙잡은 자신의 오른팔을—— 자신의 의지로 움직일 수 없다는 것이 수많은 사실을 말하고 있지 않은가? 유우기리는 지금까지 몇 번이나 왕실에 반기를 든 적을 비밀리에 제거했고, 강자와 싸웠던 경험도 풍부하다.

동료라고 생각했던 자들에게 몇 번이나 배신당했는지 모른다.

그래서 그 생각에 도달했다. 적에게—— 이용당하고 말았다고.

"……네 정체는 저 고양이 말대로였나!"

"유우기리. 이제 와서 제 정체를 깨달았나요? 계기는 얼마든지 있었을 텐데. 남방의 무인은 의심을 모르는 모양이군요."

한심하다. 적에게 이용당하다니 로열 나이트 실격이다.

유우기리는 움직일 수 없는 오른팔이 아니라, 왼팔을 허리의 검에—— 그러나, 깨달았다.

아무것도 할 수 없다. 마치 자기 몸이 아닌 것 같았다.

"소용없어요. 이미 당신의 몸은 제 거니까요. 유우기리. 제 정체를 깨달은 시점에서 저항이 얼마나 무의미한지 이해했을 거예요."

"어째서지? 네놈들은 그란트 습지에서, 부전의 맹세를 우리에게 전했는데——."

"도스톨 제국은 한 덩어리가 아니에요. 저는 삼총사 중 한 명으로 꼽히고 있지만── 나나트리쥬 휘하가 아닌 단 한 명의 인간이니까요."

로열 나이트인 유우기리의 귀에는 그란트 습지의 전말이 상세하게 전달되고 있었다.

도스톨 제국에서 사자가 방문해 평화를 이룩한 것이다.

"유우기리. 당신들은 전쟁을 너무 몰라요. 로열 나이트인 당신이 이 정도로 얼이 빠져 있는데, 맹주님도 참 무엇을 두려워하는 건지."

이 정도로 대담하게 적지에 잠입하다니.

유우기리는 로열 나이트로서, 자신의 실수조차도 바로잡을 수가 없다.

"미안하다, 샬롯. 말려들게 할 생각은 없었다. 나는 그저, 너와 녀석을 위해서 살 빠지는 약을──."

"유우기리. 당신은 기사국가의 꼭두각시 1호랍니다."

여자는 생긋 웃으며 그 자리에 무릎을 꿇었다.

그리고 유우기리를 향해서, 여자는 기도를 바쳤다.

물빛 안개가 유우기리의 몸을 감싸고, 샬롯은 그 기이한 광경을 바라보며 움직일 수 없었다.

이렇게 갑자기 나타난 마녀는── 샬롯의 마음에 강렬한 인상을 남겼다.

"샬롯! 뭘 멍하니 서 있냥! 이틈에 도망쳐라냥."

"하지만, 대정령님, 유우기리 선생님이!"

샬롯의 어깨를 붙잡은 채, 로열 나이트가 정지해 있었다.

소리도 없이, 마치 영혼이 몸에서 빠져나간 것 같았지만 어깨를 붙잡은 힘은 변함이 없었다.

눈앞에서 일어난 참극에 샬롯도 말이 안 나왔지만, 유우기리 선생님이 속은 것은 알 수 있었다. 여자는 주저앉은 채 한 손으로 대정령의 마법을 정면으로 비껴내고, 아직도 유우기리 선생님에게 말하고 있었다.

"저는 사람을 부숴요. 그러한 마법이 특기였답니다. 닥터 힐, 그렇네요. 그런 이름으로 불리던 시절도 있었어요. 하지만, 유우기리. 알고 있나요? 저는 사람을 접하는 시간이 길어질수록, 이해도 깊어져요. 아아, 유우기리. 당신 속을 엿보고, 더욱 당신에게 흥미가 생겼어요. 대단한 충성심이에요. 이성을 잃고서도 다리스에 봉사할 셈인가요——."

몸이 굳은 로열 나이트에게 말을 거는 여자.

눈물을 흘리며 유우기리에게 말을 거는 모습만 보면 자애가 가득한 성직자 같았다. 그러나 여자의 정체가 바람의 대정령이 말한 그대로라면, 상대는 샬롯도 잘 아는 인물이었다.

닥터 힐이라고 불리며 도스톨 제국의 병사를 싸우는 인형으로 바꾼 여자.

전장에 나서는 병사에게 언제나 들러붙는 감정인 공포를 몰아내고, 싸우는 인형으로 바꾼 여자.

"그렇네요. 이대로라면 당신은 그 애를 못 이겨요. 그 정도는 이해하고 있는 거군요, 유우기리. 그래서 당신 안에 있는 족쇄를 풀었어요. 사람의 이성이라고 할 수 있는 억제된 부분을요. 유우기리, 마음껏 살아가세요. 로열 나이트인 당신이 이 마법학원에 파견된 의미를—— 제가 가르쳐 드리겠어요."

과거에 약팔이라고 불린 단체를 만들고, 세상에서 고통 받는 자들을 구하고자 했다.

그런 닥터 힐이 도스톨 제국에 들어갔다는 소식이 세상에 퍼졌을 때는 무슨 일이 일어난 것인가 하는 말도 많았다. 도스톨 제국의 삼총사 중 한 명인 바르도 장군과 군의 운용으로 말다툼을 하고, 산 하나를 지도에서 지워버린 여자. 도스톨 제국의 병사들에게서 공포를 제거하여 두려움을 모르는 군대를 만들어 주변 나라를 뭉개 버린 것이다.

"족쇄를 풀어 버리면 다들 저에게 감사하게 된답니다. 아니, 괜찮아요. 맹주님도 신경 쓰시는 그 애를 처치하는 역할은 당신에게 맡기겠어요. 모든 것을 잃고서도 이 직무를 위해 당신은 크루슈 마법학원을 찾아온 거죠? 저도 당신과 같은 마음이니까요—— 먼저 그 애를 그곳으로 데려가세요. 저는 이 눈에 거슬리는 대정령을 상대할게요. 그러면, 눈을 뜨세요. 유우기리."

●

도스톨 제국이 군대를 서서히 물려서 세상은 평화로 나아가고 있었다.

학원은 평화를 즐기는 축제가 사흘 밤낮으로 개최되고, 누구나 평화를 구가하고 있었다.

그런데—— 어째서 나만 이런 꼴을 당하는 걸까?

샬롯이 그렇게 생각하게 된 것은 언제부터였을까?

흑룡이나, 제네라우스에서도, 휴책에서도 그랬다.

"두려워할 이유가 어디 있지? 샬롯. 나는 몇 번이나 너를 상처 입힐 생각이 없다고 말하지 않았나?"

"아, 아파요!"

꾸우욱. 유우기리 선생님이 붙잡은 손목뼈가 소리를 냈다.

자신을, 인간이 아닌 물건을 끌고 가는 것처럼 다룬다. 완전히 표변했다.

말과 행동이 일치되지 않는다. 안개에 휩싸인 직후, 움직이기 시작했을 때는 언동도 이상했다.

샬롯은 이미 앞서가는 유우기리 선생님이 다른 사람으로 보였다.

그렇지만 지금 선생님은 어쩐지 무기질적인 인상으로, 생각을 전혀 읽을 수 없었다.

"당신은 누구죠? 그리고 저 같은 걸 인질로 삼아도 아무 가치도 없어요."

"나는 유우기리야, 샬롯. 그리고 가치가 없다고? 훗, 너는 자신의 가치를 깨닫지 못했나? 스로우 데닝에게 특별한 인간이라는 건 불 보듯 빤한데."

"유우기리 선생님은…… 어째서 스로우 님한테 집착하는 건가요?"

"너는, 세피스 펜드래건이라는 남자를 기억하나?"

"네?"

"나로서는 세피스가 가디언의 자리를 다투게 될 최대의 상대라고 생각하고 있었다. 그러나 세피스에게는 반역의 뜻이 있었지. 그것을 나는 깨닫지 못했지만, 그 녀석은 깨달아서 서키스타 왕녀 유괴를 미연에 막는 것에 성공했다. 어째서 그 녀석이 깨달았는지 알고 싶었다. 그러나 그뿐이 아니야. 요전에 감옥에 있는 세피스와 면회할 기회를 얻었다. 그 녀석은 스로우 데닝에게 감사하고 있더군. 염두에 두던 제국행을 가로막은 원수인데, 세피스 펜드래건은 그 녀석에게…… 네 주인에게 감사하고 있었어."

샬롯에게 세피스 펜드래건이란 남자는 인상 깊은 인물이었다.

로열 나이트면서, 다른 뜻을 품은 로열 나이트.

"나는 스로우 데닝이 어떠한 인간인지 알고 싶다고 생각했지. 그 녀석이라면 정말로 그 월하의 가디언의 뒤를 이을 수 있는지 알고 싶다고 생각했다. 따라서 나는 녀석이 정말로 가디언에 걸맞은가 시련을 내려야 한다."

"그런 건…… 제멋대로잖아요!"

"그 녀석은 너를 찾는 도중에 패배한 바람의 대정령을 볼 거야. 길 끝에는 대정령보다도 강대한 적이 기다리고 있다는 걸 이해하겠지. 그러나 녀석이 가디언의 자질을 갖추고 있다면, 목숨을 걸고서라도 너를 구하러 와야 해. 말하자면, 너는 녀석이 가디언이 됐을 때 카리나 공주님 역할이다. 영광이지?"

"어, 어째서인가요! 그리고 바람의 대정령님은 지지 않았어요!"

"……글쎄다. 나는 나에게 이 힘을 준 사람이 질 거라고 생각할 수 없는데. 자, 도착했다."

불규칙적으로 늘어선 나무들 끝에서 문득 달빛이 닿는 장소로 나왔다.

시야에 들어오는 것은 삭아 버린 폐허였다.

붕괴한 것도 있고, 기울어지고 대지에 파묻힌 건물도 있었다.

똑바로 서 있는 건물이 더 드물다. 그리고 본 적도 없는 식물, 강렬한 청색의 이파리가 달린 그것은 과연 식물로서 정상적인 형태인지도 모르겠다. 무엇보다도 무서운 것은 생명의 기척이 전혀 없다는 것이다.

"언제 와도 오싹해지는 장소다. 학원의 역사를 잘 아는 자는 여기를 종착점(터미널)이라고 부르는데…… 조금, 녀석이 올 때까지 조금만 얘기를 하자.”

샬롯도 소문은 들은 적이 있다.

숲속에는 과거, 연구에 연구를 거듭한 교직원이 이용했던 뭐든지 하는 공간이 있었다고. 숲속에서 무슨 실험을 했을 것이다. 거기만 불이라도 놓은 것처럼 불모지대로 변해 있었다. 여기서는 몬스터나 동식물을 이용하는 실험을 하고 있었다고 한다.

“시, 싫어요! 지금의 선생님과 얘기할 건 아무것도 없어요!”

“거부할 수 있는 상황이 아닌 건 이해하고 있겠지? 너를 지켜야 할 존재, 그 바람의 대정령은 오지 않아. 패배했지.”

바람의 대정령이 진다.

그런 일이, 가능한 걸까?

하지만 그 마녀는 유우기리 선생님의 마음속에 있던 족쇄를 풀었다고 했다.

지금의 선생님은 모습이야 같지만 다른 사람이다. 언젠가 스로우도 세뇌라는 마법, 사람의 마음을 뒤트는 마법이 얼마나 어려운 마법인지 말했었다. 그것은 하나의 기적이라고. 이런 것을 할 수 있는 마법사라면—— 어쩌면 바람의 대정령이 지는 일도.

“그렇다고 해도, 지금의 선생님하고 얘기할 건 없어요!”

“아니, 너는 알아야 해. 녀석이 가디언이 됐을 때, 그 녀석이 무엇을 얻고 무엇을 잃는지. 스로우 데닝의 종자로서 괴로움을 함께 짊어져야지."

"괴, 괴로움? 무슨 말을 하는 건가요?"

"……설마 아무것도 상상하지 못하는 건가? 나조차도 그 녀석에게 가디언이 될 각오가 있는지 몇 번이나 물었는데. 그 녀석을 기다리고 있는 고독조차도 종자는 알지 못하는 건가……. 공작가는 역시 왕실의 제도에 상당히 둔하다는 말이겠군. 기왕 기회가 생겼으니 가르쳐 주지."

"무슨 말을 하고 싶은 건가요?"

"가디언이라는 건, 이 나라에서 가장 고독하도록 정해진 자의 칭호야. 스로우 데닝은 가디언이 된 순간에, 공작가의 인간이 아니게 되지."

"……알고 있어요."

"아니, 너는 아무것도 이해 못했어. 예를 들어 당대의 가디언, 돌프루이 경은 과거에 장래를 약속한 상대가 있었다고 한다. 상대는 소국의 공주였고, 서로 사랑했지……. 그러나 파탄 났다. 당연하지. 가디언이 될 남자가 타국에서 아내를 얻는 것은, 아니, 애당초 가족을 만든 전례도 없다. 그래서 나는 몇 번이고 반복해서 입이 마르도록 녀석에게 물은 거다. 가디언은 모든 것을 미래의 여왕에게 바치는 자. 너에게 그런 각오가 있느냐고."

"……."

"나는 로열 나이트로서 가디언이 지니게 되는 괴로움을 알고 있다. 스로우 데닝을 기다리고 있는 길은 지옥으로 가는 편도 티켓이야. 너도 각오하도록 해. 그 녀석이 가디언이 된다면 지금까지의 추억도 모두 사라지고, 너는 녀석과 말을 나눌 기회마저 주어지지 않을 테니까. 애당초 신분이 너무 다른 너희가 함께 있는 것 자체가 이상한 일이지. 앞으로 그저 평민인 네가 어떻게 지고의 존재인 가디언과 같은 시간을 보낼 수 있을까?"

"……."

유우기리의 말은 샬롯의 마음에 깊숙이 가라앉았다.

망국의 공주는 이미 죽었으니, 샬롯은 그냥 평민이다.

앞으로도 샬롯은 계속 평민으로 살아간다.

"네가 진정으로 주인의 행복을 바란다면…… 그 녀석과 함께 있는 지금을 조금이라도 편하게 느끼고 있다면, 너는 막아야 했다."

"……."

"그러나 그 녀석에게 최대의 이해자가 돼야 했던 네가 그런 식이어서는, 스로우 데닝도 보답받지 못하는군. 너도 그 녀석을 내친 공작가와 같았다는 거다. 아무리 깔끔한 말로 포장해도 공작가는 그 녀석을……."

"……."

샬롯은 드디어 깨달았다. 깨닫고 말았다.

자신이 얼마나 가볍게, 스로우가 가디언이 되어야 한다고 말했었는지.

스로우가 짊어진 무게를 깨닫지 못했다.

그러긴커녕, 언제나 그와 가장 가까이 있으면서 그녀는——.

"로열 나이트도 아닌 인간이 가디언 선정시험(세리온)을 받지도 않고 가디언으로 선택되는 일 따위, 역사를 아무리 거슬러 올라가도 전례가 없다. 그러나 여왕 폐하는 스로우 데닝이 가디언에 걸맞다고 확신을 가지고 계셨어. 그래서 나는 스로우 데닝이 어떠한 인간인지 캐내려고 했지……. 처음 만났을 때는 실망했다. 녀석은 가디언이 되는 미래를 명백하게 거절하고 있었으니까."

"……."

"내가 로열 나이트의 책무를 수업에서 논할 때마다 그 녀석은 질색하는 표정을 짓고 밖을 보았다. 내 수업에 얼마나 흥미가 없는 거냐는 생각에 분개했었지만……. 지금 생각해 보면 녀석은 자신을 둘러싼 환경에 짜증이 났던 거겠지."

가디언은 학원의 누구나가 동경하는 존재.

그렇지만 스로우는 그럴 생각이 없었던 것 같았다.

짚이는 구석은 몇 개나 있었다.

"나는 말이지. 이렇게 생각한다, 샬롯."

유우기리 선생님 말처럼, 가디언이라는 말에 들끓는 학생들을 언제나 서늘한 눈으로 바라보고 있었으니까.

그리고 샬롯은 모두와 마찬가지로, 자신의 동경을 스로우에게 떠넘겼다.

"그 녀석은 내가 말하려고 한 가디언의 고독을, 이미 깨닫고 있었던 거라고."

"……."

"그리고 최근 들어 스로우 데닝은 어느 날을 경계로 후련한 태도로 바뀐 것 같더군. 적어도 가디언이 되는 미래를 진지하게 생각하기 시작한 건 틀림없겠지."

움찔, 샬롯의 몸이 경직됐다.

"그토록 완고했던 마음에 변화를 일으킨 것은 누구일까? 흥미가 있지만, 새삼스럽군."

유우기리 선생님이 지적한, 어느 날.

샬롯은, 짚이는 것이 있었으니까.

『그, 그게. 샬롯은 말야……. 샬롯도 역시, 공작가나 학원 사람들처럼…… 내가 가디언이 되는 거에 찬성해?』

『그야 당연하잖아요! 스로우 님은 가디언이 되어야 할 사람이에요!』

용 살해를 이룩한 스로우는 가디언이 되는 것을 싫어했다.

그렇지만 샬롯은 말했다.

드디어 모두가, 여왕 폐하까지도 스로우의 굉장함을 깨달은 것이 기쁘다고.

가디언이라는 칭호에만 눈길을 주고.

가디언에 이르는 스로우의 마음 따위, 하나도 생각하지 않고서.

용살자의 종자는 아무 생각 없는 말로── 어느 날, 그의 등을 떠밀었다.

"……그럴 수가."

"녀석이 가디언이 되는 길을, 고독한 미래를 결단했다면 나도 같은 길을 고른 선배로서 그 녀석의 각오를 시험해야만 한다."

그리고, 샬롯은 적이 된 자의 말을 듣고 이해했다.

구원받은 그날부터 시작된, 그와 함께 지내는 생활.

언제나 옆에 그가 있었다.

당연히 좋아하는 사람이 어떤 때든 곁에 있다.

너무나 축복받은 생활이 일상이 되어 있었다.

그렇지만 두 번 다시 손이 닿지 않는 장소로 그 사람은 여행을 떠나 버린다.

"그럼…… 왔군. 드디어 왔나."

그녀는 평민, 신분이 다르다.

무의식중에 덮어놓고 있던, 용납되지 않는 마음.

분명한 마음이 있었으니까, 그가 어떤 이름으로 불리더라도 옆에 있었다. 계속 있었다.

그런 그녀의 숨겨진 마음은—— 이제 억누를 수 없었다.

"꽤 빨리 도착했군. 그만큼 이 애가 소중하다는 건가."

삭아 버린 터미널.

어둠의 무대에 나타난 소년을 바라보며 샬롯은 이해했다.

카리나 리틀 다리스를 위해서 생애를 살아가는 그의 모습을 상상하고서——.

샬롯 릴리 휴잭은 그제서야 자신의 마음을 깨달은 것이다.

"어이. 지금 당장 샬롯을 놔줘."

아무것도 아닌 나날.

그와 보낸 크루슈 마법학원의 하루하루가 샬롯의 모든 것이고.

샬롯은 그와 앞으로도 함께 있고 싶었다.

그와 함께 있을 수 없는 미래 따위 상상도 못한다.

"차기 가디언 필두 후보. 너에게 자격이 있는지 시험해 보겠다.

샬롯의 눈에 비치는——.

가디언이 되기를 결단했다는 그는, 역시나 여전히 뚱뚱해 보였다.

5장 유우기리 선생님

저녁놀이 하늘 너머로 사라지고, 이미 숲은 어둠에 물들었다.

안쪽으로 나아간다. 달빛이 닿지 않는 숲의 심연에 다가서 버린다.

"……."

믿을 수 없는 일은 지금까지의 인생에서 몇 번이나 있었다.

그렇지만 애니메이션 지식을 얻은 것을 빼면, 오늘 정도로 예상 밖의 사태가 일어난 날은 없다.

몬스터의 시체가 이어지는 길 없는 길을 나아간다.

적은 인간일까? 몬스터일까? 숲의 한 구역에 괴멸적인 피해를 입힌 바람의 대정령 씨는 누구에게 졌는지 마지막까지 대답하지 않았다.

그렇지만 그 녀석은 죽기 직전에…… 샬롯이 이 앞에 있다고 가르쳐 주었다.

"아니, 정말로 죽은 건 아니지만 말야."

아무도 반응해 줄 사람이 없으니 무심코 혼자 딴죽을 걸었다.

바람의 대정령 씨는 어쩐지 마음이 꺾인 느낌이 있어서 그냥 두고 왔다.

이 앞에 있는 사람은 바람의 대정령 씨가 마음이 꺾일 정도로 강한 자다. 샬롯을 데려갔으니 그 녀석이 회복하길 기다리고 있을 수는 없었다.

"……꿀꿀꿀."

바람의 대정령 씨도 패망한 최악의 사태인데.

나는 어째서 이렇게 차분한 마음인 걸까?

그것은 적의 정체를 짐작하기 때문이다.

"아마도…… 전에 바람의 대정령 씨가 말한 것처럼."

전에 바람의 대정령 씨는 어둠의 대정령을 조심하라고 했다.

어둠의 대정령은 우수한 마법사를 스카우트하는 버릇, 인재를 수집하는 버릇을 가졌으니까.

바람의 대정령 씨가 저 정도로 마음이 갈가리 찢어졌다면, 어둠의 대정령 씨 말고는 생각할 수 없다.

그리고 어둠의 대정령 씨가 이 앞에 있다면 어떻게든 할 수 있다. 애니메이션에서도 알리시아를 인질로 잡아 슈야에게 자기 진영으로 오라고 했었으니까. 나는 어둠의 대정령 씨가 쓰는 수법을 알고 있거든.

"내 애니메이션 지식에서 어둠의 대정령 씨가 가지고 싶어 할 만한 정보를 몇 가지 생각해 둘까?"

그리고 점점 어둠의 기척이 짙어졌다.
그와 동시에 내 상상이 맞았다고 확신.
이 앞에 강력한 마법사가── 있다.

그리고 나는 대자연 속에 갑자기 나타난 이공간에 도착했다.
"터미널. 삭은 숲속의 폐허군. 소문으로는 들은 적이 있지만 오는 건 처음이네."
외벽 색도 바랬고, 벽면에 거미집이나 풀이 우거져 있는 폐옥이 늘어서 있었다.
벌써 수십 년은 아무도 쓰지 않았을 건물이 수십 동이나 빼곡하게 들어서 있고, 게다가 모두 완전히 삭은 상태다. 살아 있는 자의 기척이 어디에도 없는, 마치 멸망한 작은 마을 같았다.
소문으로는 들어봤다. 과거에 크류슈 마법학원의 교사가 생물의 생명을 가지고 노는 수상쩍은 실험을 반복했다. 그래서 이 공간에는 생물의 기척이라는 것이 전혀 없다.
통칭 터미널. 숲의 생물은 물론 몬스터조차 다가오지 않는 금기의 장소.
그런 폐허에서 달빛을 받는 그녀를 발견했다.
"어이. 지금 당장 샬롯을 놔줘."
눈이 마주쳤다. 샬롯은 명백하게 나에게 도움을 바라고 있었다.

그렇지만, 그녀는 순식간에 정신을 잃었다.

샬롯의 팔을 붙잡은 인간이, 무슨 마법으로 샬롯을 혼수 상태에 빠뜨렸기 때문이었다.

용서 못한다.

하지만 그런 감정보다 먼저 어째서? 라는 물음표가 머리에 떠올랐다.

왜냐면, 내 종자를 끌어안고 있는 적은 나도 잘 아는 사람이었으니까.

"꽤 빨리 도착했군. 역시, 그만큼 이 소녀가 특별하다는 건가?"

범인은…… 어둠의 대정령이 아니었다.

그리고, 예상 밖의 인물이었다.

미인인데 모난 분위기를 풍기고, 예리한 인상을 주는 것은 평소와 같았다.

로코모코 선생님 대신 크르슈 마법학원에 부임한 신임 교사.

"……무슨 짓이죠? 유우기리 선생님."

샬롯을 붙잡은 유우기리 선생님이, 하늘에서 빛의 스포트라이트를 쬐고 있었다.

나와 유우기리 선생님의 관계는 빈말로도 좋다고 할 수 없다.

여왕 폐하가 직접 가디언으로 권유한 나를, 유우기리 선생님은 미워하고 있었다.

그렇지만 샬롯과 유우기리 선생님의 관계는 결코 나쁘지 않았을 텐데.

한 번 샬롯이 선생님에게 혼나는 모습을 본 적이 있었지만, 그 뒤로도 계속 샬롯은 선생님 일을 도왔다고 한다. 샬롯은 선생님 일을 잘 도와서 돈을 벌었고, 샬롯 정도로 오래 간 조수도 없다고 들었다.

"어허, 스로우 데닝. 그 이상 다가오지 마라."

"다가가면 어쩔 건데요."

"보면 알지 않나? 너와 이야기를 하기 위해 이 자리를 준비했어. 그리고 이 애는 보는 것처럼 인질이다."

"이야기라면 학원에서 얼마든지 할 수 있잖아요. 적어도 샬롯을 이 자리로 데리고 올 필요는 없었을 겁니다."

"확인할 필요가 있었다. 이 애가 너에게 어느 정도 특별한 존재인지, 말이다."

유우기리 선생님이 노리는 건 명백하게 나였다.

내 탓에…… 상관 없는 샬롯에게 위험이 미치고 있는 것은 명백했다.

"스로우 데닝. 너는 그 패배한 대정령을 보고 공포를 느끼지 않은 건가?"

"……."

"이봐 이봐. 그렇게 무서운 눈으로 보지 마라. 그건 바람의 대정령이겠지? 대정령이 지키는 존재라면 나도 다소 생각하는 바가 있다. 그러나 지금은 이 애의 정체가 뭔지는 제쳐 두자. 아까도 말한 것처럼 내 목적은 너니까."

"……."

머리가 바쁘게 돌아간다.

유우기리 선생님은 설마 샬롯의 정체를 깨달은 건가?

그리고 유우기리 선생님이 바람의 대정령 씨를 쓰러뜨린 건가?

불가능하다. 그게 가능하겠냐. 바람의 대정령 씨가 전력을 내면 나 같은 건 한 손으로 비틀어버릴 정도의 힘을 가졌다고……. 젠장, 아무것도 모르겠다.

이해가 되지 않아서 짜증만 피어오른다.

"인정하지, 스로우 데닝. 나는 너를 질투하고 있었다. 나보다도 한참 어린 자가 가디언으로 인정됐다는 사실에 나는 질투를 느끼고 있었다. 애당초 내가 로코모코 하이란드 대신 학원에 부임한 이유는 너를 가디언의 길로 설득, 권유하기 위해서였다. 부임한 당초에는 나 자신이 가여운 존재 같아서 어쩔 줄 몰랐지."

"전 한 번도…… 가디언이 되고 싶다고 한 적 없어요."

"그렇지. 그렇기에 미워했다. 어디가 가디언에 걸맞은 건지, 폐하의 생각을 이해할 수 없었다."

"이야기라면 얼마든지 듣겠어요. 그러니까, 샬롯을——."

"네 정보를 귀족들뿐 아니라 평민 학생에게도 확인했다. 그러자 어느 날 깨달았다. 노페이스 때도 그랬지만, 너는 항상 마법학원에 이변이 일어나지 않을까 살피고 있었지. 폐하가 너를 가디언으로 추천하는 이유를 조금은 이해할 수 있었다."

그리고 유우기리 선생님은 입을 다물었다.

강렬한 위화감이 들었다…… 이 사람 뭐지? 말이 전혀 안 통해. 적어도 유우기리 선생님은 이렇게 말이 많지 않았고, 이렇게 일방적인 사람도 아니었다.

지금도 유우기리 선생님은 혼자서 계속 말하고 있었다. 지금까지 억누르고 있던 마음을 나에게 쏟아내는 것 같은 모습은 마치 스스로를 상처 입히는 것 같아서 기분 나빴다.

"알고 있어. 내가 누구에게 흥미를 가지고 누구에게 정보를 팔아 버렸는지. 나는 돌이킬 수 없는 일을 저질러 버렸다. 이제 나는 끝장이다."

"……선생님, 일단 진정하세요."

"돌이킬 수가 없다. 이제 끝장이다. 연관되어선 안 되는 상대가 있었다. 그렇지만 설마 이런 장소에 있을 줄은 몰랐다."

어른이 어린애가 된 것처럼, 냉정한 로열 나이트의 모습이 흔적도 없었다.

자기 감정을 제어하지 못하고 있다.

지독하게 불안정한 상태다.

나는 의연한 선생님의 모습밖에 모르니까, 이 나약함에 어안이 벙벙했다.

그와 동시에, 나는 필사적으로 틈을 찾았다.

얼른 샬롯을 유우기리 선생님 손에서 구해내야 해!

하지만── 틈이 보이지 않는다.

"스로우 데닝. 너는 가디언이 되어야 한다. 그러나 이 애는 명백하게 방해되지."

유우기리 선생님이 검을 휘둘렀다.

휘두른 검이 샬롯의 목덜미에 닿는다──.

"이 소녀가 사라진다면 너는 아무 미련도 없이 가디언이 되겠지."

"……선생님. 미쳤어요."

"그렇군. 나는 이미 미친 거겠지. 그러나 나는 여왕 폐하의 명령을 순수하게 수행하고 있는 것에 지나지 않아."

"그 사람이 그런 명령을 내릴 리 없잖아요."

"……너는 폐하의 무서움을 아무것도 모른다. 폐하는 나에게 말했다. 내 역할은 너를 진정한 가디언으로 이끄는 거다. 그렇다면 너는 돌프루이 경처럼──."

유우기리 선생님 안에는 이상적인 가디언의 모습이 있었다.

그것은 아마도 현역 시절의 월하의 가디언일 것이다.

기사국가의 가디언이라는 존재를, 인생을 걸고 체현하며 왕실을 섬겨온 남자.

정말이지 민폐라니까! 나랑 그 금욕자를 똑같이 보지 말라고!

"유우기리 선생님. 계속 나불나불 말할 거면 실력 행사에 들어가겠어요."

"스로우 데닝. 분명히 너는 강하다. 지금까지의 나라면 상대가 안 되겠지. 그러나 너를 시험하기 위한 힘을 그녀가 주었다. 영창은—— 해방(릴리즈)."

선생님의 이마에 각인이 떠올랐다.

본 적이 있다. 똬리를 튼 뱀.

그뿐이 아니다. 눈이 붉게 변색되고 막대한 마력이 솟아오른다.

대정령에 필적할 것 같은 힘! 그렇지만 나는 그 변화를 알고 있다.

"선생님! 그 힘은 설마!"

유우기리 선생님을 이렇게까지 이상하게 만든 원인이 누구인가?

주모자를 드디어 이해했다.

그렇군. 전제부터 틀렸구나.

바람의 대정령 씨가 패배한 상대는 나나트리쥬 씨도 유우기리 선생님도 아니었다.

도스톨 제국이 자랑하는 삼총사 중 한 명, 닥터 힐이라고 불리는 존재.

유우기리 선생님은 만족했다는 얼굴로, 나를 보며 웃었다.

너무, 역겹다.

한 걸음이라도 움직이면, 소리를 내면 잡아먹힐 것 같은 불안에 휩싸인다.

나와 유우기리 선생님의 힘을 역전시키는, 순식간에 나를 약자로 변화시키기 위한 마법.

"유우기리 선생님…… 만약을 위해 확인하겠는데, 지금 자신이 어떤 상태인지 알고 있나요?"

"그래. 나는 내 의지로 너를 시험하고자 생각하고 있다."

신중하게, 선생님을 자극하지 않도록 세심한 주의를 기울였다.

생각해라. 선생님 곁에는 샬롯이 있다.

어떡하면 샬롯을 안전지대로 피난시킬 수 있을지 생각해라.

"……아니에요. 선생님은 지금 적의 생각대로 조종당하고 있을 뿐입니다. 선생님이 직무에 충실한 건 이해하지만, 지금 유우기리 선생님은 정상적인 상태라고 말하기 어려워요."

"마치 내가 세뇌된 것처럼 말하는군."

S급 모험가이자 삼총사 중 한 명으로 꼽히는 도스톨 제국의 마녀, 프란시스카.

미궁(던전)에 들어간 횟수 자체는 적지만, 북방의 악랄한 던전을 몇 개나 공략하여 S급 모험가의 칭호를 받은 제국의 영웅.

약팔이라 불리는 단체의 창설자이자, 물의 마법을 극한까지 익혀서 세뇌의 영역에 이른 초월자. 들리는 소문으로는 마녀가 만든 물의 비약을 마신 도스톨 제국의 병사가 숙련된 마법사를 타도해 버릴 수 있다고 했다.

그렇지만 너무나도 부작용이 심해서, 어둠의 대정령이 비약 만들기를 금지했다고도 했지.

"——스로우 데닝. 이 애가 사라지면 너는 아무것도 망설임 없이 가디언이 될 수 있겠지."

완전 엉망진창이야!

마녀에게 세뇌된 원인도 모르겠고, 애당초 접점이 어디 있었는데!

그리고 전혀 말이 안 통하고, 이 사람 뭐야!

"흡!"

그리고 갑자기, 선생님이 움직였다.

일섬, 옆으로 쓸어 베기.

무심코 머리를 낮추었다. 뒤에서 뭔가가 미끄러져 내리는 소리가 났고, 곧 쿠구궁 콰직하고 나무가 쓰러지는 소리가 들렸다. 조심조심 돌아보자, 대각선으로 싹둑 잘린 거목이 땅에 쓰러져 있었다.

간담이 서늘하다는 건 이런 걸 말하면 되는 거겠지.

"어, 어어……."

지금 그거, 피하지 않았으면 내 목이 날아갔겠지.

일단은…… 내 목을 만져 봤다. 좋아, 살아있다. 그것만 알면 충분하다.

"……꾸울."

하지만, 나…… 괜찮을까? 정말로 이 선생님을 막을 수 있나?

●

결론이 나왔다.

불가능. 절대로 지금의 선생님은 못 이긴다.

"뭘 하나? 어째서 싸우지 않나! 네 힘을 보여 봐라!"

"아니 그렇게 말씀하셔도, 멈추면 죽으니까요! 히에에에에에에!"

목덜미에 뭔가 스쳤다. 땀이 부왁 솟아 나온다. 지금 그건 선생님의 마법, 독 안개다.

네. 지금 나는 마녀에게 조종당하는 선생님에게서 필사적으로 도망치고 있습니다.

밤의 어둠 가운데, 숲속을 둘이서 데드 히트.

이건 좋은 다이어트가 되겠—— 지금이 장난칠 때냐!

선생님과 거리는 그렇게 벌어지지 않았다. 조금이라도 발을 멈추려고 뒤를 향해 마법을 쏘고 있지만 선생님의 목소리를 들어보면 그다지 효과가 없는 모양이다.

"스로우 데닝. 너에 대해 과거부터 모두 조사했다. 대단한 재능이다. 바람의 신동이라 불릴 만하더군! 그러나 나도 지지 않는다! 오늘은 상태가 좋아!"

"그러니까 그거, 조종당하는 것뿐이라니까요! 당신을 세뇌한 인간은 평범한 약팔이가 아니에요! 도스톨 제국의 삼총사 중 한 명이라고요! 대체 무슨 일이 있었는데요!"

"도망치기만 해선 가디언이 될 수 없다! 스로우 데닝!"

"그러니까 나는 한 번도 가디언이 되겠다고 한 적 없잖아요! 멋대로 단정 짓지 말라고요! 그리고 몇 번이나 말하는데, 선생님은 지금 조종당하고 있다니까요! 목숨을 깎아내는 힘이라고요, 그거!"

"후하하! 네가 각오를 정한 것처럼, 나도 각오를 정했을 뿐이다!"

선생님과 말이 통할 것 같지가 않다. 그건 그 녀석이 기억을 묶어놓았기 때문이다.

지금 선생님은 도스톨 제국의 삼총사 중 한 명, 닥터 힐에게 좋을 대로 조종당하는 중이다. 그리고 애당초 왜 조종당하는 건데. 어째서 그 녀석이랑 선생님이 접점이 있는 거냐고! 정말이지, 진짜로 의미를 모르겠다니까.

"어이 마녀! 프란시스카! 나는 전부 다 알고 있다! 네가 선생님을 세뇌했다는 거! 잘 들어라! 나와라! 얼른 나와서 선생님을 해방시키면 용서해 주겠어! 지금이라면 용서할게!"

"스로우 데닝! 뭘 혼자서 외치고 있나! 이놈, 도망치지 말라고 했지 않나!"

"유우기리 선생님, 독 날리는 거 멈추세요. 정말로 죽는다니까요! 제가 죽으면 여왕 폐하의 명령을 지킬 수 없게 되는데 괜찮나요! 그리고 아까는 절 가디언으로 인정한다고 하지 않았어요!"

"여기서 죽으면, 그 정도 인간이었다는 거다!"

"폭거잖아!"

힐끔 보이는 선생님의 검.

아까부터 나에게 독 안개를 날리고 있는 칼몸은 거무죽죽한 보라색으로 물들어 있었다.

저 검에 닿으면, 그대로 끝장이다.

도망치는 도중에 옆으로 잔잔한 시내가 보였다.

그러나 유우기리 선생님의 독 거품이 시냇물에 떨어진 순간, 투명한 수면이 보라색으로 물들더니 수십 마리의 물고기가 떠올랐다.

시냇물로 희석됐는데도 위력이 이 정도다. 저 칼이 몸에 닿으면 어떻게 되려나.

선생님의 위험함에 무언가 느낀 건지, 숲 오지에 숨어 있던 몬스터가 가끔 선생님을 공격했다. 그러나 그 결과는 확인할 것도 없다. 목을 누르면서 땅에 쓰러지고, 입에서 한심스레 침을 흘리고 있을 거다. 그런 몬스터의 무모한 자살공격 덕분에, 나는 간신히 선생님하고 일정한 거리를 유지하는 데 성공했다.

"선생님! 제정신으로 돌아오세요!"

도망치는 게 제일이지만, 선생님에게 계속 말하는 것도 잊지 않는다.

자기가 어떤 상태인지, 유우기리 선생님이 빨리 알아차렸으면 좋겠다.

"스로우 데닝! 살찐 주제에 의외로 체력이 있지 않나!"

숨을 있는 힘껏 들이쉬고, 다리에 활력을 넣었다.

"네! 체력은 유지하려고 했으니까요. 하지만 이런 꼴을 당할 줄 알았으면 다이어트를 더 할 걸 그랬어요! 하지만 유우기리 선생님! 아무리 생각해도 이 상황, 말이 좀 그렇지만 제가 선생님 정도의 기사한테서 도망쳐 다니는 게 이상하잖아요!"

"뭐가 이상하다는 거냐!"

"상태가 좀 좋기로서니 우리 사이의 힘의 관계가 흔들릴 리 없잖아요……. 계속 단련해 온 선생님이라면 자기 상태가 이상하다는 걸 얼른 알아차리시라고요! 선생님은, 영예로운 기사국가의 로열 나이트니까요!"

애니메이션 속에서 닥터 힐에게 조종당한 인간은 힘의 리미터가 해제되어 이성이라는 것이 날아가 버렸었다. 그리고 자신이 조종당하는 줄도 모르고, 죽을 때까지 마녀가 생각하는 그대로 움직인다. 그렇지만 자신의 상태가 이상하다는 걸 깨닫게 할 수 있다면――.

"선생님은 조종당하고 있어요! 상대는 도스톨 제국, 삼총사 중 한 명. 물의 마법 쪽으로는 나란히 설 자가 없다고 하는, 닥터 힐! 로열 나이트면서 선생님은——."

"닥쳐라——! 계속 도망치기만 하는 네 말 따위, 나에게 닿지 않는다!"

"꾸힉…… 꾸힉……."

그 후로도 유우기리 선생님과 술래잡기는 잠시 이어졌다.

이미 숲속이 아니라 수해다.

달빛도 안 들어오는 어둠 속을 상처 없이 도망쳐 다니기란 불가능하다. 나는 나뭇가지들이나 땅바닥에서 튀어나온 굵직한 뿌리에 몇 번이나 넘어져 상처투성이가 되면서도 계속 생각했다.

어째서 마녀는 선생님하고 접촉했지?

설마, 어둠의 대정령이 명령한 건가?

하지만 그렇다면 앞뒤가 안 맞는다. 어둠의 대정령은 최전선에서 군을 물리고 있었다.

……로열 나이트를 습격한 이유는 뭐지?

혹시 마녀의 독단적인 행동인가?

……아아 젠장! 전혀 모르겠다!

"……꾸히힉…… 꾸힉…………."

도망친다. 나는 그저 하염없이 계속 도망친다.

"……쿠꾸힉, 샬……롯…… 꿀꾸힉……."

그 폐허, 터미널에 있다간 싸우는 과정에서 샬롯에게 피해가 갈 가능성이 높았다.

그래서 샬롯 주위에 결계를 치고, 나는 그 장소에서 떠난 것이다.

"꿀꿀꾸후……."

그리고 커다랗게 우회해서 나는 다시 그 폐허로 돌아왔다.

밤의 달빛이 비쳐, 어둠 속에 가라앉은 것처럼 보이는 다 삭은 폐허 마을.

"터미널로 돌아왔나. 그러나 스로우 데닝. 이제 술래잡기는 끝인가?"

"……네, 끝입니다. 왜냐면 말이죠. 유우기리 선생님. 몰랐나요? 갑자기 격렬한 운동을 하면 몸에 안 좋아요……. 우리, 아직 스트레치도 안 했잖아요?"

"그러니까, 드디어 포기했다는 말이군."

"글쎄요, 그건 어떨지……."

그렇지만…… 좋았어.

샬롯의 모습이 사라졌다. 나는 그녀가 도망치는 데 필요한 시간 벌기에 성공한 모양이다.

최고의 시나리오는 바람의 대정령 씨가 구해냈다는 것인데…….

"그렇게 도망쳐 다니던 녀석이 갑자기 꽤나 여유를 부리고 있다. 그렇게 생각했는데, 그런 거였군. 모든 것은 네 종자가 이 자리에서 도망칠 시간을 벌기 위해서였나? 초조한 것처럼 보이지만, 꽤 이성적이군."

"제가 이성적인가요……? 하지만, 그건 선생님도 마찬가지 아닌가요?"

바람의 대정령 씨는 멘탈이 붕괴했지만, 샬롯을 구하기 위해서라면 금방 부활해서 달려와 줄 거라는 예감이 있었다.

왜냐하면 샬롯이 자기 목숨인 대정령 씨니까.

하지만 이걸로 알았다.

어째서 그 녀석이 그렇게 겁을 먹었는지.

한 번 휴잭에서 졌던 도스톨 제국의 마녀가 상대라서 그랬군.

"……내가 너와 마찬가지? 무슨 말을 하고 싶은 거지?"

"유우기리 선생님. 솔직하게 가르쳐 주세요. 벌써 깨닫고 있죠?"

"……."

나를 웃도는 힘을 얻었다는 사실. 샬롯을 인질로 잡는 비열한 짓.

도저히 로열 나이트가 할 짓이 아닌 행동에 아무런 의문도 없었던 유우기리 선생님.

도주하면서 몇 번씩이나 몇 번씩이나 선생님의 이상함을 계속 지적했다.

내가 아무 의미도 없이 선생님한테 말을 걸었다고 생각했냐?

"술래잡기를 하는 중간부터 조금씩 선생님의 마법이 날카로움을 잃어 갔어요. 내가 아는 한 그 녀석의 세뇌를 깨닫고…… 받아들인 사람 따위는 들어본 적이 없어요. 그렇지만……."

목적은 샬롯을 전선에서 이탈시키는 것뿐이 아니다.

유우기리 선생님을 조금이라도 제정신으로 되돌리기 위해서도 시간이 필요했다.

실제로 조금씩 선생님의 마법은 기세를 잃었다.

"……감사하진 않는다. 너 때문에, 내 최악의 기억이 떠올랐으니까."

"선생님. 대체 무슨 일이 있었어요?"

"생애 가장 최악의 기분이다. 독을 다루는 이 힘, 내 힘은 이렇게까지 역겨운 것이 아니었다. 어째서 잊었던 것일까? 조금 전에, 이 몸에 일어난 역겨운 그것을."

"그러면, 역시 선생님은――."

"나는 그 녀석의 힘을 한몸에 받았다. 그러니 아무 말 마라. 스로우 데닝. 자신의 몸에 무슨 일이 일어났는지는 나 자신이 누구보다도 이해하고 있다. 나는 이제 내일 아침 해도 볼 수 없겠지."

……난처하네.

이 사람, 벌써 전부 이해했다.

자기 몸에 무슨 일이 일어났는지. 어째서 자신이 평소 이상의 힘을 발휘할 수 있는지.

자기가 지금 충성을 맹세한 나라에 맞서고 있다는 것도 전부.

그리고 로열 나이트라는 신분상.

적국의 최대전력인 삼총사, 그중 한 명인 마녀의 힘도 충분히 알고 있는 거겠지.

"나는…… 유우기리 아사히라는 로열 나이트는 녀석에게 힘을 받은 순간 죽은 거겠지. 아무것도 마음대로 되지 않는 이 몸으로는, 충성을 맹세한 그분들을 만날 수도 없을 거다. 그렇다면, 마지막에 폐하가 내린 명령에 힘을 다하고 싶다."

"그렇지는……."

"스로우 데닝. 너에게는 민폐가 되는 거겠지. 그러나 용서해라. 나는 이것 말고는 살아가는 방식을 모른다."

자기 몸에 일어난 참상을 더 말할 생각은 없어 보였다.

모든 것을 납득하고 이 사람은 나와 마주 보고 있다.

그렇게 중요한가?

나를 가디언으로 이끄는 일이, 그런 것이 자기 목숨보다 중요한가?

"……선생님."

"너에게 부탁할 수 있는 입장은 아니지만—— 죽을 때는 로열 나이트로서 가슴을 펴고 싶다."

이제 선생님을 구할 수는 없다.

선생님의 몸에 달라붙은 저 역겨운 정령의 모습이 무엇보다도 웅변적으로 사실을 나에게 전달했다.

"하하, 적의 손에 떨어진 한심한 로열 나이트를 젊은 가디언이 치는 것이다. 스로우 데닝, 네 영웅록에…… 용살자에 이어지는 새로운 한 페이지가 추가되는 거지."

최악의 기분이었다.

마녀가 선생님에게 접촉한 이유, 선생님이 마녀에게 세뇌당하기에 이른 배경.

그것에 어둠의 대정령의 명령이 있었는지 아닌지는 상관없다.

애니메이션 속에서는 없었던 에피소드.

모든 것을 합쳐서 생각하면, 유우기리 선생님이 적에게 붙잡힌 원인은 나라고 확신할 수 있으니까.

"……정말 지독한 농담이네요. 선생님. 사람 웃기는 재능이 너무 없어요."

"그리 말하지 마라. 이래 봬도 네가 싸우기 쉽도록 배려하고 있으니까."

"그런 배려, 필요 없다니까요……."

마지막 수업, 선생님 주위에 모여든 모두를 떠올렸다.

후회가 있다면── 내가 더욱 선생님과 대화를 했어야 하지 않을까 하는 것.

"그러면, 유우기리 아사히가 하는 마지막 수업이다. 학생이 너 하나라는 것은 조금 쓸쓸하지만, 살아남고 싶다면 전력으로 덤벼라."

"나도 이런 장소에서 죽을 수는 없으니까요…… 각오하세요—— 중력 조작(그래비티 다운)."

흑룡을 떨어뜨린 그 마법을 뿜어내면서, 이제 와서 새삼…… 그렇게 생각했다.

●

샬롯은 폐허 안에 몸을 숨기고, 두 사람의 싸움을 가만히 보고 있었다.

그녀만은 로열 나이트의 몸에 무슨 일이 일어났는지를 알고 있었다.

"유우기리 선생님…… 어째서……."

붕괴한 벽 건너편.

건물 안의 벽에 몰래 고개를 내민 샬롯 앞에서 싸움이 펼쳐지고 있었다.

그렇지만 스로우는 유우기리 선생님의 공격이나 접근을 막기만 했다.

검에서 튕겨 날아가고 있는 무언가가 대지를, 폐허를, 식물을 썩게 만든다. 독? 멀리서 보는 샬롯은 잘 알 수 없었지만, 건드리면 무시무시한 일이 일어날 것 같았다.

그래서일까. 스로우는 전력을 다해 선생님의 공격을 막는 것처럼 보였다.

"……?"

그렇지만 이상하다.

샬롯이 들은 이야기로는, 어느 수업에서 스로우와 유우기리 선생님이 싸워서 선생님의 패배로 끝나 버렸다고 했다.

그렇지만 지금. 아무리 봐도 공세로 나서는 것은 유우기리 선생님 쪽이고, 스로우가 도망쳐 다니고 있었다. 싸움의 여파를 받아서 원래부터 무너져 가던 건물이 차례차례 무너지고 잔해가 흩어졌다.

"그럴 수가…… 이대로는 스로우 님이……."

전에 연습장에서 스로우와 유우기리 선생님이 수업 시간에 다투었다고, 스로우에게 직접 들은 것은 아니지만 그런 소문을 들었다.

그때는, 스로우가 유우기리 선생님을 압도했다는 이야기였을 것이다.

하지만 지금은 다르다.

이대로 가면 스로우가 진다. 샬롯조차도 확신할 수 있었다.

"——그만둬. 네가 할 수 있는 일은 아무것도 없으니까."

"어."

그것은 샬롯보다도 한층 자그마한 여자애였다.

긴 회색 머리칼, 동글동글한 회색의 커다란 눈동자가 가만히 샬롯을 보고 있었다.

자신과 마찬가지로, 붕괴한 벽에서 고개를 살짝 내밀고 전황을 관찰하는 모양이다. 그리고 무엇보다도 놀라운 것은, 여자애가 바로 옆에 있었다는 것을 깨닫지 못했다는 것이다.

"네가 끼어들면 스로우 데닝은 너를 지키기 위한 싸움을 시작할 거야. 그러면 균형이 무너져서 순식간에 승부가 끝날 거야."

"누…… 누구세요?"

직후에, 자신이 무슨 어리석은 질문을 한 걸까, 샬롯은 후회했다.

누구인가요, 라고 물어볼 것도 없었다.

인간의 형태를 하고 있지만, 그 아이가 인간이라고 잠깐이라도 생각했던 자신이 얼마나 어리석은지. 커다란 회색 눈동자가 바라보자, 그저 거기 있기만 해도 존재감에 압도된다.

이유나 이치를 넘어선 경외감.

마치, 사람이 아닌 존재를 보는 것 같았다.

"누구라고 생각해?"

"아——."

"있지, 누구라고 생각해?"

자그마한 여자애의 목소리에, 고동이 가속된다.

여자애 눈이 가늘어지자, 샬롯은 누가 심장을 움켜쥔 것처럼 오한을 느꼈다.

호흡을 못할 정도의 압박감.

"너. 바람의 대정령이랑 계속 같이 있었지? 그러면 사실은 이미 내가 누군지 아는 거 아냐? 있지, 안 그래?"

바람의 대정령은 말했다.

도스톨 제국을 다스리는 그 존재는, 만나면 금방 알 수 있다고.

사람의 모습을 하고 있지만, 한눈에 봐도 다른 존재니까.

조형에 일체 낭비가 없고, 사람의 아름다움을 초월한 완벽한 존재.

인형이라고 하면 순순히 납득할 수 있을 것 같은 여자애.

그렇지만, 그래도 만약 망설여지면 이름을 물어보면 대답해 줄 거라고 바람의 대정령이 말했으니까.

왜냐면, 인간을 초월한 그녀는 거짓말을 안 하니까.

"이, 이름을, 물어도……."

그때는 이유를 몰랐지만, 분명히 그 말이 맞았다.

자기보다도 훨씬 격이 낮은 상대에게 숨길 게 뭐가 있을까?

"나나트리쥬. 나나트리쥬."

그 이름을 듣고서 절망하면 되는 걸까?

남방의 4대국이 동맹을 짜고, 북방에서 침략을 꾸미는 그 나라에 대항하려는 준비를 갖추고 있었다.

기사국가 다리스 하나로는 도저히 대항할 수 없는 초대국. 도스톨 제국의 심장이라고 불리는 존재를 앞두고서, 그렇지만 샬롯은 겁을 먹지는 않았다.

"유우기리 선생님을, 원래대로 되돌려 주세요……. 부탁, 드려요……."

샬롯의 머릿속에 떠오른 것은 하나의 생각.

유우기리 선생님은 그 존재감이 흐릿한 여성에게 무언가 당하고서 이상해졌다.

그렇지만, 이 분이라면.

삼총사 위에 선 어둠의 대정령이라면 유우기리 선생님을 원래대로 되돌리는 것이 가능할지도 모른다.

왜냐하면 그 여성이 말했으니까.

자기 행동은 어둠의 대정령의 의사에 반하고 있다고.

"내 이름을 알고서 놀라지 않네? 휴잭의 공주는 근성이 있는걸."

"……어."

"아까 바람의 대정령이 나를 발견하고서는 공격해 왔어. 두들겨 패 줬는데, 너에게 손대지 말라고 하더라? 그보다도 너한테 물어보고 싶은 게 있어. 네 고향을 멸망시킨 건, 간단히 말하면 저 기사를 세뇌시킨 내 부하야. 내가 직접 명령한 건 아니지만, 간접적으로는 나한테도 원인이 있어. 샬롯 릴리 휴책. 나는 너의 적이란 말이지. 너는 적에게 매달리는 거야?"

갑자기, 끓어오르는 감정.

망국이 된 고향, 고독의 원인, 모든 원흉이 눈앞에 있다.

정상적인 판단을 할 수 있을 리가 없다. 그렇다. 모든 것은 이 어둠의 대정령에게서 시작된 것이다.

왜냐면, 본인이 그렇게 말했으니까.

"너는 선택할 수 있어. 나를 적대하거나, 아니면—— 저 애를 구해 달라고 적인 나에게 고개를 숙이거나."

"스로우 님을, 구해주세요."

그렇지만 샬롯은 마음을 굳혔다.

망설임은 없었다.

샬롯에게 중요한 것은 과거가 아닌 지금. 휴잭에서 그녀는 배웠다. 과거에 얽매이는 것보다도 중요한 것이 있다. 미래로 이어지는 지금을 있는 힘껏 살아가기로 정했다. 짧은 기간이지만 공작가로 돌아갔고, 스로우는 자기 방에 틀어박혀 있기만 했지만 수많은 가족들이 앞으로도 스로우를 부탁한다고 했다.

그 천재일우의 때를, 놓칠 수는 없었다.

"절호의 기회야. 지금 내가 무방비한 상태로 눈앞에 있으니까. 그래도——."

"이야기라면 나중에 얼마든지 할 수 있어요. 하지만 지금은 시간이 없으니까요."

"적어도 지금 상황이 어느 정도 심각한지는 이해하고 있구나. 그렇지만 이해는 일치됐네. 나는 내 부하를 막기 위해서 여기에 찾아왔어. 스로우 데닝이 죽으면 곤란하거든. 그러면 일단 저 기사를 약하게 만들어야 해. 작전은——."

"기다려 주세요. 아직 또 부탁이 있어요……."

"부탁? 너, 자기 입장 이해하고 있어?"

"……유우기리 선생님도, 구해주세요……. 부탁드려요……."

강함이란, 마음이다.

어둠의 대정령은 당혹했다.

이 애는 욕심이 많다. 그녀를 상대로 한 걸음도 물러서지 않는다.

도스톨 제국에 그녀에게 이렇게까지 억지를 부릴 수 있는 애가 있을까?

"재미있잖아—— 마음에 들었어."

바람의 대정령은 이렇게도 말했다.

그녀는 밉살맞지만 미워할 수 없는, 열 받는 존재라고.

어둠의 정령이면서 모든 속성의 마법을 다스리는 이색적인 존재가 샬롯에게 말했다.

"잘 들어, 샬롯. 모든 건 네가 스로우 데닝을 설득할 수 있는지 없는지에 달렸어."

●

“역시 중력 조작을 계속하는 건 힘들어…… 흑룡 때는 바람의 대정령 씨가 조금 지원해 줬었는데…….”

나는 이 자리에서 유우기리 선생님을 죽여야 한다.

로열 나이트인 선생님이 도스톨 제국의 사람에게 조종당했다는 일이 드러나게 되면, 부전의 맹세 따위 믿을 수 없다는 소리가 나오고 전쟁을 피할 수 없다.

“젠장…… 안 되나! 마녀의 마법은 선생님이 정신을 잃어도…… 아무것도 변하질 않아…….”

하지만, 할 수 있을까?

설령 적의 손에 떨어졌다고 해도, 상대는 선생님이잖아?

그렇지만 선생님은 이미 모든 것을 각오하고 있었다. 이제와서 무엇을 망설일 필요가 있을까? 그리고 이건 선생님의 의지이기도 한 것이다. 로열 나이트로서 적에게 조종당한다는 것이 얼마나 큰 치욕일까?

——하는 수밖에 없다. 내가 각오를 굳히고, 그녀의 살해를 결의했을 때였다.

“——스로우 님! 할 얘기가 있어요!”

이미 이 자리에 있을 리 없는, 그녀의 목소리.

반사적으로 그녀를 찾고, 발견했다.

“샬롯! 어째서 안 도망쳤어!”

그녀는 기울어져서 당장 무너질 것 같은 폐허의 2층, 부서진 벽에서 고개를 내밀고 있었다.

도망치지 않는다면 그래도 된다. 하지만 숨어 있을 거면 계속 숨어 있어야 한다.

나는 어째서 지금 이 타이밍에 나왔냐고 야단을 치려고 했는데——.

그녀 옆에 있는 자의 모습을 응시하고, 벌어진 입이 다물어지지 않았다.

"네 옆에 있는 그 녀석이 누구인지—— 알고 있어!"

"스로우 님! 이건, 아니에요!"

"샬롯, 지금 당장 거기서 도망쳐!"

내 목소리를 듣고도 샬롯은 움직이지 않았다. 대체 무슨 생각을 하는 거야.

혹시 샬롯은 깨닫지 못했나? 옆에 선 여자애가 누군지? 아니, 깨달았을 거다. 저건 사람의 모습을 하고 있지만 사람이 아니다.

바람의 대정령 씨도 금방 알 수 있다고 했었잖아.

근데 어째서지? 어째서 네가 거기 있는 거야!

"나나트리쥬! 샬롯한테서 떨어져!"

"스로우 님! 그러니까 제 이야기를 들어주세요!"

도스톨 제국의 보스. 저게 이 자리에 있다는 말은, 유우기리 선생님이 마녀에게 조종당한 것도 전부 어둠의 대정령이 지시한 거란 말인가?

생각할 수 있는 한 최악의 사태다.

왜냐면 이것도 전부, 우리를 기만하기 위한 수단이었다는 거니까!

도스톨 제국의 사자가 전달했다는 앞으로의 평화도, 모두 거짓말이었다는 거니까!

"어이, 나나트리쥬! 유우기리 선생님을 조종하는 그 녀석은 네 부하잖아! 전부 거짓말이었냐! 대답해라, 나나트리쥬! 이게 어떻게 된 거야!"

"……시끄러워라."

목소리를 높이지도 않았는데, 어둠의 대정령이 하는 말이 똑똑히 들린다.

잘 들리기 때문에── 부조리한 행동에 분노가 멎지 않는다.

"뭐가 시끄럽다는 거야! 이쪽이야말로 네 부하의 행동 때문에──."

"그건 내가 명령한 거 아니야. 하아, 제멋대로 말하는구나."

"제멋대로라고?! 어느 입으로 그런 말을!"

"조금은 이 애처럼 냉정해져 보렴. 있지, 그렇게 생각지 않아? 샬롯."

"스로우 님. 믿을 수 없을지도 모르지만, 이분은 우리편이에요!"

"뭐, 뭐야아아아아??"
어둠의 대정령이 우리편?
적이야 적. 그 녀석은 압도적으로 적이야!
혹시 속고 있나? 아니, 그런 기색은 없다. 샬롯은 냉정하다. 유우기리 선생님이 이상하다는 걸 깨닫는 데는 다소 시간이 걸렸지만, 내가 샬롯의 변화를 눈치 못 챌 리가 없어.
"그러면, 이건 어떻게 된 거야! 네 부하, 도스톨 삼총사 중 한 명이 유우기리 선생님을 조종하고 있잖아! 발뺌할 수 있으면 해 봐!"
내 마법, 중력 조작으로 땅바닥에 붙박혀서 의식이 흐릿한 유우기리 선생님.
지금 유우기리 선생님은 온몸이 압박되고, 짓눌리는 감각을 맛보고 있을 것이다.
보통 마법사라면 진작에 몸이 대지에 늘어지고 의식 따위 놓쳤을 텐데…… 꽤나 터프하다. 그러나 진심으로 전력을 담았는데도 손바닥으로 땅바닥을 콰득콰득 긁어대고 있다. 진짜로 호러다.
"나도 모든 걸 관리할 수는 없어…………. 이건 제네라우스에서 일어난 일이랑 같은 거야. 뭐, 너한테 말해도 이해 못하겠지만."
나는 그 말만 듣고서, 어둠의 대정령이 무슨 말을 하려는 건지 이해했다.

제네라우스에서 일어난 싸움.

리빙 데드가 어둠의 대정령이 내린 명령을 무시하고 독단으로 나선 것을 알고 있었다.

"——윽."

"괴로워 보이네. 스로우 데닝."

"이게 네 의지가 아니라면 구해줘! 거기서 보기만 하지 말고!"

선생님의 움직임을 막고 있는 중력 조작.

그건 그 흑룡을 떨어뜨린 힘에도 필적한다. 그렇지만 선생님은 당장에라도 부활할 것 같다…….

"그건 힘들겠네."

"어째서인데! 네 명령을 무시하고 있는 거라며!"

"너는 내 부하를 두 명이나 해치웠는걸. 어째서 도와줘야 하는 건데……. 그리고 구해달라고? 너라면 알아서 할 수 있을 거야."

어둠의 대정령이 뭘 말하고 싶은 건지 모르겠다.

저 녀석이 샬롯 옆에 있는 것도, 모든 것이 이해의 범주 바깥이라서 나는 이제 벅차다고! 세계가 평화로 가고 있는 줄 알았는데, 어째서 제국의 최중요 인물이 두 명이나 내 앞에 나타나는 거야!

내가 뭘 했다고 그러는데!

"스로우 님, 믿어주세요! 나나트리쥬 님은 우리편이고……

유우기리 선생님한테 다가가면 알 수 있을 거라고 했어요!"

"……."

평소에는 절대로 이런 무모한 짓 안 한다.

적이 하는 말을 무조건 믿는다니, 스스로도 제정신이 아니라고 생각한다.

하지만, 샬롯이 말했잖아.

"……자세히 말해 봐."

"어머. 이상하게 순순해졌네."

"입 다물어. 나는 네가 아니라 샬롯을 믿은 것뿐이야."

"스로우 님! 나나트리쥬 님은 유우기리 선생님한테 더 다가가라고 했어요!"

…………농담이지?

지금의 유우기리 선생님 품으로 파고들라니! 검의 간격에 들어가면 나 같은 건 한순간에 목이 달아나는데? 그리고 선생님은 독을 쓴다. 거리를 줄이는 건 자살행위——.

"……."

나는 그 자리에서 한 걸음도 움직이지 않고, 드디어 선생님이 내 마법을 이겨내기 시작하는 그때까지 계속 고민했다. 이대로 영원히 대지와 키스를 하고 있으면 기쁠 것 같은데——아무래도 그건 이룰 수 없는 바람이겠군.

"칫, 시간이 다 됐어!"

"스로우…… 데닝! 이것이…… 학원을 구한 힘인가! 그러나 흑룡을 상대로 뽑어낸 마법을 나에게 쓰다니…… 참 심한 녀석이군."

"전력으로 덤비라고 말한 건 선생님이니까요……."

"하핫, 그것도 그렇군. 근데 잠시 의식을 잃고 있었다만, 지금 누군가와 이야기하지 않았나?"

"이 빌어처먹을 상황을 매도하고 있었을 뿐입니다!"

"……그렇군. 서로 참 난처한 상황이야."

유우기리 선생님이 있는 곳에서는 폐허에 숨어 있는 샬롯이나 어둠의 대정령 씨의 모습이 보이지 않는다. 어둠의 대정령 씨가 건물에 인식 저해 마법을 걸고 있는 모양인데, 덕분에 방금 서로 악다구니를 친 것마저도 선생님은 눈치채지 못한 모양이다.

고맙기는 하지만, 그건 선생님의 목숨이 정령에게 좀먹히고 있다는 사실에도 영향을 주고 있었다.

그리고, 일어서 버렸잖아……. 빌어먹을.

"하지만 선생님. 이 짧은 시간에 일어서다니 흑룡 이상인데요……."

"하하, 지금의 나는 흑룡 이상인가! 그나저나 한 가지 알려다오, 스로우 데닝. 너 정도로 힘을 가진 인간이라도 지금의 나는 두려운가?"

"네……. 엄청 무서워요. 선생님이 가진 검에서 날아오는 독, 거기에 닿으면 나는 이제 끝장이니까요."

"역시 그런가……. 그러나, 지금의 나에게는 말이다. 이 행동이 너무나 당연해서 지금의 모습이 본래의 자신이라고 인식하고 있다. 이상하다고 생각하면서, 나는 자신의 행동에 의문이 없어. 마음이 부서진다는 것은 이런 상태를 말하는 거겠지."

"……."

"나는 이미 기사로서, 귀족으로서, 사람으로서, 살아갈 가치를 잃은 여자다."

"……."

"스로우 데닝. 너에게는 힘이 있다. 지금의 내가 가진 가짜하고는 다른, 진짜 힘이다."

제네라우스에서 다툰 드라이백 슈타인펠트 때하고는 크게 다르다.

지금 내가 상대하는 건 이성을 되찾은 상대다.

"이제, 도망치지 않는군."

"네. 지금의 선생님 상대로 도망칠 수는 없어요."

유우기리 선생님은 자신의 목숨이 얼마 안 남았다는 것을 깨닫고 있었다.

그런 선생님에게서 도망칠 수 있을 리 없다.

그리고 더 가까이서 보면 뭔가 알 수 있다고 샬롯도 말했다.

근거는 필요 없다.

나는 샬롯을 믿고 있다. 그리고 더 이상 도망쳐 다니고 싶지 않았다.

"내가 죽는 것이 먼저일지, 네가 죽는 것이 먼저일지. 그러나 만약 네가 이긴다면…… 나를 죽일 때는 한순간에 부탁하지. 사실 아픈 건 거북하다."

"……뜻밖이네요. 그거, 학원 애들한테 말해도 돼요?"

"그만둬라. 마지막에 학생들의 추억에 남는 수업을 할 수 있었다. 그 이미지를 무너뜨리지 마라."

"여기서니까 하는 얘기인데요. 난 선생님이 그렇게 모두에게 인기가 있을 줄은 몰랐어요."

"나도 그렇다. 학생들에게 미움받고 있다고 생각했다. 수업이 그랬으니까……."

유우기리 선생님은 지금도 내 중력 조작의 영향을 받고 있다.

그래도 나와 거리를 좁히기 위해서 한 걸음 두 걸음, 전진한다.

"그렇지만, 너에게는 마지막까지 미움받았지."

"자각이, 있었나요."

"당연하지……. 누가 뭐래도 너는 미래에 카리나 공주님의 가디언이 될 사람이니까."

도스톨 제국의 마녀가 가진 힘. 온갖 정령이 선생님의 몸에 몰려들고 있었다.

이렇게 복잡한 마법은 본 적이 없다.

이걸 해제하려면…… 만신창이인 지금의 나로서는 도저히 불가능하다.

"그러고 보니 나, 선생님한테 할 말이 있었어요."

북쪽의 마녀는 사람의 약점을 파고들어 세뇌를 시작한다.

크루슈 마법학원에 막 찾아왔을 무렵의 선생님은 이곳에 적응하지 못하고 불안정했다고 들었다. 마녀는 로열 나이트로서 살아온 선생님의 약한 부분을 노리고 접근한 거겠지. 마녀는 애니메이션에서도 비슷한 수단으로 슈야의 동료를 끌어들였으니까.

"선생님 덕분에, 떠올리기도 싫은 과거에 고통 받고 있던 모두가 구원을 받았어요. 내가 말하는 의미, 알고 있겠죠."

"……내가 아니다."

"아뇨, 전부 들었어요. 선생님이 티나에게 괴로워하는 학생을 소개해 달라고 부탁했다면서요. 그리고 티나가 그랬어요. 유우기리 선생님은 엄격한 선생님의 얼굴을 하고 있을 때랑, 그렇지 않을 때가 있다고. 선생님이 아닐 때의 당신은 대단히 상냥한 사람이라고—— 선생님은 가디언으로 선택된 나를 대단히 걱정하고 있었다고. 티나에게 듣고서 간신히 알았어요, 선생님은 나한테……."

"……."

"기사로 살아가는 괴로움을, 조금이라도 나에게 가르쳐 주려고 했어요. 그건 가디언으로 선택되지 못한 질투 같은 게 아니죠. 아무것도 모르는 나에게…… 가디언이 되는 괴로움을 알려주고, 포기하게 만들려고 했어요. 유우기리 선생님, 틀렸나요?"

"……."

그랬다.

유우기리 선생님은 나를 시험하고 있었다.

가디언이 되는 괴로움을 누구보다도 알고 있으니까, 나에게 그 각오가 있는지를 물었다.

하지만 아마도. 유우기리 선생님은 너무 서툴렀다.

"당신이 가르치는 방식으로는…… 알 수가 없어요, 유우기리 선생님."

"…………조금 더 있으면, 내 검이 직접 닿는다. 지금의 나를, 어떻게 공략할 셈인지 말해 봐라."

"실은, 선생님도 떠올리지 못하는 비책이 있어요."

"그렇군……. 그러면, 됐다."

어둠의 대정령은 선생님에게 다가가면 나에게는 보일 거라고 했다.

그렇지만 알 수 없다.

눈에 비치는, 저 복잡한 마법에 사로잡힌 선생님을 보고 나는 그저 절망할 뿐이다.

그것을 발견할 때까지는—— 그렇게, 생각했다.

"어서…… 나를 죽여라, 스로우 데닝."

「스로우 데닝. 아직 아무것도 모르겠다면, 힌트를 줄까?」

정령을 통해 어둠의 대정령이 속삭이는 목소리.
그것은 대단히 매력적인 제안이지만—— 필요 없어졌다.
내 눈에는 정령이 보인다.
그래서 깨달았다.
정말로, 미약한 흔들림.

「눈치챘구나. 그 여자, 아직 싸우고 있어. 포기할 줄 모르는 것도 정도가 있어야지.」

마녀는 지금도 힘을 쏟아부으며 선생님을 장악하고 있었다.
그러나, 역겨울 정도로 강력한 마법 안에 한순간 흔들림이 생기는 타이밍을 찾았다.
그것은 물과 빛과 바람.
유우기리 선생님의 가계에 이어지는 세 가지 마법 속성.

"……이제, 충분하다. 스로우 데닝. 더 이상 나를 욕보이지 마라."

「안쪽에 생긴 작은 뒤틀림. 정령이 보이는 너라면, 승기로 바꿀 수 있겠지?」

한번 받아들이면 승산이 없다.

나조차도, 유우기리 선생님이 완전히 마녀의 손에 떨어졌다고 생각했다.

그렇지만—— 이 사람은 계속 저항하고 있었구나.

마녀 프란시스카의 마법은 너무 복잡해서, 바깥쪽에서 파괴하는 것은 불가능.

그러나 미약하게라도 내부로 이어지는 구멍이 있으면 난이도는 쭉 내려간다.

유우기리 선생님이 열어준 돌파구, 공략할 실마리를 발견했다.

「하지만 중력 조작에 집중하고 있는 지금의 네게는 힘들겠지? 거리도 그렇고.」

……무시무시하군. 어떻게 그것까지 아는 거야?

나는 지금 선생님의 발을 묶는 것도 벅차서, 다른 마법을 거듭하는 것은 불가능하다.

애당초 격이 높은 상대에게 이 정도의 시간 동안 버틴 것부터가 기적이란 말이지.

「그러니까, 내가 그 녀석의 움직임을 막아 줄게. 하지만 내 존재를 알리는 건 아슬아슬한 순간까지 피하고 싶어. 그러니까, 알겠지?」

정말로 감탄스럽다. 어둠의 대정령 씨는 뭐든지 다 아는 모양이군.

마녀의 마법을 웃돌기 위해서는—— 최대한 유우기리 선생님에게 다가갈 필요가 있다는 것을.

선생님의 정면이 이상적이지만…… 거기까지 다가가면 선생님의 검도 내 몸에 닿아 버린다. 그러면 마법을 해제할 틈도 없이 내 목이 풀썩 떨어지겠지.

그렇기에, 어둠의 대정령 씨의 제안이 얼마나 두려운 일인지…….

「내 제안에 찬성한다면, 그런 여유 없는 표정 말고 한번 웃어 보렴.」

이해했다.

이것은 마녀와 싸우는 것이 아니다.

내가 어둠의 대정령을, 샬롯을 믿을 수 있는가 없는가의 선택.

그렇다면 이제 망설이지 않는다.

한 걸음, 한 걸음. 확실하게 다가오는 선생님은 두렵지만 본심도 확실히 보였으니까.

그래서 나는 웃었다.

"……."

유우기리 선생님의 뒤쪽, 폐허 안에서 샬롯이 뭔가 제스처로 전하려고 한다.

저건…… 역시…… 도망치라고 하는 걸까?

그건 안 돼.

도망치면 안 돼, 샬롯.

왜냐면 유우기리 선생님이 싸우고 있다.

자기 목숨을 버려서라도 나에게 마지막 수업을 해 주고 있다.

유우기리 선생님은 수업에서 언제나 말했다.

나에게 각오가 있느냐고.

언제나 시끄럽다고 흘려들었지만, 선생님은 진심이었다.

내 미래를 진심으로 염려해 준, 단 한 명의 아군이었다.

"선생님은 보기보다 훨씬 상냥하고, 겁 많은 사람이라는 걸 드디어 알았어요. 로열 나이트 같은 일, 근본적으로 적성에 안 맞아요."

"……너는 정말로 도망치지 않는군."

"도망 안 쳐요. 나는 비뚤어진 유우기리 선생님의 본심이 확실하게 보였으니까요. 그리고 사실은 한계거든요. 선생님한테 쫓기면서 잔뜩 달렸으니까 체력이 한계입니다."

"……그래서 내가 방만한 생활을 하지 말라고 계속 말하지 않았나?"

"정말로, 그렇네요."

어느새, 눈앞에 검을 든 선생님이 있었다.

내 중력 조작은 완전히 깨졌다.

마녀의 힘, 무시무시하군.

"더 빨리 너에게 전했어야 했다. 가디언 같은 건 바보나 하는 일이라고. 너는 자기 행복만 생각하면 된다고. 그 종자와 함께 외국으로 도망치는 게 좋았어."

유우기리 선생님이 또다시 허리의 검에 손을 댔다.

천천히, 천천히 뽑아서—— 내 목덜미에 칼날 끝을 겨눈다.

조금만 힘을 주면 이제 내 목은 간단히 떨어질 거다.

"선생님을 오해하고 있었어요. 선생님 이상으로 나를 생각해준 사람은 없었거든요."

"깨닫는 게 너무 늦었군……. 그러나, 이제 나도…… 몸을 억누르는 게 한계다……."

"신기하네요. 그렇게 지긋지긋했는데, 나는 지금 선생님을 구하고 싶다고 진심으로 생각하고 있어요."

"……그런가. 나도 신기하게 기분이 나쁘지 않다. 그렇지만, 무리다. 이 손은 지금도 너를 죽이기 위해서…… 이제 막을 수가 없다."

웃으면서, 울고 있다.

유우기리 선생님의 그런 표정을 본 것은 이 세상에서 아마 단 한 사람.

——나뿐이겠지.

"선생님은 학원의 학생을 구하기 위해서 악랄한 마녀의 힘을 빌렸어요. 그렇다면, 나는 당신을 구하기 위해서 더욱 깊은 어둠과 손을 잡겠어요. 선생님의 죄가 흐릿해질 정도로 거대한 악과——."

"근성이 좋구나, 기사국가(다리스)의 전속성!"

그 목소리는 지금까지와 달리, 정령을 통한 속삭임이 아니었다.

실제로 내 귀에 닿은 그 목소리는, 세상에서 가장 악명 높은 마법사의 목소리였다.

"배턴 터치야! 이제부터는 내가 어떻게든 할게!"

아마도, 조심성이 많은 마녀 프란시스카에게 들키지 않기 위해서겠지.

강력한 인식 저해 마법으로, 강하게 의식하지 않으면 감지할 수 없는 폐허 안에서 계속 숨어 있던 도스톨 제국의 사령탑.

어둠의 대정령은 안전지대를 뛰쳐나와서, 유우기리 선생님의 등 뒤에 서 있었다.

마치 나와 그녀가, 유우기리 선생님을 협공하는 것 같은 위치다.

“영구한 땅(도스톨)에서, 인연을 자아낸다.”

“――윽!”

선생님에게 몰려드는 정령들이 갑자기 활발해졌다.

그것은 마치, 자기들은 상관 없다며 나나트리쥬에게 용서를 구하는 움직임.

그렇지만, 그녀의 작은 모습을 두려워하는 건 나도 마찬가지다.

이 거리로 다가올 때까지, 나도 어둠의 대정령이 접근하는 걸 깨닫지 못했으니까.

“모두에서 하나로, 어둠에서 불꽃으로.”

맑은 목소리는 노랫소리 같았다.

산들바람에 맞추어 그녀의 머리칼이 흔들린다.

나는 그저 멍하니 하늘을 올려다 보았다.

왜냐면…… 불똥이 하늘로 날아올라, 말도 안되게 커다란 문양을 그리고 있으니까.

“프란시스카, 이건 벌이야.”

하늘에 눈이 어지러울 정도로 붉은 문자가 빛을 뿜었다.

선생님을 장악한 마녀가 대책을 취하려고 움직이지만 너무 늦었다.

“반성하도록 해―― 대초토(프로미넌스).”

하늘에 갑자기 나타난, 소형 태양.

밤의 어둠을 찢어버리는 빛이, 유우기리 선생님의 몸에 쏟아져 내렸다.

"노, 농담이지! 이거!"
갑자기 나타난 화염 덩어리를 직시하자, 시야가 한순간 새하얘졌다.
"저 정도 마법을, 이렇게 한순간에 행사할 수 있는 거냐……."
어둠의 대정령은 자기가 한 말을 실행하는 행동파다.
부하의 잘못은 자기가 결판을 낸다.
그래서 제네라우스에서 드라이백이 명령을 위반했을 때, 그녀는 혼자서 찾아온 것이다.
그렇지만―― 이 정도까지 하는 거냐.
"유우기리 선생님! 괜찮아요?!"
아직 시력이 완전히 돌아오지 않았지만, 내가 마지막으로 본 선생님의 모습.
하늘을 태워버리는 극광이 선생님에게 쏟아져 내렸고, 지금도 선생님이 괴로워하는 목소리가 들린다.
마치 시간이 역행한 것처럼 아직도 하늘에는 태양이 현현하고 있다.
세상에서 그림자가 모두 소멸한 것처럼, 태양이 존재를 과시하고 있었다.
그리고, 나는 어둠의 대정령이 행사한 마법의 의미를 완전히 이해했다.

지금도 존재감을 과시하고 있는 태양은 유우기리 선생님 안에 숨어 있는 누군가의 존재를 폭로하는 것.

"스로우 데닝! 네 적이 어디 있는지, 이제 보이지!"

어둠의 대정령 말이 맞았다.

이미 프란시스카의 마법에 빈틈이 생겨 있었다. 수많은 마법을 거듭해 놓은 지극히 성질이 나쁜 마법 안에 선생님이 돌파구를 만들고 있었다. 유우기리 선생님 안에서 마법이 날뛴다. 느껴진다고. 마녀 프란시스카. 너 지금 필사적으로 힘을 쏟아붓고 있지? 하지만 유감인걸. 어둠의 대정령이 쓴 마법은, 네가 도망칠 장소를 완전히 소멸시켰어!

"이제 곧 나올 거야! 각오하렴!"

형세가 안 좋다고 생각했을까? 이 자리에 남은 유일한 그림자, 선생님의 발치에 존재하는 작은 그림자가 꿈틀거리더니 평면에서 입체로 모습을 바꾸었다. 흑색 덩어리가 선생님의 발치에서 흘러넘쳤다.

그것이 바로, 어둠의 대정령이 말한 힌트.

다가가자 알았다. 선생님 발치에서 꿈틀거리는 이질적인 그림자가 있다는 걸.

그것은 어떤 말을 써도 표현할 수 없는, 실체화된 광기였다.

그리고 지금. 정령을 붙잡은 검은 그림자의 손이 나에게는 똑똑히 보인다.

애니메이션 지식이 있으니까 알고는 있었지만, 너무나 역겨워서 눈을 감고 싶어졌다.

"——맹주님. 설마 적과 손을 잡다니!"

꿈틀거리는 그림자 속에서 쑤욱 그녀가 나타났다.

검은 그림자가 사람 모양을 만들고, 흐릿한 여성의 윤곽이 출현했다.

그림자에 숨은 마녀. 이것이 바로 도스톨 제국 삼총사 중 한 명. 닥터 힐의 정체다.

하지만 분한걸. 닥터 힐은 내가 아니라 어둠의 대정령만 노려보고 있었다.

이 지경에 이르러서도, 이 정도로 다가가도…… 나는 무시할 수 있는 상대라는 거구나.

——날 얕보다니.

"물러나세요, 소년. 당신은 기사국가에서 대단한 재능을 가지긴 했습니다만, 저와 당신의 힘에 얼마나 차이가 있는지는 이해하고 있겠죠? 당신 상대로 내 승리는 흔들리지 않아요."

삼총사, 프란시스카.

약팔이의 창설자이자, 평생 무패의 마법사.

분명히 너에게 나는 보잘것없는 상대겠지.

어쩔 수 없다. 당연하다.

왜냐면 나는 이 녀석에게 조종당하는 유우기리 선생님조차 전혀 상대할 수 없었다.

“그러나 당신을 한순간에 뭉개는 건 어려울 것 같아요. 그렇다면 제안을 하죠. 순순히 비킨다면 놓아주겠어요. 자, 비키세요. 목숨은 누구에게나 소중한 것이죠?”

그렇지만 노페이스부터 시작해서 세피스 펜드래건, 흑룡에다가 제네라우스.

싸움의 기억, 사투를 반복한 경험이 내 마음에 축적되어 있다.

“물러날 수는 없지. 아직 할 일이 남았거든.”

“스스로 살 길을 버리다니 개탄스러운 일이군요. 그러면 가르쳐 주시겠어요? 맹주님이 조력하지 않았다면 나와 대면하지도 못했을 사람이 나를 상대로…… 뭘 할 수 있죠?”

유우기리 선생님의 그림자에 숨어 있을 때와 달리 마녀는 지금 내 눈앞에 실체가 되어 존재한다.

나는 너를 유우기리 선생님 안에서 끌어내지도 못했지만, 지금이라면 할 수 있는 일이 있다.

“……네 여유를 없애 주지.”

“걸작이군요. 북쪽에서는 당신 정도의 마법사를 몇십 명이나 해치웠는지…….”

이 녀석은 어둠의 대정령이 나타난 뒤로 나를 일절 보지 않았다.

지금도 계속 어둠의 대정령만 의식하고 있는 걸 알고 있었다.

“약자일수록 잘 짖는 법……. 그야말로 당신을 말하는 거로

군요. 남방의 용살자(드래곤 슬레이어)."

보잘것없다고 생각하기에 구축할 수 있었다.

어둠의 대정령 씨가 마녀가 도망칠 장소인 그림자를 빼앗았다면, 나는 그보다 더 상책을 쓰자.

절대 놓치지 않는다는, 굳은 신념을 이 마법에 담자.

그것은 하늘에 떠오른 태양과 상반되는 힘.

"말뿐인지 아닌지, 확인해 봐―― 대빙하(블리자드)."

그것은 생물의 천적인 냉기, 하늘에 떠오른 열과 상대되는 힘.

대지가 얼음으로 아름답게, 환상적으로 바뀌어 간다.

나는 선생님의 그림자를 짓밟고서, 주변 대지 일대를 어디까지고 얼려 버렸다.

그렇지만 목적은 어둠의 대정령 씨가 만들어낸 마법에 대항하는 것이 아니다.

그건 마녀의 도주로인 그림자를 지우는 것이 최대의 목표고, 내 마법은――.

"……아차!"

아직도 흐릿하게 보이는 마녀의 태도가 표변했다.

무슨 일이 있어도 그림자 속으로 이동할 수 없다. 내 절대적인 의지를 나타내기 위한 마법.

단단히 굳어버린 땅이, 어둠의 대정령 씨의 마법 탓에 현계한 이 녀석에게 결정타가 된다는 걸 나는 알고 있었다.

"어이. 날 더러 보잘것없다고 지껄여 놓고서, 뭘 그렇게 당황하는데?”

기껏 세상이 평화를 향해 움직이고 있단 말이다.

뇌리에 떠오르는 지금까지의 모든 것.

내 피가 스며든 고생을…….

어디서 갑자기 튀어나온 캐릭터가 방해하게 두겠냐고.

“……맹주님! 이것은, 지나치신 것이 아닌가요……? 대체, 제 정보를 얼마나 적에게 흘리신 건가요!”

“이걸로 도망칠 수 없어. 네 본체는 언제나 그림자에 있으니까.”

마녀의 시야에 확실하게 내가 비친다.

어둠의 대정령의 마법에 계속 대처하는 삼총사 중 한 명. 닥터 힐이라고 불리며, 홀로 북방의 나라들을 함락시킨 여자의 어두운 눈동자에, 공포가 깃드는 그 순간을 놓치지 않는다.

그림자가 이어지기만 하면, 그림자 속을 이동하여 어디로든 도망칠 수 있는 마녀.

“이 얼음, 대체 어디까지 이어지는——.”

“——어디까지고 이어진다! 자, 이제 도망칠 수 없어!”

“맹주님의 지원이 없으면 아무것도 못하는 주제에 용케도! 네, 알고 있어요. 미궁도시에서 어떻게 드라이백이 패했는지!”

마녀도 항상 자신에게 인식 저해 마법을 걸고 있겠지만…….

동요한 지금은 확실하게 그 표정을 살필 수 있다.

절세의 미녀가 표정을 일그러뜨리고, 표정만으로 나를 죽일 것 같았다. 하하, 엄청 무서운데.

"스로우 데닝. 이 상황은, 당신이 만들어낸 것이 아니야——."

"시끄러워, 그래 맞아! 네가 말한 그대로다! 나는 도저히 이 자리에 서 있을 마법사가 아니지. 너랑 비교하면 엄청 격이 떨어지니까! 전부 알고 있어, 그러니까 입 다물어!"

난, 정면으로는 도저히 이 적을 당해낼 수 없다.

내가 제네라우스에서 드라이백을 상대로 승리한 것은 모두 엘드레드가 협력해 준 덕이다. 그건 내 힘이 아니라 엘드레드에게 빌린 힘이다.

그런 건, 누구보다도 잘 알고 있어.

나는 약하다.

이 세상에 살아가는 진짜 강자들과 비교해서, 나는 너무나도 약하다.

노페이스나 세피스 펜드래건.

중견을 압도할 수는 있어도, 이 세계를 바꿀 수는 없다.

내 힘은 너무나도—— 어중간하니까.

"잘 들어, 나는 말이다! 내 막무가내를 밀어붙이려고! 지금까지 모든 것을 이용해 왔다——!"

머릿속에 떠오르는 기억.

절대적인 어드밴티지. 이런 힘을 받고서 지는 건 불가능하다.

"앞으로도 똑같아! 나는, 내 막무가내를 위해서라면——!"

도망칠 곳을 잃고, 지금도 하늘에 떠오른 태양의 직격을 받

아내는 마녀.

이 녀석은, 이제 내 말 따위 안 듣고 있겠지만.

그래도 말해야만 했다.

나는 약하다.

그렇기에, 또 하나의 세계에서.

그쪽에서는 꼴사납게 발버둥치면서, 홀로 싸우다가 졌다.

"이루지 못한 이상을 성취하기 위해서라면 악마라도 손을 잡겠어!"

"프로미넌스에 블리자드. 놀라긴 했습니다만, 시간만 있으면 그림자는 얼마든지 만들어낼 수 있어요!"

삼총사 중 한 명, 닥터 힐.

세상은 평화를 향해 나아가고 있다. 새삼스레 방해하는 건 절대 용서 못해.

그래서, 나는 평면의 그림자에 숨어 있는 본체를 향해서.

"내 미래를, 어디서 갑자기 튀어나온 네 녀석이 방해하게 둘까 보냐고!!"

평생 무패를 자랑하는 마녀의 그림자를 향해서, 유우기리 선생님의 검을 찔렀다.

종장 너랑 손을 잡아줄게

"……으으."

마녀가 가슴을 눌렀지만, 흘러나오는 어마어마한 검은색 피는 똑바로 보기도 어려웠다.

아직 이 녀석은 자기 몸에 일어난 일을 파악하지 못한 것처럼 보였다.

그렇지만 이쪽도 사람을 벤 건 처음이라서…… 아직 조금 손이 떨리고 있다.

나는 전형적인 마법사 스타일, 근접해서 맞서는 건 가장 거북하다.

그런데, 무슨 인과 때문에 검사 흉내를 낸 건지.

"……하하, 자기 피를 보는 건 정말로 오랜만입니다. 아하, 아하하하하하……."

계속 그림자 안에 몸을 숨기고 있던 마녀는 갑자기 높게 웃었다.

뭐지? 자기 패배를 순순히 받아들일 수 없는 건가?

그런 느낌은 아니네. 녀석은 자기 가슴에서 흘러나오는 피를 손에 담고서, 황홀하게 표정을 일그러뜨리고 있었다.

"힐을 사용하려고 해도 소용없어. 너를 꿰뚫은 검에는 독이나 치유 지연의 부가 효과를 걸어 놨으니. 괜히 더 괴로울 뿐이야."

"과연. 그래서 잘 안 되는 거군요. 후, 후훗. 설마 유우기리, 당신의 검이 이 몸을 벨 줄은 몰랐어요."

이 검은 유우기리 선생님의 애검이다. 독을 두르는 데 이 정도로 부여가 편한 검도 없다.

마녀는 힐끔, 진작에 혼수상태에 빠진 유우기리 선생님과 선생님 곁에 떨어진 검을 한 번 보았다. 그리고 마녀는 하늘을 올려다 보았다. 숲을 남김없이 비추고 있는 거대한 불꽃 덩어리다.

저것은 어둠의 대정령이 하늘에 뿜어낸 마법── 프로미넌스.

"꼴좋네, 프란시스카."

어느샌가 다가온 어둠의 대정령.

폐허에는 아직도 인식 저해 마법이 계속 걸려 있다. 좋아, 샬롯은 아직 저기 있어. 어둠의 대정령 씨는 샬롯을 철저하게 감추어줄 셈인가 보다.

"맹주님…… 근사한 마법이군요. 저런 것이 하늘에 떠오르면 제가 도망칠 그림자는 생기지 않아요. 그리고…… 마법이 발동할 때까지 전혀 깨닫지 못했습니다. 그런데 용케 제가 이곳에 있다는 걸 아셨어요."

"놀랐어. 여기 왔더니 네가 스로우 데닝이랑 놀고 있었으니까. 덕분에 이렇게 이용할 수 있었으니 결과적으로 좋긴 한데……. 하지만 내 뜻에 반하는 행동을 했으니까 무슨 방해나 추적자를 보낼 거라고는 예상했었지?"

"맹주님이 기르는 자들이 방해하러 나타날 거라 예상하고 있었습니다만, 설마 직접 오시다니. 하지만 물어보고 싶은 것은 그것이 아닙니다. 맹주님은 제 비밀을, 무엇을 어디까지 이 소년에게 알려준 건가요?"

"글쎄? 나는 아무것도 가르쳐주지 않았어. 애당초 나도 놀랐거든. 스로우 데닝, 블리자드에 독의 칼. 그건 프란시스카의 본성을 모르면 안 나오는 수야. 점점 더 흥미로워지네……. 너는 대체 정체가 뭐야?"

윽, 이야기가 이쪽으로 오는 건 안 좋아.

내가 한 일을 어둠의 대정령 씨도 경계하는 느낌이다.

"가르쳐주지 않았다. 정말인가요? 용케 그런 뻔뻔스러운 말을 진지한 표정으로 할 수 있군요. 제 비밀을 아는 것은 맹주님, 당신 정도밖에 없어요. 그렇지만 이 아이는 맹주님밖에 모르는 비밀을 알고 있었어요."

"뭐, 됐어. 프란시스카. 너는 내 의향을 거슬렀어. 그 결과가 이거야. 한 번 더 말한다? 꼴좋네. 그래서, 이제부터 어떡할 거야? 더 싸울래? 아니면 항복?"

……굉장하군.

이 자리에 있는 모두가 어둠의 대정령 씨에게 압도당하고 있었다.

분하지만 완전히 그녀의 페이스고, 나는 어둠의 대정령 씨가 이야기하는 와중에 마녀가 도망치지 못하도록 주위를 살피느라 긴장하고 있었다.

"맹주님. 진심으로 대륙 통일을, 우리의 비원을 포기하실 셈인가요?"

"그렇게 말했잖아. 제국은 너무 피로가 쌓였어. 더 이상 싸우는 건 필요 없어. 안이하게 남방에 손을 댔다가는 따끔한 맛을 보게 된다는 건, 네가 제일 실감하고 있잖니?"

"……그렇군요. 예상 밖의 일들만 일어났어요. 맹주님의 내방에 더해 바람의 대정령이 있다는 것까지. 그렇지만 가장 고민스러운 문제는, 제 정체를 아는 자가 남방에 존재했다는 사실이겠네요."

"네가 지금 생각하고 있는 건 내 의향에 정면으로 반하고 있어. 저 녀석은 기사국가의 가디언 후보야. 그런 녀석이 북방의 인간에게 살해당했다는 걸 알면, 내가 하려는 일은 여기서 끝이야. 그것만은 절대 못해."

"……맹주님. 제 정체를 아는 자를 살려두라는 말씀이신가요? 그리고 이 정도 굴욕을 맛본 제가 지금, 무엇을 생각하는지 아시나요?"

아~아. 이제 나는 완전히 무시 상태구만.

그리고 어둠의 대정령 씨도 내가 가디언 후보라는 걸 알고 있었군. 하지만 어둠의 대정령 씨의 말에서는 정말로 대륙 통일을 실행할 생각이 없어 보였다. 그리고 나를 지키려는 발언이 슬쩍. 믿을 수 없긴 하지만 어둠의 대정령 씨는 우리 편을 들면서 여기에 강림하신 모양이다.

"나도 놀랐어. 만점짜리 대응이었으니까. 뜻밖에 남쪽의 첩보력도 방심할 수 없다는 걸까? 아니면 스로우 데닝. 네가 이상한 거야?"

마녀의 본성을 아는 것을 수상쩍게 생각하는 것도 어쩔 수 없다.

내가 어째서 블리자드를 발동하고 땅바닥을 얼렸는지. 이건 그림자 속을 이동하는 마녀의 본성을 알지 못하면 불가능한 일이다.

마녀의 비밀은 어둠의 대정령 씨 정도밖에 모른다는 설정이었지.

그렇지만 마녀를 이 자리에서 확실하게 처치하기 위해서 그러는 수밖에 없었다.

"맹주님. 그런 헛소리를 누가 믿을까요?"

"사실이야. 너무 동요해서 현실을 인정할 수 없게 된 거니?"

그건 그렇고, 어둠의 대정령 씨도 참 도발을 하는군.

상대는 삼총사 중 한 명, 어둠의 대정령 씨가 가장 신뢰하는 동료일 텐데.

"프란시스카, 너는 질투가 심하니까 지금 무슨 생각을 하는지 빤히 알 수 있어."

"지금까지 당한 만큼 확실하게 갚아 왔습니다. 이 자리에서 앙갚음을 하고 싶습니다만, 대의를 이룩하기 위해서는 지금은 이 자리에서 도망치는 것이 무엇보다도 먼저인 것 같아요."

"너한테 대의 같은 게 있었어? 그리고 이 자리에서 도망칠 수 있다고 생각해?"

"그, 그래, 맞아! 절대 도망 못 쳐!"

힉! 맞장구를 쳤더니, 이야기에 끼어들지 말라는 기색으로 둘이 노려본다. 무서워.

그리고, 자기가 말하고서도 좀 그렇지만 플래그 만점의 대사였어. 지금은 자중하자.

"저 녀석 말이 맞아. 이 상황에서 도망칠 수 있다는 건, 나를 너무 만만하게 보는 거지."

"프로미넌스와 블리자드. 분명히 어마어마한 마법입니다. 그렇지만 도망칠 곳이 없다면, 만들면 되죠."

그러나, 저 마녀의 자신감은 뭐지?

자기가 붙잡힌다는 생각을 요만큼도 안 한다.

정말로 어둠의 대정령 씨랑 나한테서 도망칠 수 있다고 생각하나?

"맹주님, 이걸로 결별하지요."

1초도 안 되는 시간에 변화가 일어났다.

마녀가 입가를 떨자, 오싹한 오한이 몸에 흐르고 대기를 찢어내는 굉음이 울렸다.

숲속에 울려 퍼진 정도가 아니다. 이 세상 전체를 뒤흔드는 것 같은 거대한 음량.

다리가 맹렬하게 떨리고, 등줄기에 얼음 바늘을 찌른 것처럼 오한이 온몸을 뒤덮었다.

"어, 어둠의 대정령 씨. 이 소리, 뭐야?"

한심하지만 물어볼 수밖에 없었다.

마녀는 저기 있었다. 하늘에는 소형 태양이 건재하고, 대지는 얼음으로 굳었고, 그림자 속을 이동하는 건 도저히 불가능하다. 그렇지만 마녀는 태연하게 하늘을 올려다보기만 했다.

"……실수했네. 이런 보험을 걸어뒀다니."

"맹주님. 저는 계속 이 숲에 있었습니다. 그러니 준비를 해뒀어요. 설령 맹주님과 적대하게 되어도 반드시 도망칠 수 있도록."

"프란시스카. 네가 하려는 건――."

"그러면, 마음껏 탐닉해 주세요―― 별 떨구기."

그것을 깨달았을 때는, 세상이 끝장나는 줄 알았다.

왜냐면, 구름 속에서 뭔가 나오더라니까.

어둠의 대정령 씨가 만들어낸 태양을 가볍게 넘어서는, 거대한 질량이 말이다.

나는 즉시 블리자드를 해제했다. 이제 마녀를 놓치지 않는다고 할 때가 아니다. 죽느냐 사느냐. 지금은 무엇보다도 먼저 하늘 위에서 다가오는 저것을 대처해야 한다. 샬롯이 숨어 있는 폐허로 달렸다. 아, 어둠의 대정령 씨도 하늘에 떠 있던 프로미넌스를 해제했다. 그리고 폐허의 창문에서 이쪽을 몰래 살피고 있던 샬롯은 내 귀기 서린 표정을 느끼고 창문에서 얼굴을 내밀어 하늘을 보더니── 기절했다.

응. 그게 낫겠다. 가능하면 나도 생각을 포기하고 싶지만……. 생각을 가속하며 생각했다. 응. 저런 운석을 파괴하는 마법 같은 건── 나한테는 없다.

그렇지만 대체 어떻게 된 건데. 이런 전개는 상상도 못 했다.

도스톨 제국의 마녀가 어둠의 대정령 씨랑 결별하다니!

"스로우 데닝. 넌 약하니까 자기 몸을 지키는 데만 전념하렴."

그리고 어둠의 대정령 씨. 어째서 이 상황에서 그렇게 여유가 있는데?

그 자신은── 정말로 어디서 오는 거야? 부탁이니 좀 가르쳐 달라고.

하지만, 그 자신감이 허세가 아니란 것을 나는 금방 이해했다.

"……엄청나다."

어둠의 대정령 씨가 행사하는 수많은 마법들.

단순한 마법, 그렇지만 나보다도 훨씬 강력한 힘. 어, 지금 그

건 흙 마법인 광물 압살(어스 프리즌)? 그렇구나, 운석의 주성분은――
어, 여기서 불의 마법을? 이번에는 어둠이네. 아~ 정말, 엉망진창이잖아.
어둠의 대정령 씨가 무슨 생각으로 마법을 쓰는 건지 전혀 알 수가 없다.
알 수 있는 건, 오직 하나뿐이다.
……그렇게 커다랗게 보였던 운석이 부서져 간다.
압권이었다. 어둠의 대정령 씨의 힘에 비교하면 내 마법 따위는 짜가다.
이것이 진짜 기적. 그렇다. 마법이란 본래 이런 것이다.
불가능을 가능하게 만드는 힘.
마법을 쓸 수 없는 평민은 분명 우리 마법사를 이런 눈으로 보고 있겠지.
"정령이 보이는 너라면 알 수 있지? 나랑 네 격차를."
별 떨구기―― 구름 위에 마녀가 만들어 낸 운석은 어둠의 대정령 씨의 마법으로 산산이 파괴됐다. 그렇지만 아직 커다란 질량을 가진 바위가 하늘에서 내려온다.
저게 땅에 격돌하면 대재해를 피할 수 없다.
"하아…… 뭘 걱정하는 거야? 여기에는 그 녀석도 있잖아."
그 녀석?
어둠의 대정령이 하는 말은 언제나 난해하다.
설명하는 게 귀찮으면 대답만 해 주지.

하지만 그 녀석이라니, 누구 말이지? 프로미넌스가 해제되어서 세상은 밤을 되찾았고, 마녀는 도망쳤다. 그밖에 아무도 —— 하지만 우리 머리 위에 쏟아져 내릴 것 같던 운석은, 하늘을 향해 날아오른 그 녀석이 막아냈다.

발톱으로 허공을 할퀸 것처럼 보이지만, 저건 어엿한 바람 마법이다.

바람의 대정령 씨의 일격으로, 운석이 산산이 부서졌다.

저건 또 무슨 말도 안 되는 힘이냐. 하지만 역시 대정령이다. 그래, 그렇지. 대정령이라는 건 이렇다니까. 인간이 가진 힘하고는 비교가 안 되는 괴물. 그게 대정령이라는 존재다.

"뭐, 합격점이네. 마지막까지 내가 무섭다고 안 나왔으면 정말로 죽였을 거야. 바람의 대정령."

"사라져라냥……."

바람의 대정령 씨의 그런 목소리는 들어본 적이 없었다.

바람의 대정령 씨가 나도 주춤하는 살의를 어둠의 대정령 씨에게 보였다. 꼬리도 전례가 없었을 정도로 빳빳하게 곤두서 있고. 바람의 대정령 씨는 진심이다. 위험해. 일촉즉발이란 느낌으로 두 사람은 당장에라도 사투를 시작할 것 같다. 저는 안절부절못합니다.

"뭐? 지금 뭐라고 말했어? 아르트앙쥬. 너, 설마 나한테 사라지라고 한 거니? 네 소중한 애들을 지켜준 나한테?"

"……."

"내가 없었으면 다 죽었을 텐데. 저기 숨어 있는 샬롯도, 거기 있는 스로우 데닝도. 프란시스카한테 제멋대로 당해서 말이야. 계속 숨어 있던 너치고는 꽤 과격한 인사인걸? 대체 뭐니?"

"……."

어, 아?

바람의 대정령 씨가 내 등 뒤로 숨어…… 잠깐, 거짓말이지? 처음 그 위세는 어디 간 거야? 하아, 바람의 대정령 씨는 이렇다니까…… 이 녀석들 사이에 명확한 힘의 차이가 존재하는 건 알고 있었지만…… 뭐 바람의 대정령 씨는 절대 연관되기 싫다고 했었으니까.

"그보다도 스로우 데닝. 너, 어디까지 알고 있어?"

"——뭐가?"

"시치미 떼지 마. 닥터 힐의 정체도, 제네라우에서 있었던 일도 전부 포함해서야. 안 그러면 이래저래 설명이 안 돼."

……그야 뭐, 어둠의 대정령 씨가 절대적인 자신을 가졌던 전사, 삼총사가 두 명이나 쓰러졌으니까.

그것도 남방 어디에서 구르다 왔는지 모를 나를 상대로 말이다. 내가 누구인지 의문이 생겼겠지. 마녀가 한 세뇌처럼 머릿속을 들여다보면 모든 것이 끝장난다. 그건 그 녀석 정도밖에 못하는 거였지만, 사실 어둠의 대정령 씨도 세뇌를 할 수 있다면 최악이다.

……지금부터가 고비라고 생각해 대비를 하고 있으려니.
"하지만 지금은 더 중요한 일이 있으니까, 뭐 됐어."
"……어."
"프란시스카는 진심이야. 혼자서 북쪽과 남쪽 사이에 균열을 만들려 하고 있어. 전쟁이 시작되고 남쪽 군세가 진격해 오면 아무리 나라도 손가락 빨며 방관할 수 없어. 덤빈다면 때려 부순다. 내 성격을 잘 알고 있으니까 하는 행동이네. 정말, 싫다니까."
"그렇게 간단히 전쟁이――."
"일어나는 거야. 너, 최전선의 긴장 상태 본 적 없지? 계기만 있으면 간단히 일어나거든? 그런데 그 바보가 별 떨구기 같은 화려한 마법을 용케 썼다니까. 숲 밖에 있는 네 학원은 지금쯤 대소동일걸?"
"……윽."
"하지만 나는 역시 천재라니까. 표적이 될 법한 장소에 루니를 미리 보내 위험을 예고했는데, 역시 여기였어. 바보가 생각하는 건 알기 쉽네."
"역시 그 남자는 네가 보낸 거냐――."
"그래, 맞아. 그래도 너한테만 위기를 통고한 건 아냐. 어머, 그 표정. 혹시 어째서 내가 정답에 이르렀는지 이해 못하겠니? 그야 당연히 네가 있어서잖아. 기가 막혀라. 너는 자기가 저지른 짓을 이해해? 루니랑 드라이백, 내 부하를 차례차례 해치운 너에게 프란시스카가 흥미를 가지는 게 당연하잖니."
할 말이 없다.
진실을 알게 되면 누구나 흥미를 가진다. 나는 어둠의 대정령 씨가 보낸 자객을 차례차례 막아낸 것이다.
"본론으로 들어갈게. 넌 내게 커다란 빚이 생겼다는 거 알지?"
마녀의 습격은 나 혼자서는 못 막았다.
어둠의 대정령 씨가 그 녀석을 그림자에서 끌어내 주지 않았다면…… 나는 그 모습을 보지도 못했을 거다.
아마도 유우기리 선생님과 원거리에서 싸우다가, 마지막에는 힘이 다했을 거다.
"……알고 있어. 하지만 나나트리쥬. 나한테 뭘 바라는데?"
"나는 그 녀석을 해치우고 싶어. 하지만 너 하나로는 안 돼. 역부족이니까. 확실하게 해치우고 싶거든. 너보다도 훨씬 위의 힘이 필요해."
"뭐, 내가 역부족인 건 인정하지만……."
모르겠다.
왜 어둠의 대정령 씨가 일부러 내게 빚을 지우는 말투로 이야기하는지. 나에게 뭘 시키고 싶은 건지.
"이해가 느리구나. 그러고도 공작가의 바람의 신동이니? 좋아, 확실하게 말해줄게."
……벌써 충분히 이해했다.
나는 삼총사가 상대라면 1대1로는 상대도 안 된다.

"나는 가디언 후보라 불리는 너한테."

이런 나에게 대체 뭘 바란다는 거지?

"기사국가의 여왕(엘레노아 다리스)—— 그리고 빛의 대정령(레크드라이클)과 만남을 주선하라고 명령하고 있는 거야."

후기

베란다에 떨어진 매미의 시체를 보면 여름이구나 하는 기분이 듭니다.

그런데…… 올해, 너무 덥지 않아요?

예년에는 더위를 먹지 않도록 조심했습니다만, 올해는 어엿하게 더위를 먹었습니다.

올해는 불꽃놀이나 해수욕이나 캠프.

여름 이벤트를 모조리 패스한 만큼 괜찮을 거라고 생각했는데, 꽝이었어요.

더위 먹었을 때 자몽이 좋다는 이야기를 듣고서 매일 홀짝홀짝 자몽 주스를 마시고 있습니다.

이래서는 안 되겠다며 외식 같은 것도 했습니다만…….

…….

도쿄, 사람 너무 많지 않아요?

사람이 엄청 많아. 이제 무리다. 햇살에 타 죽겠어…….

올해도 에어컨을 팍팍 틀고 얌전히 집에 틀어박히기로 하겠습니다.

그리고 9월에 발매된 돼지 6권은 코믹스 돼지 1권과 (거의) 동시에 발매되었습니다.

코믹스 1권 발매에 맞추어 특전 SS 같은 것도 시간대를 의식하며 썼습니다.

스로우가 아직 완전 돼지였을 시기의 이야기입니다.

소설보다도 읽기 쉽고, 코미컬해서 재미있는 코믹스 제1권!

함께 즐겨 주세요!

아이다 리즈무

돼지 공작으로 전생했으니까,
이번엔 너에게 좋아한다고 말하고 싶어 6

2020년 02월 20일 제1판 인쇄
2020년 02월 25일 제1판 발행

지음 아이다 리즈무 | **일러스트** nauribon

옮김 박경용

발행 영상출판미디어(주)
등록번호 제 2002-000003호
주소 21311 인천광역시 부평구 평천로 132 (청천동)
전화 032-505-2973(代) | FAX 032-505-2982

ISBN 979-11-6524-226-8
ISBN 979-11-319-9290-6 (세트)